HEYNE

Das Buch

»Sie war erstaunt, dass sie in der Lage war, ihn in solch eine Ekstase zu versetzen. Das gab ihr zum ersten Mal in ihrem Leben das Gefühl, Macht zu haben. Und als er dann auf sie sank, das dunkle Haar nass vor Schweiß, einen Arm quer über ihrer Brust, wusste sie, dass es keinen Schmerz gab, den sie nicht ertragen würde, um ihn zu zu halten.«

Regina, eine blutjunge und unschuldige Bibliothekarin, und der gut aussehende Millionär Sebastian Barnes sind wie magisch voneinander angezogen. Doch Barnes hegt eine geheime Faszination für SM-Spiele, die er in diskreten Zirkeln auslebt. Trotz der gesellschaftlichen Kluft zwischen ihnen können die beiden nicht ohne einander sein, und so begibt sich Regina aus Liebe in Sebastians dunkles Reich der Lust und Verführung …

Die Autorin

Logan Belle ist in den USA bereits bekannt für ihren erotischen Roman *The Gin Lovers* und ihre erotische Trilogie *Blue Angel.* Seit über zehn Jahren arbeitet sie in der Verlagsbranche sowohl als Scout, Pressesprecherin oder Agentin. Belle lebt in New York City.

Logan Belle

Zeiten des Verlangens

Aus dem Amerikanischen
von Karla Lowen

WILHELM HEYNE VERLAG
MÜNCHEN

Die Originalausgabe THE LIBRARIAN erschien 2012
bei Pocket Star Books, A Division of Simon & Schuster, Inc.

FSC
www.fsc.org
MIX
Papier aus verantwortungsvollen Quellen
FSC® C014496

Verlagsgruppe Random House FSC® N001967
Das für dieses Buch verwendete FSC®-zertifizierte
Papier *Holmen Book Cream* liefert
Holmen Paper, Hallstavik, Schweden.

2. Auflage
Deutsche Erstausgabe 09/2013

Printed in Germany 2013
Umschlaggestaltung: Nele Schütz Design, München
unter Verwendung von © thinkstock
Satz: KompetenzCenter, Mönchengladbach
Druck und Bindung: GGP Media GmbH, Pößneck
ISBN: 978-3-453-41035-0

www.heyne.de

Die Liebe ist eine große Strafe für das Verlangen.

ANNE ENRIGHT

1

An der Kreuzung Fifth Avenue und Zweiundvierzigste Straße blieb Regina Finch stehen. Passanten drängten rechts und links an ihr vorbei und rempelten sie an, wie Wellen, die einen Felsen umspülten. Seit einem Monat war sie nun schon in New York, aber an die Rush Hour hatte sie sich noch immer nicht gewöhnt.

Doch heute ließ sie sich von dem Gedränge nicht beeindrucken. Heute trat sie ihren Traumjob an, und von diesem Tag wollte sie jede Minute auskosten. Vor nur einem Monat hatte Regina ihren Abschluss in Bibliothekswissenschaften an der Drexel University gemacht, und schon war sie auf dem Weg in die großartigste Bibliothek des Landes.

Staunend betrachtete sie das neoklassizistische Bauwerk, ein architektonisches Meisterwerk aus weißem Kalkstein und Marmor. Etwas Schöneres als die New York Public Library konnte sie sich einfach nicht vorstellen.

»Sie betrachten die Zwillinge?«, fragte eine ältere Dame. Ihr Haar war weiß mit einem Touch ins Rosafarbene, sie trug einen petrolblauen Anzug mit glänzenden Goldknöpfen und hielt ein kleines weißes Hündchen an einer kristallbesetzten Leine.

»Wie bitte?«, fragte Regina.

»Die Löwen«, sagte die Dame. Ach so, die Löwen. Rechts

und links der breiten Steintreppe, die zum Eingang der Bibliothek emporführte, saßen zwei majestätische weiße Marmorlöwen auf steinernen Sockeln, als würden sie das Wissen in dem Gebäude bewachen.

»Ja, die Löwen gefallen mir.« Reginas Mitbewohnerin hatte sie zwar ermahnt, sich nicht von jedem Verrückten auf der Straße anquatschen zu lassen, aber sie kam nun mal aus Pennsylvania und konnte einfach nicht unhöflich sein.

»Geduld und Standhaftigkeit«, erklärte die Dame. »So heißen sie.«

»Tatsächlich?«, fragte Regina. »Das wusste ich nicht.«

»Geduld und Standhaftigkeit«, wiederholte die Dame, dann ging sie weiter.

***

Regina wusste nicht recht, wie sie ihrer neuen Chefin Sloan Caldwell klarmachen sollte, dass sie keine Führung zur Orientierung brauchte – dass sie diese Bibliothek seit ihrer Kindheit oft genug besucht hatte. Aber Sloan, eine große, kühle Blondine von der Upper East Side, hatte Regina schon in den Bewerbungsgesprächen eingeschüchtert, und irgendwie hatte sich das noch verschlimmert, seit sie den Job hatte.

»Wollen Sie sich auf unserem Rundgang denn gar keine Notizen machen?«, fragte Sloan. Hastig öffnete Regina ihre Tasche und kramte Papier und Stift hervor.

Sie folgte Sloan durch einen marmornen Gang, der sie in seiner fränkisch-römischen Anmutung immer an die Bilder europäischer Prachtbauten erinnerte. Aber Reginas Vater hatte ihr oft gesagt, dass sich das Hauptgebäude der New

York Public Library mit nichts vergleichen ließ. Als Bauwerk war es einzigartig.

»Und das ist der öffentliche Katalogsaal«, erklärte Sloan. Der weitläufige Saal hieß offiziell »Bill Blass Public Catalogue Room«. Hier standen lange Reihen niedriger Tische aus dunklem Holz, bestückt mit den Bibliothekslampen, die allesamt bronzefarbene Metallschirme zierten. Die Computer schienen deplatziert an diesem Ort, der wie ein Relikt aus dem frühen zwanzigsten Jahrhundert wirkte. »Diese Computer haben keinen Internetzugang.« Sloan leierte ihre Ausführungen, die sie zweifelsohne schon unzählige Male gehalten hatte, gelangweilt herunter. »Sie dienen einzig der Büchersuche und liefern den Besuchern Informationen wie Signatur und Verfügbarkeit.«

Selbstverständlich kannte Regina dieses System so gut wie kaum etwas anderes. (Sie hatte eine Leidenschaft für gute Systeme. Nichts schien ihr erstrebenswerter als Ordnung.) Die Besucher riefen die gesuchten Bücher im Computer auf und notierten Titel und Signatur mit kleinen Bleistiften, die in Bechern an den Tischenden bereitstanden, auf Zetteln. Für Regina hatte es etwas Tröstliches, dass man in der New York Public Library im Zeitalter von SMS und E-Mail noch Stift und Papier zur Hand nehmen musste.

Sloan ging weiter, und ihre hohen Pfennigabsätze klapperten auf dem Marmorboden. Sie trug ihr glattes Haar zu einem ordentlichen Pferdeschwanz gebunden und war von Kopf bis Fuß in Ralph Lauren gekleidet. Und genauso wie Reginas Mitbewohnerin musterte auch Sloan Caldwell sie von oben bis unten und konnte ihr Urteil kaum verhehlen: falsch, falsch, ganz falsch. Regina fragte sich, ob es in Manhattan einen geheimen Dresscode gab, den alle außer ihr kannten. Seit sie in die Stadt gezogen war, kam sie sich vor wie eine der Außerirdischen in »Die Körperfresser kommen«. Sie ging *beinahe* als Angehörige der Spezies durch, doch der aufmerksame Beobachter bemerkte ihr Anderssein.

»Und das ist das Herzstück der Bibliothek, der Hauptlesesaal.«

Reginas Vater war oft geschäftlich nach New York gereist und hatte sie häufig mitgenommen. Zu ihrem gemeinsamen Ritual gehörte, zusammen mit dem Zug nach New York zu fahren, im Serendipity Mittag zu essen und der New York Public Library an der Fifth Avenue einen Besuch abzustatten. Bis heute weckte der leicht muffige Geruch des Rose-Lesesaals so unvermittelt und überwältigend die Erinnerung an ihren Vater, dass sie sich kurz davon erholen musste.

Regina hielt inne, um die Inschrift über der Tür zu lesen. Es war ein Zitat aus Miltons *Areopagitica* von 1644, ein Protest gegen die damals herrschende Zensur: *Ein gutes Buch ist der teure Lebenssaft eines erhabenen Geistes, einbalsamiert und gehegt wie ein Schatz für ein Leben über das Leben hinaus.*

Der Saal bot einen erhebenden Anblick. Allein seine Größe überwältigte Regina jedes Mal aufs Neue. Die Decke war über fünfzehn Meter hoch und damit nur drei Meter niedriger als diese eleganten New Yorker Stadthäuser. Mit fast fünfundzwanzig Metern Breite und knappen hundert Metern Länge entsprach der Saal in etwa der Länge von zwei Häuserblocks. Das Sonnenlicht flutete durch riesige rundbogige Fenster und beleuchtete die Decke, einen Wolkenhimmel gemalt von Yohannes Aynalem, eingerahmt von prächtiger Holztäfelung und vergoldeten Schnitzereien mit Engeln, Delphinen und Schriftrollen. Am besten jedoch gefielen Regina die vierfach gestuften Leuchter aus dunklem Holz und Messing, wo Teufelsfratzen zwischen Glühbirnen hervorlugten.

An der Ausleihe machte Sloan halt. Es war mehr als ein Ausgabeschalter. In der Mitte spannte sich ein reich verzierter Holzeinbau über die ganze Breite des Saales – sozusagen die Kommandozentrale. Es gab elf Schalter mit rundbogigen Fenstern, voneinander getrennt durch römisch-dorische Säulen.

Sloan lehnte sich an eine der Buchten. »Hier ist es also: Ihr neues Zuhause.«

Regina stutzte. »Ich arbeite an der Ausleihe?«

»Ja«, sagte Sloan.

»Aber … ich habe einen Abschluss in Archivierung und Konservierung.«

Sloan musterte sie kritisch, eine perfekt manikürte Hand in die Hüfte gestemmt. »Nur nicht so ungeduldig. Sie sind intelligent, aber das waren alle Bewerber auf diese Stelle. Sie werden sich Ihren Weg nach oben erarbeiten wie jeder andere auch. Außerdem hat die Bibliothek bereits jemanden für das Archiv – Margaret. Haben Sie Margaret schon kennengelernt? Sie ist selbst sehr gut konserviert. Ich glaube, sie arbeitet hier seit der Grundsteinlegung.«

Regina wurde es ganz anders. Die Arbeit an der Ausleihe war nicht besonders anspruchsvoll. Das hieß, sie würde am Schalter sitzen, die Anforderungsscheine der Leute entgegennehmen, ihre Angaben in den Computer eingeben und warten, bis jemand die Bücher aus den verschiedenen Räumen und Stockwerken geholt hatte, um sie dann den Besuchern auszuhändigen, die mit den entsprechenden Nummern an einem Tisch warteten.

Regina versuchte, nicht in Panik zu geraten. Jeder musste irgendwo anfangen, sagte sie sich. Und es hätte schlimmer kommen können: Es gab auch noch die Rückgabestelle.

Entscheidend war, dass sie endlich hier war – endlich war sie Bibliothekarin. Und sie würde zeigen, dass sie das Zeug dazu hatte.

2

Regina nahm ihre Brotzeittüte und setzte sich auf die Stufen vor der Bibliothek. Sie schraubte ihre Thermoskanne mit Milch auf und blickte auf die Fifth Avenue hinaus.

»Sind Sie die neue Bibliothekarin?«, erkundigte sich eine ältere Frau, die die Treppe heruntergekommen und stehen geblieben war.

»Ja, ich bin Regina«, bestätigte Regina und hielt sich die Hand vor den Mund, weil sie kaute.

»Willkommen. Ich bin Margaret Saddle.«

Es war Regina unangenehm zu sitzen, während ihr Gegenüber stand, also stand sie auf und strich ihren Plisseerock glatt.

»Ach ja, Sie sind für das Archiv zuständig, nicht wahr?«

Margaret nickte. »Und das schon seit fünfzig Jahren.«

»Wow, das ist … beeindruckend.«

Margaret hatte kinnlanges weißes Haar und hellblaue Augen. Ihre Wangen waren gepudert, davon abgesehen war sie ungeschminkt. Sie trug eine Kette mit riesigen Perlen, und Regina vermutete, dass sie echt waren.

Die Frau wandte sich nach der Bibliothek um. »Ein solcher Ort ist es wert, dass man ihm seine gesamte berufliche Karriere widmet«, erklärte sie. »Obwohl es nur noch bergab geht, seit wir Brooke Astor verloren haben. Tja, hat mich gefreut, Sie kennenzulernen. Schauen Sie doch mal bei mir im dritten Stock vorbei. Vielleicht haben Sie ja Fragen, und unsere Sloan wird es weiß Gott nicht eilig haben, sie zu beantworten – wenn sie die Antwort überhaupt weiß. Bis dann also – und genießen Sie den Sonnenschein.«

Regina hätte Margaret gerne erzählt, dass sie ihren Abschluss in Archivierung und Konservierung gemacht hatte, aber sie wollte nicht den Eindruck erwecken, auf eine Stelle in diesem Bereich aus zu sein. Doch sie wusste schon jetzt, dass sie lieber mit Margaret Saddle als mit Sloan Caldwell zusammenarbeiten wollte.

Margaret setzte ihren Weg fort, und Regina ließ sich wieder auf den Stufen nieder. Leider vergaß sie dabei die offene Thermoskanne, die hinter ihr stand, und stieß sie um. Milch schwappte auf die Treppe, und der schwere Deckel sprang wie ein Ball davon.

Regina war entsetzt. Sie wusste nicht, was sie zuerst tun sollte – den sich ausbreitenden weißen See stoppen oder den Deckel verfolgen, der mit wachsendem Tempo auf die Fifth Avenue zuhüpfte.

Sie richtete die Thermoskanne auf, um den Milchfluss zu stoppen, dann machte sie sich auf die Jagd nach dem Deckel. Doch sie war noch keine zwei Stufen weit gekommen, als sie einen großen, breitschultrigen Mann sah, der ihn mit einem Handstreich auffing.

Er blickte zu ihr auf. Seine Augen waren von einem dunklen Samtbraun, fast schon schwarz. Als er auf sie zukam, bemerkte sie überrascht, dass ihr Herz klopfte.

»Gehört das Ihnen?« Er hielt ihr den Deckel hin mit

dem Anflug eines Lächelns im Gesicht – einem Gesicht, das auf seine markante Art so schön war, dass es Regina fast Angst machte. Er hatte hohe Wangenknochen, eine ausdrucksvolle Nase und ein winziges Grübchen im Kinn. Sein Haar glänzte schwarz und war lang genug, dass es sich auf dem weißen Hemdkragen kräuselte. Er war älter als sie, vielleicht dreißig.

»Äh, ja – tut mir leid. Danke.« Obwohl sie eine Stufe über ihm stand, überragte er sie.

»Kein Grund, sich zu entschuldigen. Obwohl, jetzt wo ich die Sauerei da oben sehe … vielleicht doch.«

Zutiefst beschämt folgte sie seinem Blick zu der Milchpfütze.

»Oh, ich … das wische ich weg. So etwas würde ich niemals einfach …«

Doch sein Grinsen verriet, dass er sie aufgezogen hatte. »Kein Problem«, meinte er und gab ihr den schwarzen Plastikverschluss zurück. Dabei streiften sie seine Finger, und bei der Berührung wurde ihr tatsächlich heiß.

Und dann ging er an ihr vorbei, vorbei an der Milchlache, und verschwand durch die schwere Eingangstür in die Bibliothek.

* * *

Regina stieg in den vierten Stock bis zu ihrer Wohnung in der Bank Street, die Tasche schwer von Büchern, an denen sie in der Leihbibliothek gegenüber der Hauptstelle einfach nicht hatte vorbeigehen können.

Sie wohnte in einer kleinen Wohnung in einem malerischen Haus in der coolsten Straße im coolsten Viertel der

Stadt. Sie betrachtete es als ihre große Befreiung – nicht nur ihrer kleinkarierten Heimatstadt, sondern auch dem Klammergriff ihrer Mutter entkommen zu sein. Hier in ihrem neuen Zuhause, in einem Viertel, in dem einst literarische Größen wie Willa Cather, Henry James, Edna St. Vincent Millay und Edgar Allan Poe gelebt hatten, war Regina zum ersten Mal in ihrem Leben wirklich für sich.

Der einzige Makel an diesem sonst perfekten Umfeld ihrer neu gefundenen Freiheit war ihre Wohnungsgenossin Carly. Carly Ronak war eine superhippe Studentin an der Parsons New School for Design, für die nur zwei Dinge zählten: Mode und Männer. Und die Männer wechselte sie öfter als die Jeans. Es schien, als hätte sie jede Woche einen neuen Kerl.

Regina hatte noch nie eine Mitbewohnerin gehabt. Während ihres Studiums hatte ihre Mutter darauf bestanden, dass sie zu Hause wohnte und nicht in einem der Studentenwohnheime der Drexel University in der Innenstadt von Philadelphia – zwanzig Minuten Fahrt von ihrem Haus in der Vorstadt entfernt. Jetzt, wo sie mit Carly zusammenwohnte, wurde ihr allmählich klar, dass ihre Mutter in den vergangenen Jahren vielleicht zu viel Einfluss auf ihr Sozialleben genommen hatte. Nachdem sie nun täglich Zeugin von Carlys turbulentem Liebesleben wurde, fragte sich Regina unwillkürlich, warum sie diesem Bereich ihres Lebens bislang so wenig Bedeutung geschenkt hatte. Zum Teil lag es an ihrer Mutter – sie war so strikt dagegen, dass sich Regina mit Jungs traf, dass heimliche Verabredungen kaum der Mühe wert schienen. Die wenigen Dates, auf die sich Regina eingelassen hatte, waren noch dazu so enttäuschend gewesen, dass sie die Lügen und den Streit mit ihrer Mutter nicht lohnten. Doch jetzt fragte sich Regina, ob sie vielleicht etwas verpasst hatte.

Was Carly betraf, so brauchte Regina ein paar Wochen um herauszufinden, warum sie sich überhaupt mit einer Mitbewohnerin abgab. Ihr schienen unbegrenzte finanzielle Mittel zur Verfügung zu stehen, zumindest, was ihr Outfit betraf. Taschen und Kleidung von Barneys, Alice and Olivia und Scoop waren allgegenwärtig in dieser Wohnung. Regina verstand nicht viel von diesen Dingen, aber sie wusste, dass diese Läden etwas ganz anderes waren als Filene's oder Target, wo sie alle ihre Einkäufe tätigte. Und dann waren da noch Carlys permanente Friseurbesuche zur Perfektionierung ihres langen, gesträhnten Haars und das ständige Essengehen. Zu Hause sah man Carly höchstens sich eine Schale Cornflakes zuzubereiten. Und wenn Carly tatsächlich einmal am Wochenende in ihrer eigenen Wohnung aufwachte, ließ sie sich sogar Rühreier an die Tür liefern.

Das Rätsel löste sich, als Regina eines Morgens um zwei davon geweckt wurde, dass Carly und ihr neuester Aufriss es in der Küche trieben. Carly ermahnte den Kerl wegen seines lauten Gestöhnes (das Regina schon vor einer Stunde geweckt hatte). »Meine Mitbewohnerin wird ein Trauma davontragen«, hatte Carly geklagt. Worauf der Kerl antwortete: »Ich verstehe gar nicht, warum du eine Mitbewohnerin hast. Dein Papa ist Mark Ronak.« Carly erklärte ihm, dass es nicht wegen des Geldes war. Ihre Eltern bestanden aus »Sicherheitsgründen« auf einer Mitbewohnerin. Sie hatten beide darüber gelacht, und der Kerl hatte gesagt:

»Nur gut, dass jemand hier ist und auf dich aufpasst. Sonst würdest du am Ende schlimme Sachen machen.«

Natürlich hatte Regina Mark Ronak gegoogelt und auf diese Weise erfahren, dass Carlys Vater Gründer des größten Hip-Hop-Plattenlabels des Landes war. Diese kleine Information hatte den Graben zwischen Regina und ihrer Mitbewohnerin noch weiter vertieft. Die Vorstellung, einer *ihrer* Eltern könnte Hip-Hop – selbst schon Pop – hören, war schlicht undenkbar. Reginas Vater war zum Zeitpunkt ihrer Geburt Mitte dreißig gewesen und acht Jahre später gestorben. Er war Architekt gewesen und hatte ausschließlich Opern gehört. Reginas Mutter war Cellistin mit klassischer Ausbildung. Sie hörte nur klassische Musik und bestand darauf, dass auch Regina ausschließlich Klassik hörte, solange sie in ihrem Haus war. Alice Finch arbeitete als Dozentin am Philadelphia Museum of Art, und wenn man sie fragte, gab es außer der Klassik keine weiteren akzeptablen Richtungen in der Musik, der Kunst und der Literatur: In ihrem Haushalt hatte Musik nicht »Pop«, Kunst nicht »modern« und Literatur nicht »trivial« zu sein.

»Wie war dein erster Tag?«, erkundigte sich Carly und blickte von der *W* auf, in der sie blätterte. Sie saß im Schneidersitz auf der Couch, ihre Schlaghose war exakt im richtigen Maße ausgewaschen, ihr Kaschmirpulli bauchfrei, und das haferblonde Haar hatte sie zu einem unordentlichen Knoten gebunden. »Waren die anderen Bibliothekarinnen auch hübsch lieb zu dir?« Der Raum roch nach ihrem Chanel Allure.

»Es war in Ordnung, danke«, sagte Regina, ließ ihre schwere Tasche zu Boden gleiten und ging in die Küche, um sich eine Cola zu holen. Sie war sich nie so ganz sicher, ob Carly ehrlich an einem Gespräch mit ihr interessiert war, oder ob es nur ein Reflex war, weil außer ihr niemand im Raum war. Ihr war bewusst, dass Carly nicht verstand, dass »Bücher einräumen« – wie sie es nannte – die Erfüllung eines lebenslangen Traums sein konnte. Aber genau das war es für Regina. Seit ihrem sechsten Lebensjahr, als ihr Vater anfing, sie jeden Samstagnachmittag mit in die Bibliothek zu nehmen – und das war nicht einmal die New York Public Library gewesen, sondern die kleine Bibliothek in Gladwell in Pennsylvania –, hatte Regina ihre Bestimmung gekannt. Bei ihr hatte es nie eine Phase gegeben, in der sie Lehrerin, Tierärztin oder Ballerina werden wollte. Regina träumte schon immer davon, Bibliothekarin zu sein. Sie wollte umgeben sein vom Geruch der Bücher, sie wollte verantwortlich sein für die Reihen geordneter Regale, für die akribische Katalogisierung. Sie wollte Menschen bei der Suche nach dem nächsten Roman helfen, der sie begeistern würde, oder nach dem Buch, das ihnen bei der Recherche half, damit sie ihren Abschluss bestanden oder ein intellektuelles Problem lösen konnten. Dieses Ziel hatte sie seit ihrer Kindheit zu keinem Zeitpunkt aus den Augen verloren.

Und jetzt war ihr Traum in Erfüllung gegangen, so klein und lachhaft er jemandem wie Carly Ronak erscheinen mochte, die in ihrer Kindheit davon geträumt hatte, die nächste Tory Burch zu werden.

»Freut mich zu hören«, meinte Carly. »Hör zu, bei mir übernachtet heute ein Freund. Ich hoffe, wir gehen dir nicht im Weg um.« Damit drückte sie in Wirklichkeit ihre

Hoffnung aus, dass Regina den Anstand besaß, in ihrem Zimmer zu bleiben und *ihnen* nicht im Weg umzugehen.

»Mach dir um mich keine Gedanken. Ich habe viel zu lesen.«

»Ach ja, und deine Mutter hat angerufen. Zwei Mal«, erzählte Carly und überreichte Regina ein pinkes Post-it, auf das sie unleserlich mit Markierstift geschmiert hatte.

Bei dem Versuch, die Kosten für den Umzug nach New York einzudämmen, hatte Regina ihr Handy aufgegeben. Das hatte den angenehmen Nebeneffekt, dass sie für ihre Mutter nicht mehr allzeit erreichbar war. Leider zahlte nun jeder in Reginas Umfeld, der einen Festnetzanschluss besaß, den Preis dafür.

Regina knüllte das Post-it zusammen und steckte es in ihre Tasche.

***

Regina wachte davon auf, dass sich jemand gewaltsam Zutritt zur Wohnung verschaffte. So zumindest klang es für sie. Doch dann erkannte sie, dass es nur das Kopfbrett von Carlys Bett war, das gegen ihre Wand schlug.

Das Ganze wurde untermalt von Stöhnen und Carlys überflüssigem Schrei: »Fick mich!«

Wieder Gestöhne, diesmal männlich. Das Kopfbrett krachte immer fester und schneller gegen die Wand, und die Stimmen klangen eher nach Gewalt als Lust. Dann war es still.

Regina bemerkte, dass ihr Atem schwer ging. Sie wusste nicht, ob es daran lag, dass sie aus dem Schlaf gerissen worden war, oder an der Natur der Geräusche aus dem Nebenzimmer. Es war beunruhigend und erregend zugleich, und das machte ihr mehr zu schaffen als der Umstand, dass sie das Liebesleben ihrer Mitbewohnerin im wahrsten Sinne des Wortes um den Schlaf brachte.

Sie wusste, dass sie in Bezug auf Sex im Rückstand war. In ihrem Alter noch Jungfrau zu sein, war für die meisten unvorstellbar. Aber so war es nun einmal, und es hatte sie auch nie gestört, bis sie nach New York gezogen war und feststellen musste, dass sie sozusagen als Letzte zur Party kam.

Es war nicht so, dass sie *plante*, niemals Sex zu haben. Sie hatte kein Keuschheitsgelübde abgelegt oder dergleichen. Es hatte sich vielmehr nie eine Gelegenheit ergeben. Ihre Freundinnen zuh Hause meinten, dass sie blind durch die Welt lief – dass es Anwärter gab, die sich gerne mit ihr verabreden würden, wenn sie etwas öfter ausginge oder auch mal etwas unternähme. »Du bist immer so ernst«, klagten sie. Es lag nicht daran, dass Regina sich nicht amüsieren wollte. Sie war sich eben nur schmerzlich bewusst, dass jede durchfeierte Nacht für das Studieren verloren war, dass jeder Typ, in den sie sich verguckte, drohte, sie vom Wesentlichen abzuhalten: Studieren. Lernen. Der Vorbereitung auf die Zukunft.

Lass dich nicht vom Weg abbringen. Das war das Mantra ihrer Mutter. Sie erklärte Regina gerne, dass Jungs nichts als eine Ablenkung waren – »ein bombensicheres Rezept für eine gescheiterte Zukunft«. *Ihr war genau das passiert*, hatte ihre Mutter sie in ernstem Tonfall gewarnt. Regina kannte die Geschichte in- und auswendig: Ihre Mutter sprach davon, wie sie ihre Träume aufgegeben hatte, um Reginas

Vater während seines Architekturstudiums und zu Beginn seiner beruflichen Laufbahn zu unterstützen – um dann mit Regina schwanger zu werden. »Und dann ist dein Vater gestorben, und ich stand mit allem alleine da. Niemand rechnet mit solchen Notsituationen, Regina. Verlassen kannst du dich einzig und allein nur auf dich selbst.«

Regina sah auf die Uhr. Zwei Uhr morgens. In fünf Stunden klingelte der Wecker.

Lachen, dann wieder ein Stöhnen.

Regina rollte sich auf den Rücken, verzweifelt bemüht, zurück in den Schlaf zu finden. Ihr Nachthemd, ein graues Baumwollding von Old Navy, wickelte sich um ihre Taille. Sie zupfte es los, schob es aber nicht nach unten. Sie streichelte ihren Bauch und versuchte sich zu entspannen und wieder einzuschlafen. Und dann wanderte ihre Hand wie von selbst an das Bündchen ihres Unterhöschens.

Sie hielt inne. Im Nebenzimmer herrschte Stille.

Regina schob die Hand in ihr Höschen und berührte sich leicht zwischen den Beinen. Der Gedanke an den Mann keine zwei Meter entfernt auf der anderen Seite der Wand war aufregend, gleichzeitig lenkte er sie ab. Es war lange her, dass sie ein Mann berührt hatte, und ihre wenigen Erlebnisse waren unbeholfen und nicht der Erinnerung wert. Jetzt war es ihr fast unmöglich, sich die Hand eines anderen an dieser so intimen und empfindlichen Stelle vorzustellen. Eine Hand, die sie streichelte, bis sie feucht war, sich dann in sie hineinschob, sich auf und ab bewegte, in der richtigen Weise, um einen gewaltigen Höhepunkt herbeizuführen. Ihre Hand bewegte sich schnell, ihre Vagina pulsierte unter ihren Fingern, ihre Hüften wiegten sich im

Einklang dazu. Sie erreichte den vertrauten Gipfel der Lust und lag dann reglos auf ihrer zerknautschten Decke. Ihr Herz klopfte.

Wie wäre es, im Moment des Höhepunktes jemanden neben sich zu haben?

Langsam fragte sie sich, ob sie das je erfahren würde.

3

Ein Mädchen mit rot gefärbten Haaren und einem Shirt von der Columbia University reichte Regina einen Stapel zerknitterte Anforderungsscheine.

»Wie ist das, soll ich jetzt einfach hier warten?« Das Mädchen lehnte sich an den Schalter.

»Sie können an einem der Tische warten, bis Ihre Nummer auf der Anzeigetafel erscheint. Das bedeutet dann, dass Ihre Bücher zur Abholung bereitliegen«, erklärte Regina.

Regina liebte inzwischen den vorhersehbaren Rhythmus ihrer Arbeit in der Ausleihe: Die ruhigen Morgenstunden, der Andrang am Nachmittag, das allmähliche Abebben am frühen Abend, wenn die Leute nach und nach zum Abendessen verschwanden – ein paar kehrten danach zurück, andere hatten genug für den Tag. Sie war sich bewusst, dass sie sich glücklich schätzen musste, ihre Tage in einem der wohl schönsten Räume der Stadt zu verbringen. Und wenn ihre Tätigkeit auch nicht sonderlich anspruchsvoll war, verschaffte es ihr doch eine gewisse Befriedigung, den ungeduldig wartenden Bibliotheksbesuchern ihre Bücher auszuhändigen. Und während sie so die Reihen von Leuten betrachtete, die über Bücher und Laptops gebeugt an den Tischen saßen, fragte sie sich, was sie wohl alle machten. Wurde vielleicht gerade der nächste große amerikanische

Roman in diesem Saal verfasst? Etwas erfunden? Die Geschichte neu entdeckt?

Und doch verspürte sie manchmal, wenn weniger los war, eine innere Unruhe.

»Warum liest du nicht?«, wollte Alex wissen, ein drahtiger, etwas linkischer und doch auf seine tapsige Art süßer NYU-Student, der in Teilzeit arbeitete und Bücher aus den verschiedenen Räumen zur Ausleihe brachte.

»Dürfen wir hier denn lesen?«, fragte sie.

»Also, bei mir hat nie jemand etwas gesagt«, meinte Alex. »Und wir wissen doch beide, dass Sloan keine Gelegenheit auslässt, das Personal zurechtzuweisen. Deshalb würde ich sagen, ja, es ist okay.«

Vielleicht konnten Alex und sie Freunde werden, dachte Regina, auch wenn sie noch nie einen richtigen männlichen Freund gehabt hatte. Ihre Mutter hatte sie stets gewarnt, dass eine echte Freundschaft mit Männern unmöglich war – dass sie »nur das eine wollten«. Aber Alex schien tatsächlich einfach nur freundlich zu sein. Obwohl sie ihn anscheinend etwas vor den Kopf gestoßen hatte, als er sich positiv zu ihrer Frisur im »Bettie-Page-Schnitt« äußerte. »Bettie Page?«, hatte Regina gefragt, und Alex hatte sie angesehen, als wüsste er nicht so recht, ob sie scherzte.

»Du weißt schon, das berühmte Pin-up-Modell? Schwarze Haare, kurzer Pony?«

Regina hatte genickt, obwohl sie keine Ahnung hatte, von wem er da redete. Sie hatte schon gehört, sie sähe aus wie »die eine mit der Show … die mit dem Fransenpony«; oder jemand schnippte mit den Fingern und sagte: »Zooey Deschanel.« Sie hatte sich die Zooey-Deschanel-Sitcom angesehen. Sie konnte zwar eine gewisse Ähnlichkeit bei Haarfarbe und Frisur erkennen, sogar in den Gesichtszügen, aber das flippige übersprudelnde Temperament des Stars machte Reginas Meinung nach jeden weiteren Vergleich hinfällig. Und jetzt musste sie wohl diese Betty Page googeln.

»Ist es schon Zeit fürs Mittagessen?«, erkundigte sich Alex.

Seit ihrem ersten Tag in der Bibliothek vor zwei Wochen hatten sich Alex und Regina angewöhnt, mittags zusammen um den Block zu spazieren und sich beim Imbisswagen in der Einundvierzigsten Burger oder Hotdogs zu holen. Doch heute beschloss Regina, nach Margaret zu sehen und zu fragen, ob sie mit ihr zusammen essen wollte.

***

Regina ging über den südlichen Treppenaufgang ein Stockwerk höher in den dritten Stock, wo Erstausgaben, Manuskripte und Briefe aufbewahrt wurden und wo auch der Vorstandssaal war, der »Trustees Room«. Auf dem Weg kam sie an einem abgesperrten Raum vorbei und wunderte sich.

Sie traf Margaret dabei an, wie sie einen Stapel von Büchern in einem Bestandsbuch registrierte.

»Das machen Sie alles von Hand?«

»Ja. Und unser Praktikant gibt das Ganze dann in den Computer ein. Ich will mich mit diesen Maschinen nicht herumärgern.«

»Ich wollte fragen, ob Sie vielleicht mit mir zusammen Mittagspause machen wollen? Ich habe mein Essen dabei, und wir könnten uns raussetzen …«

Margaret schüttelte bereits den Kopf. »Dienstags esse ich nicht zu Mittag«, antwortete sie. Regina wusste nicht so recht, was sie darauf erwidern sollte. Margaret fügte hinzu: »Wenn man älter wird, braucht man weniger Schlaf und weniger zu essen. Sie werden schon noch sehen.«

»Gut, in Ordnung. Dann vielleicht ein andermal. Ach ja, das wollte ich Sie noch fragen – was ist eigentlich im Raum 402?«

»Da ist die Barnes Collection drin – Besuch nur mit Sondergenehmigung. Dort stehen zum Beispiel Erstausgaben von Virgina Woolf und Charles Dickens.«

»Als Kind habe ich jedes Jahr die Bibliotheksführung gemacht. An diese Sammlung erinnere ich mich gar nicht.«

»Sie ist auch erst seit fünf Jahren hier. Die Familie Barnes spendete zwanzig Millionen Dollar. Sie haben den kompletten Hauptlesesaal renoviert. Erinnern Sie sich daran, dass er über ein Jahr lang geschlossen war?«

Regina nickte.

»Die Barnes Collection war früher offen. Damals war ich häufig dort, aber seit ich mir erst eine Erlaubnis holen muss, ist es mir zu kompliziert.«

»Bei wem könnte ich mir denn so eine Erlaubnis holen?«

Margaret zuckte die Schultern.

Regina gehörte nicht zu den Leuten, die gegen Regeln verstießen, aber sie konnte sich nicht vorstellen, dass diese Werke vor den Mitarbeitern der Bibliothek versteckt werden sollten. Es war durchaus sinnvoll, dass nicht jeder Besucher nach Gutdünken durch die Sammlung streifen durfte, aber was konnte es schaden, wenn sie einen Blick hineinwarf?

Die dunkle Flügeltür war von Marmor gerahmt, »Jasper T Barnes Room« stand in Goldlettern darüber. Behutsam näherte sich Regina dem Raum. Wenn er verschlossen war, dachte Regina, blieb ihr das Dilemma erspart, ob sie nun einen Blick hineinwagen sollte oder nicht.

Sie legte die Hand auf die goldene Klinke und drückte sie nach kurzem Zögern hinunter. Die Tür war nicht abgesperrt und ließ sich öffnen.

Als Erstes fiel Regina die Schlichtheit des Raumes im Vergleich zum Rest der Bibliothek auf. Er war im klassisch englischen Stil gehalten und bis unter die Decke gefüllt mit Büchern in verglasten Holzregalen. Die Mitte des Raumes beherrschte ein langer mächtiger Tisch aus dunklem Holz, fast wie eine Speisetafel, umgeben von rot gepolsterten Stühlen.

Und dann bemerkte sie, dass sie nicht allein war.

Ein merkwürdiger, fast klagender Laut drang aus einer Ecke, die man von der Tür aus nicht einsehen konnte. Doch als Regina einen Schritt in den Raum trat, erkannte sie schockiert, was dieses Geräusch verursachte: Eine nackte Frau stützte sich mit den Armen auf einer Marmorbank ab. Sie hatte sich vornübergebeugt, ihr Kopf war gesenkt, und das lange Haar hing fast bis zum Boden. Hinter ihr stand ein Mann, ebenfalls nackt. Er hielt sie an den Hüften und fickte sie mit solcher Rohheit, dass Regina nicht wusste, ob das Stöhnen der Frau nun Lust oder Schmerz ausdrückte. Ein Teil von ihr – der praktische, rationale Teil – sagte ihr, dass sie sich abwenden und das Weite suchen sollte. Doch ein anderer Teil von ihr – einer, den sie nicht ganz verstand – war wie gebannt von dem Schauspiel.

Bald erkannte Regina mit klopfendem Herzen, dass sie es eindeutig mit einem Akt der Lust zu tun hatte. Der stetige Rhythmus, in dem sich die beiden im Einklang bewegten, das unkontrollierte Stöhnen der Frau und der Schweißfilm auf ihren langen Armen, den Regina selbst aus der Entfernung sah – das war wilde Ekstase. Regina wusste, dass sie nicht dastehen sollte, und als wollte sie ihr Körper für das Vergehen bestrafen, durchlief sie ein heißes Zucken der Erregung zwischen den Beinen.

Beschämt versuchte Regina den Blick abzuwenden, doch stattdessen wanderte er direkt zum Gesicht des Mannes. Und zu ihrem Schrecken bemerkte sie, dass sie ihn kannte: Das dunkle widerspenstige Haar, die schwarzen Augen, die markanten Konturen. Es war der Mann, dem sie an ihrem ersten Tag auf der Treppe begegnet war.

Und dem Lächeln nach zu urteilen, das sich bei ihrem Blickkontakt in seinem Gesicht ausbreitete, hatte auch er sie erkannt.

4

Regina stolperte rückwärts aus dem Zimmer und schloss geistesgegenwärtig die Tür hinter sich mit ihren zitternden Fingern.

Ihr erster Gedanke war die Scham, dass sie sich in dieses schmutzige kleine Schauspiel hineinziehen hatte lassen. Sie hätte auf keinen Fall zuschauen dürfen – sondern auf der Stelle davonlaufen sollen. Oder, besser noch, die beiden stoppen. Ihre Scham verwandelte sich in Wut.

Das hier war eine *Bibliothek.* Was war nur los mit diesen Leuten?

Sie atmete tief durch, gestärkt durch ihre Entrüstung. Dann huschte sie durch den Gang zur südlichen Treppe und hinunter in die Rotunde vor dem öffentlichen Katalogsaal.

Hier in der Sicherheit des öffentlicheren Bereichs gelang es ihr, sich wieder zu sammeln. Sie kehrte zur Ausleihe zurück, wo Alex an ihrem Stuhl lehnte und *Temple Run* auf dem iPhone spielte.

»Wenig los, heute«, bemerkte er. »Selbst die Bücherfreaks sind bei diesem schönen Wetter nicht gern drin.«

Regina nickte und stellte ihre Brotzeittüte auf den Tisch zurück. Am oberen Rand war sie ganz feucht von ihren schweißigen Händen.

Alex musterte die Tüte. »Ich dachte, du wolltest Mittag machen?«

»Ich habe keinen Hunger.«

Er bedachte sie mit einem misstrauischen Blick. »Was ist los mit dir?«

»Nichts«, erwiderte sie. Sie fühlte sich schmutzig und schämte sich, als wäre sie es gewesen, die da über die Marmorbank gebeugt gestanden hätte. Und sie wusste, dass sie so empfand, weil sie, so ungern sie es sich eingestand, trotz ihrer Empörung über dieses Sakrileg einen flüchtigen Moment lang gewünscht hatte, selbst diese Frau zu sein.

Was war nur los mit ihr? Es musste an Carlys Einfluss liegen – dieses ganze, verrückte nächtliche Treiben in der Wohnung machte ihr mehr und mehr zu schaffen. Sie litt unter Schlafmangel. Und sie wohnte mit einer Frau zusammen, die keinen Anstand hatte. Ihre Mutter hatte recht gehabt: Ihr Umzug nach New York konnte zu nichts Gutem führen.

»Wie du meinst. Aber ich bin am Verhungern. Ich gehe zum Imbissstand. Soll ich dir was mitbringen?« Er sprang auf und fischte die Ohrstöpsel aus seiner Jackentasche.

Regina wollte nicht, dass er ging. Sie war erschüttert von ihrer Entdeckung. Sie hatte sich davongestohlen, aber das Bild ging ihr einfach nicht aus dem Kopf. Sie fragte sich, ob sie Sloan diesen Vorfall melden sollte, aber bei dem Gedanken wurde ihr ganz mulmig.

»Warte – kann ich dir etwas sagen?«

»Klar«, sagte er. »Burger oder Hotdog?«

In ihrem Kopf formten sich die Worte, aber ihr Mund spielte nicht mit.

»Mir schmeckt das Essen vom Imbiss nicht«, brachte sie schließlich hervor.

Alex schüttelte den Kopf. »Okay, Ms. Finch. Vielen Dank für diese Information.«

***

Sie war im dritten Stock im Treppenhaus des schmucken Stadthauses, als sie die wummernde Rap-Musik aus ihrer Wohnung hörte. Mit einem Seufzen setzte sie ihren Aufstieg fort. Als sie den Schlüssel ins Schloss steckte, wusste sie, dass sie nicht einmal bei geschlossener Zimmertür ihr eigenes Wort verstehen würde.

»Hallo! Wie geht's?«, fragte der Typ auf dem Sofa und saugte an einer großen Bong.

»Ach, ich komme gerade von der Arbeit heim«, erklärte Regina. Zumindest kannte sie den Kerl – er war einer von Carlys häufigeren Besuchern und hieß Derek. Unter anderen Umständen hätte Regina ihn vielleicht als Carlys Freund bezeichnet. Aber nachdem in der vorangegangenen Nacht ein anderer Kerl da gewesen war, traf das vielleicht nicht zu. »Könntest du die Musik vielleicht etwas leiser stellen?«

»Magst du J nicht?«

She's got an ass that'll swallow up a g-string
And up top, uh, two bee stings
Ihr fetter Arsch verschlingt den Tanga in der Mitte
Und darüber, o nein, zwei Minititten

Regina ging in ihr Zimmer und schloss die Tür. Es sah aus, als stünde ihr mal wieder ein Abend des selbst auferlegten

Exils bevor, bis Carly ausging – wenn sie denn ausging. Regina hoffte, dass sie in der Bibliothek ein paar Freundschaften schließen würde, damit sie sich ab und an mit jemandem verabreden konnte.

Die Musik wurde plötzlich um zirka zehn Dezibel runtergedreht, dann klopfte es an ihrer Tür. Widerwillig öffnete Regina sie einen Spalt breit.

»Besser?«, erkundigte sich Derek.

»Was? Ach so – die Musik? Ja, danke.«

»Warum gehst du eigentlich nie aus?«, wollte er wissen.

»Wie bitte?«

»Carly sagt, sie hätte noch nie erlebt, dass du abends die Wohnung verlässt.«

Regina spürte, wie sie errötete. »Ich finde nicht, dass dich das etwas angeht.«

»Hey, ich wollte dir nicht zu nahetreten. Ich meine ja nur – komm doch mit. Wir sehen uns eine Show in der Rivington Street an. Ich verspreche dir, dass du noch vor der Geisterstunde wieder zu Hause bist.

Regina schüttelte den Kopf. »Nein, danke.«

5

Die Rivington Street war die merkwürdigste Gegend, die Regina je gesehen hatte.

Dunkle Ecken, schöne, ultrahippe Frauen, die rauchend die Gehsteige entlangschlenderten, bizarre Ladenfronten, bei denen man sich fragte, ob es nun Bars oder Läden waren. All das verstärkte ihren Wunsch, sie wäre in Deckung geblieben, als Derek – diesmal mit Carly zusammen – noch einmal an ihrer Tür geklopft und darauf bestanden hatte, dass sie »endlich einmal ausging«.

Regina wollte aber auch nicht zu Hause hocken und sich den Kopf über die Szene in der Bibliothek zerbrechen. Also gab sie schließlich nach.

Sie bogen in die Norfolk Street, an deren Ende ihr Ziel lag, die Nurse-Bettie-Bar.

»Also, ich weiß nicht, was meine Mutter davon halten würde«, witzelte Regina, und Carly verdrehte die Augen.

»Entspann dich einfach!«, empfahl sie.

Es war ein kleines schummriges Lokal mit Blechdach und nackten Ziegelwänden. An der Wand hinter der dunklen Holztheke hingen alte, gold- und silbergerahmte Fotografien und Regale mit bunten Schnapsflaschen. Aus den Boxen drang französischer Pop.

Gegenüber der Bar verlief ein schmaler Tresen an der

Wand, davor standen drehbare silberne Barhocker mit roten Polstern. Regina und Carly ergatterten die letzten freien Plätze, während Derek Getränke an der Bar holte.

Carly surfte mit ihrem iPhone im Internet. Wie immer wirkte sie gelangweilt, und Regina fragte sich, ob das eine spezielle Eigenart von Carly war, oder ob das typisch für Leute aus Manhattan war.

Sie selbst konnte sich nicht vorstellen, New York jemals langweilig zu finden. Jede Straßenecke, jeder Imbissverkauf, jede grölende Horde versetzte sie in Erstaunen.

»Was ist dein Username bei Twitter?«, erkundigte sich Carly.

»Äh … Regina?«, sagte Regina.

Carly tippte auf ihrem Handy herum. »@ Regina …?«, fragte sie.

»Bitte was?«

Carly ließ ihre Handy sinken und rang sichtlich um Geduld.

»Bist du bei Twitter?«, hakte sie nach.

»Ich glaube nicht«, meinte Regina.

Derek kam zurück und verteilte Drinks.

»Zweimal Moskow Mule«, erklärte er.

Carly nahm einen Schluck. »Mmmmh. Schmeckt gut. Was ist da drin?«

»Wodka, Ginger Ale und Limettensaft«, antwortete Derek.

Regina probierte, aber es schmeckte ihr nicht. Sie stellte ihr Glas hinter sich auf den Tresen.

»Wann geht's denn los?«, fragte Carly. Dereks Antwort bekam Regina nicht mit, weil er sie direkt in Carlys Mund flüsterte, bevor sie zu knutschen begannen. Regina schaute weg und versuchte herauszufinden, wo dieser kleine Raum Platz für eine »Show« bieten sollte.

»Was für eine Show ist es denn?«, wollte Regina wissen. Keiner der beiden antwortete. Sie hoffte auf eine Live-Band, vielleicht einen Bluessänger. Das hätte jedenfalls zur Atmosphäre der Bar gepasst.

Als sich ihre beiden Begleiter schließlich wieder an sie erinnerten, versuchten sie, Regina in ein Gespräch zu verwickeln.

»Also, was macht eine Bibliothekarin den ganzen Tag?«, fragte Derek pflichtbewusst.

Carly schaute sie erwartungsvoll an. Regina wusste nicht, ob es der Druck war, etwas zum Gelingen des Abends beizutragen, oder ob sie durch ihr wochenlanges Außenseiterdasein mürbe geworden war. Vielleicht brauchte sie auch einfach jemanden, dem sie sich anvertrauen konnte. Jedenfalls brach es aus ihr heraus: »Also, heute habe ich zwei Leute beim Sex erwischt.«

Derek horchte auf. »In der Bibliothek?«

»Ja«, sagte Regina.

»Vielleicht hätte ich diesen Ort doch nicht ganz so schnell abschreiben sollen«, sann Carly nach.

Regina nippte noch einmal an ihrem Cocktail. Er schmeckte immer noch scheußlich.

»New York ist voller Exhibitionisten«, stellte Derek fest.

»Und, was hast du *getan*?«, fragte Carly.

»Nichts. Ich bin rausgerannt.«

Carly und Derek schienen nachzudenken.

»Viel mehr kann man vermutlich auch nicht tun. Es sei

denn, man entdeckt eine Möglichkeit, sich einzuklinken«, meinte Derek.

Carly lachte. »Super Idee«, spottete sie.

Obwohl die beiden das Ganze lächerlich machten, fühlte sich Regina erleichtert. Sie wusste nicht, was sie mehr verstörte: dass jemand ungeniert ihre geliebte Bibliothek entweihte, oder dass sie den Täter nicht nur erkannt hatte, sondern ihn auch noch höchst attraktiv fand.

»Ich hab noch nicht mal jemandem davon erzählt. Aber jetzt überlege ich, ob ich es meiner Chefin melden soll. Schließlich hätte ja auch ein Kind zur Tür reinkommen können.« Obwohl das unwahrscheinlich war, denn Regina war in einen geschlossenen Bereich eingedrungen. Doch so konnte sie ihrer Empörung am besten Luft verschaffen.

»Waren das normale Leute oder sah der Typ wie ein Perverser aus?«, erkundigte sich Carly.

Das Bild dieses irritierend schönen Mannes mit den dunklen Augen schoss ihr durch den Kopf.

»Wie sehen Perverse denn aus?«, wollte Derek wissen.

»So wie du!«, kicherte Carly und boxte ihn in den Arm.

* * *

Gegen elf war es so voll in der Bar, dass man sich kaum noch rühren konnte. Und alle versuchten, möglichst weit hinten zu stehen. Regina fand auch bald heraus warum.

»Blueberry Hill« von Fats Domino löste den französischen Pop ab, und der hintere Teil des Raumes wurde in blaues und goldenes Licht getaucht. Auf diese Weise entstand eine Bühne, bestückt mit einem kleinen altmodischen Ofen und einem viereckigen Resopaltisch. Neben dem Ofen stand eine bildhübsche Frau. Sie hatte schulterlanges dunkles Haar mit einem kurzen, üppigen Pony. Sie trug ein Kleid im Stil der 1950er-Jahre, mit enger Taille und ausgestelltem Rock. Auf ihrer Schürze stand »Happy Homemaker«. Regina fiel auf, dass sie schwarze High Heels aus Lackleder trug.

»Sie hat die gleiche Frisur wie du«, sagte Derek zu Regina. Carly musterte sie.

»Stimmt«, nickte Carly. »Dein Hippielook mit Blusen und Flatterrock ist etwas seltsam. Aber deine Frisur ist supercool.«

»Ich wollte meinen Pony gar nicht so kurz haben. Ich hab nur auf der einen Seite zu viel abgeschnitten und musste dann ausgleichen …«

»Ist doch egal. Steh dazu«, meinte Carly. »Es sieht jedenfalls cool aus.«

Die Frau auf der Bühne bückte sich, um die Ofentür zu öffnen. Dabei rutschte ihr Kleid so weit nach oben, dass man ihre Nahtstrümpfe und die Strumpfhalter sah. Das Publikum klatschte, und ein paar Leute pfiffen. Regina fühlte ein erstes Erröten, setzte jedoch ein Pokerface auf.

Nun holte die Frau einen Blaubeerkuchen aus dem Ofen und trug ihn zum Tisch. Sie machte großes Aufhebens darum, ihre Schürze auszuziehen, sich damit Luft zuzufächeln und sie dann ins Publikum zu werfen. Dann bohrte sie einen Finger in den Kuchen, zog ihn heraus und schleckte ihn ab.

»Was wird *das* denn?«, fragte Regina an Carly gewandt.

»Pst. Schau einfach zu.«

Jetzt fächelte sich die Frau mit einer Serviette Luft zu

und drehte sich mit dem Rücken zum Publikum. Mit einer Hand öffnete sie langsam den Reißverschluss ihres Kleides und ließ es zu Boden fallen. Vor lauter Klatschen und Pfeifen konnte Regina die Musik kaum mehr hören. Die Frau hatte sich wieder dem Publikum zugewandt. Jetzt war sie nur noch mit einem roten Spitz-BH aus Satin, einem roten Slip, den Strumpfhaltern, Strümpfen und ihren High Heels bekleidet. »Ist das hier ein Strip-Club?«, fragte Regina.

»Nein, das ist eine Burlesque-Show!«, sagte Carly. »Erzähl mir nicht, dass du noch nie eine Burlesque-Tänzerin gesehen hast.«

Sie macht Witze, dachte Regina.

Die Frau öffnete ihren BH und schob ihn sich aufreizend von den Schultern. Regina wandte sich ab, doch als sie wieder auf die Bühne linste, lag der BH am Boden. Die vollen runden Brüste der Frau waren nur noch von rotglitzernden Stoffflicken bedeckt, einer auf jeder Brustwarze. Jetzt holte sie ein Kuchenesser hervor und fing an, den Kuchen aufzuschneiden.

Der Widerspruch zwischen dem üppigen, nahezu nackten Körper der Frau und dieser Alltagsbeschäftigung war verwirrend. Er bot gerade genug Ablenkung, dass Regina nicht das Gefühl hatte, wirklich etwas Sexuelles zu beobachten. Doch dann nahm die Frau ein Kuchenstück in die Hände und biss hinein. Ein Klacks Blaubeerfüllung fiel zwischen ihre Brüste. Sie zog ein übertriebenes »Ups«-Gesicht und fuhr mit einem Finger vom Bauch bis zum Dekolleté, wischte das Blaubeermus von sich ab und leckte es von den Fingern, die Augen lustvoll halb geschlossen, die Zunge im Spiel mit ihrer Hand. Regina schauderte. Die

Frau hätte nicht lasziver wirken können, hätte sie es sich auf der Bühne selbst gemacht.

Und dann merkte sie, dass auch ihr eigener Atem schneller ging und ihre Brustwarzen hart wurden und unter dem BH kribbelten.

»Ich geh dann mal heim«, erklärte Regina.

»Sei nicht albern – die Show geht doch gerade erst los«, meinte Carly.

»Ich bin müde.« Regina glitt von ihrem Barhocker und kämpfte sich durch die Menge zum Eingang, wo eine lange Schlange von Leuten darauf wartete, eingelassen zu werden.

Wieder einmal fragte sie sich, warum sie sich im Abseits immer am sichersten fühlte.

6

Am nächsten Morgen lag eine Nachricht von Sloan auf ihrem Tisch. »Kommen Sie sofort zu mir.«

Vielleicht war es ein Wink des Schicksals, dachte Regina. Wenn Sloan mit ihr reden wollte, war das am Ende die Antwort darauf, ob sie »den Vorfall« – wie sie ihn nun in Gedanken nannte – melden sollte oder nicht.

Regina hatte während der ganzen Fahrt in die Arbeit gegrübelt, ob sie Sloan von ihrem Erlebnis im dritten Stock berichten sollte. Als die Subway an der Station in der Zweiundvierzigsten Straße einlief, war sie endlich zu dem Schluss gekommen, dass die Bibliothek für eine verantwortungsbewusste Mitarbeiterin an erster Stelle stehen musste und sie den Kerl deshalb melden sollte. Blieb die Frage, wie sie es einfädeln sollte. Doch dass sie jetzt zu Sloan bestellt wurde, lieferte ihr den perfekten Aufhänger.

»Sie wollten mich sprechen?«, fragte Regina in der Tür.

Sloan saß an ihrem Schreibtisch und blätterte im *Modern-Bride*-Magazin. Auf ihrem Computer lief eine Modenschau für Hochzeitskleider von Vera Wang.

»Ja«, sagte Sloan. »Sie müssen mich auf ein Young-Lions-Treffen begleiten. Sie wissen, was die Young Lions sind, oder?«

Regina schüttelte den Kopf.

Sloan seufzte. »Die Young Lions gehören zum Fundraising-Programm der Bibliothek. Es ist ein Förderkreis für Mitglieder zwischen zwanzig und dreißig. Ich gebe Ihnen Informationsmaterial dazu. Für den Moment müssen Sie nur wissen, dass sie die jährliche Gala für den Literaturpreis finanzieren. Wir sind dieses Jahr schrecklich hinten dran. Das Komitee setzt sich aus Vorstandsmitgliedern der Bibliothek und dem Lese-Gremium zusammen, das Nominierungen aufstellt und den Gewinner bestimmt.«

»Ich glaube, ich habe davon gehört«, sagte Regina und fragte sich, wie sie zu ihrer kleinen Beobachtung überleiten sollte.

»Das hoffe ich doch. Wie dem auch sei, ich brauche eine Protokollantin. Eigentlich hatte ich eine Praktikantin dafür, aber sie hat aufgehört, deshalb müssen Sie heute einspringen. Wir treffen uns um zehn im Vorstandssaal im dritten Stock.«

Regina wusste alles über den Vorstandssaal – einen der prunkvollsten Räume der Bibliothek. Aber sie hatte ihn nie mit eigenen Augen gesehen und freute sich, jetzt eine Gelegenheit dazu zu bekommen. Dennoch hing ein Schatten über ihr.

»Okay, aber vor dem Treffen würde ich Sie gern in einer anderen Sache sprechen –«

»Nicht jetzt, Regina. Gehen wir.« Sloan loggte sich aus der Hochzeits-Website aus und hängte sich die Chanel-Tasche über die Schulter.

Dienstbeflissen folgte Regina Sloan durch den Gang. Ihre Chefin schien nicht an einer Unterhaltung interessiert, also hielt es Regina genauso und schwieg.

Der Vorstandssaal enttäuschte sie nicht. Mit Teakholzboden und einem weißen, üppig verzierten Marmorkamin war er ein Ausdruck von Eleganz. Ein Teil der Inschrift über dem Kamin lautete: *Die Stadt New York hat dieses Gebäude für die freie Nutzung aller Menschen errichtet. MCMX.*

Über die Decke zog sich ein ovales Relief aus cremefarbenen Borten. Ein riesenhafter Messinglüster hing in der Mitte, und selbst von ihrem Standpunkt aus konnte Regina einzelne Details der Teufelsfratzen und Löwen erkennen.

Regina setzte sich an den dunklen Eichentisch in der Mitte des Raums. Bis auf einen waren alle Stühle besetzt. Ein Block, ein frisch gespitzter Bleistift und eine Wasserflasche standen an jedem Platz.

»Wir fangen an, sobald Sebastian da ist«, erklärte eine kleine brünette Frau, die die Versammelten mit hoher Zwitscherstimme ansprach.

Die Wartenden unterhielten sich gedämpft, und Sloan neigte sich zu Regina: »Ich stelle Sie vor, wenn wir vollzählig sind. Ich glaube, wir warten nur noch auf den Direktor des Gremiums«, sagte sie. »Ah, da ist er ja. Sebastian Barnes.«

Regina folgte Sloans Blick zur Tür und wäre fast in Ohnmacht gefallen.

Es war der Mann aus dem dritten Stock.

7

»Dann fangen wir an«, begann der Neuankömmling und setzte sich an die Stirnseite des Tisches. Umgeben von all dem Prunk trat seine dunkle Attraktivität noch markanter hervor. Die hohen Wangenknochen, das unsäglich kräftige Haar ließen ihn wie eine wandelnde Werbung für Ralph Lauren erscheinen.

Obwohl Regina ein Stück entfernt an der Längsseite des Tisches saß, schienen sich seine dunklen Augen direkt auf sie zu heften.

Sebastian Barnes.

Die Barnes Collection.

Regina spürte, wie ihre Wangen brannten, und senkte den Blick auf ihren Notizblock.

»Sebastian, bevor wir anfangen …«, setzte Sloan an und blickte zu Regina.

O nein, dachte sie.

»Würde ich gerne unsere neue Bibliothekarin vorstellen, Regina Finch. Sie ist heute dabei und führt Protokoll.«

»Willkommen an Bord, Regina«, sagte Sebastian. Es war völlig surreal, ihren Namen aus seinem Mund zu hören. Sie bemerkte, dass sich alle am Tisch ihr zugewandt hatten, aber sie brachte keinen Ton heraus – nicht einmal ein einfaches Danke. Dass er keine Spur von Scham zeigte, während er sie ansah, erstaunte sie zutiefst. Er ließ mit keiner Regung erkennen, dass sie ihn in einer peinlichen Situation erwischt hatte.

Und er sah genauso umwerfend aus, wie sie ihn in Erinnerung hatte – vielleicht sogar noch besser. Allein seine adonishaften Züge hätten gereicht, um ihm ein attraktives Aussehen zu verleihen, doch in Verbindung mit den schwarzen Augen und dem glänzenden dunklen Haar wirkte er fast exotisch. Und er strahlte eine Energie aus, etwas durch und durch Lebendiges – und unverkennbar Erotisches.

Er eröffnete die Sitzung mit einer Diskussion über die Literaturpreisgala. Anscheinend hatte man die Preise in den vergangenen elf Jahren im Frühjahr verliehen. Dieses Jahr wollten die Kuratoren der Bibliothek die Preise im Herbst verleihen, um damit die Herbstsaison einzuläuten und um Unterstützung für die herannahende Spendenaktion an Weihnachten zu werben. Unglücklicherweise hatte diese kurzfristige Veränderung die gesamte Terminplanung durcheinandergeworfen.

»Uns bleibt gar keine Zeit zu lesen oder zu planen … dieser Termin ist einfach nicht zu schaffen«, kritisierte eine der Anwesenden.

»Aber die Kuratoren haben den Eindruck, dass die Veranstaltung im Frühjahr untergeht. Weihnachten hingegen ist die Zeit des Schenkens und Spendens. Deshalb bringt uns ein Literaturfest im Herbst am meisten ein.«

»Können Sie nicht noch einmal mit ihnen reden?«, fragte jemand aus der Runde. »Wir haben Hunderte von Einsendungen von den Verlagen, mehr noch als im letzten Jahr, als wir doppelt so viel Zeit hatten. Wir können einfach nicht allen Romanen auf der Liste die Beachtung schenken, die sie verdienen.«

Sebastian schüttelte den Kopf. »Wir müssen es schaffen. Ich wurde überstimmt.«

Ein Sturm der Entrüstung brach aus.

»Dann brauchen wir mehr Leser!«, rief eine Frau. »Sloan, Sie müssen ein paar der Bücher übernehmen.«

»Mit Freuden«, antwortete Sloan, doch dem verkrampften Griff um ihren Bleistift nach zu schließen, schien sie das Gegenteil zu meinen.

»Sloan, wir wissen alle, dass du mit Hochzeitsvorbereitungen beschäftigt bist. Und das hier ist ein zeitintensiver Job«, sagte Sebastian. Dann wandte er sich an Regina: »Ich glaube, wir müssen unseren Neuzugang rekrutieren.«

»Was?«, fragten Regina und Sloan im Chor.

»Gute Idee«, meinte die kleine Brünette mit der hohen Stimme. »Alle packen mit an.«

»Moment mal«, wandte Sloan ein. »Regina ist meine Angestellte, und es liegt in meiner Verantwortung, dafür zu sorgen, dass sie sinnvoll eingesetzt –«

»Sie soll ja auch nicht während der Arbeitszeit lesen, Sloan. Und du hast Betsy gehört, wir müssen zusammenhelfen.« Und als wäre die Angelegenheit damit geklärt, wandte er sich wieder an Regina. »Regina, Sie sind nun offiziell Leserin für unser Literaturkomitee. Alles Weitere erkläre ich Ihnen im Anschluss an die Sitzung. Dieser Preis wurde ins Leben gerufen, um junge Schriftsteller unter fünfunddreißig zu fördern. Der Preis ist mit zehntausend Dollar dotiert. Die Verlage schlagen ihre Autoren vor, wir suchen die Kandidaten aus. Aber wie gesagt, wir können das nach der Sitzung besprechen. Jetzt müssen wir uns mit der Lesereihe im Herbst befassen. Jonathan Safran Foer ist ausgefallen, wir brauchen also einen Ersatz für November …«

Regina sah ihm zu. Sie hörte ihn kaum, war aber gebannt von seinem selbstsicheren Auftreten und davon, wie fest er die Versammlung im Griff hatte. Sie hatte noch immer keinen Überblick über die Rollenverteilung und Hierarchie in der Bibliothek und die diversen Verknüpfungen zwischen Fundraising und der Finanzierung von Veranstaltungen, aber egal welcher Raum oder welche Veranstaltung, Sebastian Barnes hatte das Sagen.

Sie konzentrierte sich ganz auf ihren Notizblock. Nur wenn sie mitschrieb, konnte sie sich davon abhalten, ihn anzustarren. Ihn und die Art, wie er mit seinen großen Händen gestikulierte. Wie sich seine breiten Schultern unter dem Nadelstreifenhemd abzeichneten. Sein Lächeln, das nahelegte, dass die Geschehnisse in diesem Raum meilenweit entfernt waren von dem, woran er dachte.

Die Zeit schien stillzustehen und zu rasen zugleich. Regina wollte nicht, dass die Sitzung endete – als würde er sich in Luft auflösen, wenn es vorbei war. Natürlich war das unsinnig, aber schon mit ihm in einem Raum zu sein gab ihr ein Gefühl, das sie nicht gleich wieder verlieren wollte.

»Ich muss weiter«, sagte Sloan. »Mittagessen mit dem East Side Frauenleseverein.«

Regina sah auf die Uhr und bemerkte, dass es fast Mittag war.

»Wir sind sowieso gleich fertig«, stellte Sebastian fest und stand auf. »Regina – bleiben Sie noch einen Augenblick.

Ich möchte Ihnen das Auswahlverfahren für die Kandidaten erklären.«

Sloan drehte sich um und warf ihnen einen seltsamen Blick zu. »Sebastian, sie muss wieder an die Arbeit«, sagte sie mit einem kurzen, gekünstelten Lachen, wie um anzuzeigen, dass es nun einmal zu ihrer Pflicht gehörte, es zumindest zu erwähnen.

»Du musst sie nicht lange entbehren, Sloan. Tu mir den Gefallen.« Er zwinkerte ihr zu. Sloan lächelte und verließ den Raum, zufrieden, jetzt ein Teil der Verschwörung zu sein.

Die übrigen Versammlungsmitglieder folgten ihr. Als Regina allein mit ihm war, bedeutete ihr Sebastian, sich wieder zu setzten. Er selbst nahm erneut den Platz an der Stirnseite ein.

»Kommen Sie doch etwas näher. Hier sitzt niemand mehr«, sagte er und deutete lächelnd auf die vier Stühle, die Regina zwischen ihnen freigelassen hatte. Sie schluckte, nahm ihren Notizblock und setzte sich neben ihn.

Sie konnte ihn einfach nicht ansehen.

»Regina, es ist toll, Sie dabeizuhaben.« Als er das sagte, gelang es ihr, seinem Blick zu begegnen. Er lächelte sie an, als würden sie ein Geheimnis teilen. Was ja auch stimmte. Sie wich seinem Blick aus.

»Und, wie lange arbeiten Sie schon hier?«

»Zwei Wochen.«

»Sind Sie aus New York?«

»Nein«, sagte Regina, der seine Fragen unangenehm waren. Sollten sie nicht über den Literaturpreis sprechen anstatt über sie? Sebastian sah sie erwartungsvoll an, und sie begriff, dass er immer noch auf ihre Antwort wartete, woher sie stammte. »Ich komme aus Philadelphia – beziehungsweise aus der Nähe. Main Line.«

»Main Line, was für eine vornehme Gegend«, sagte er lächelnd. Sie wusste nicht, ob er sich über sie lustig machte.

»Meine Familie ist aber nicht so«, verteidigte sie sich.

»Und wann sind Sie nach New York gezogen?«

»Vor einem Monat.«

»Wow. Dann sind Sie ja wirklich ein Frischling.«

Plötzlich wurde sie wütend. »Aber nicht in Bezug auf Bücher. Ich habe einen Abschluss in Bibliotheks- und Informationswissenschaften. Mit Magna cum laude.« Oje, warum hatte sie das bloß gesagt? Als kümmerte es sie, was er über sie dachte.

Er nickte, als ob er über diese Informationsflut nachdenken würde. »Ich nehme an, Sie lesen schnell? Mögen Sie Literatur?«

»Ja«, sagte sie und verschränkte die Arme.

»Wer sind denn so Ihre Lieblingsautoren?«

Sie sah ihn misstrauisch an. »Modern oder klassisch?«

»Egal.« Er lächelte, offensichtlich von ihr angetan, oder zumindest leidlich interessiert. Sie fand ihn herablassend und irritierend, aber sie würde den Teufel tun und sich von dieser Frage einschüchtern lassen.

»Nun, Henry James zum Beispiel.«

»Oh, ja. ›Das Raubtier im Dschungel‹.«

Sie sah ihn erstaunt an. »Sie haben es gelesen?«

»Sehen Sie mich nicht so an. Englisch war mein Hauptfach an der Uni. Natürlich habe ich es gelesen. Es ist eine meiner liebsten Kurzgeschichten.«

»Nur eine von vielen?«

»Ich glaube, ein paar von Raymond Carver führen die Liste an.«

Sie nickte. Gegen Raymond Carver konnte man kaum etwas einwenden.

»Nun, das klingt ja vielversprechend.« Er klatschte in die Hände. »Immerhin wissen wir jetzt, dass wir bei Kurzgeschichten die gleichen Maßstäbe anlegen.« Seine Augen strahlten. »Wie sieht es mit der Gegenwartsliteratur aus?«

Eine Sekunde lang dachte sie nach, aber ihr Kopf war plötzlich leer. Das war lächerlich. Sie musste ihm nichts beweisen. Es war ihr egal, ob er Englisch im Hauptfach, im Nebenfach oder sonst wie studiert hatte. Das hier war ein Gesprächsthema, bei dem sie sich absolut sicher fühlte.

»Jess Walter. Seine Romane sind alle unglaublich und jeder ist vollkommen anders. Außerdem mag ich Tom Perotta, Michael Chabon und …«

»Interessant«, sagte er, als hätte sie ihm damit etwas verraten.

»Was?«

»Sie haben ausschließlich männliche Autoren genannt. Anscheinend fühlen Sie sich zur männlichen Empfindsamkeit hingezogen.«

Stimmte das? Hatte sie wirklich keine einzige Schriftstellerin genannt? Sie ärgerte sich. Was gab ihm das Recht, ihre Antworten zu beurteilen und sie wie in einem literarischen Psychotest zu analysieren?

»Ich weiß nicht, was Sie damit sagen wollen«, meinte sie. »Im Übrigen täuschen Sie mich keine Sekunde lang. Dieses ganze Gerede über Literatur ändert nichts an der Tatsache, dass Sie jemand sind, der … der …« Sie brach ab, weil ihr plötzlich klar wurde, dass sie sich vor lauter Empörung in eine Sackgasse manövriert hatte.

»Der was?«, fragte er amüsiert. Sein attraktives Lächeln, die Art, wie er sich zu ihr beugte und auf eine Antwort wartete, brachte das Fass zum Überlaufen.

»Der Sex *in der Bibliothek* hat«, flüsterte sie.

»Also wirklich – mit solch schwerwiegenden Anschuldigungen sollten Sie nicht so leichtfertig um sich werfen«, entgegnete er so unschuldig, dass sie kurzzeitig dachte, sie hätte sich tatsächlich alles nur eingebildet. Aber dann brach er in Lachen aus.

»Ich fasse es nicht, dass Sie das lustig finden«, rief sie aus.

»Hey, vergessen wir nicht, dass *Sie* es waren, die in einen privaten Bereich eingedrungen ist. Sie sind ein schlimmes Mädchen.«

Und dann lächelte er nicht mehr. Seine Augen bohrten sich in sie, dass sich ihr Innerstes zusammenzog. Das Bild der Frau stand ihr vor Augen, vornübergebeugt, das Haar bis zum Boden … der lustvolle Ausdruck in Sebastians Gesicht, als er mit wilden Stößen in sie drang …

Regina sprang auf und stürmte aus dem Saal.

***

»Wie läuft's denn so im Bibliotheksgeschäft?«, erkundigte sich Derek, griff in ihre Oreo-Packung und aß zwei Kekse auf einmal.

Regina blickte hilfesuchend zu Carly, ob diese die schlechten Manieren ihres Freunds beanstanden würde, doch ihre Mitbewohnerin bekam nichts mit. Sie saß auf der Küchenarbeitsplatte und lackierte sich die Zehennägel neongrün.

»Ganz okay«, sagte Regina, öffnete den Kühlschrank und holte die Spaghetti vom Vorabend raus.

»Irgendwelche weiteren nackten Begegnungen?«, fragte Carly.

»Nein«, antwortet Regina.

»Hast du es deiner Chefin erzählt?«, wollte Derek wissen.

Regina schob die Nudeln in die Mikrowelle.

»Nein, ich habe es nicht erwähnt.«

»Dann lässt du diesen Perversen frei herumlaufen?«, fragte Carly amüsiert.

Regina zuckte die Schultern. »Ich weiß nicht, ob er tatsächlich pervers ist. Schließlich war es ein privater Raum, und wie sich herausgestellt hat, wurde er von seiner Familie gestiftet oder irgendwie so.«

Sie ging zum Esstisch und schob den neuesten Stapel von Carlys Modemagazinen zur Seite.

»He, Moment mal. Du kannst dich doch jetzt nicht einfach verdrücken«, protestierte Carly.

Sie watschelte auf den Fersen ins Zimmer, die Zehen weit auseinandergespreizt. Derek folgte dicht hinter ihr. »Was soll das heißen: Seine Familie hat den Raum gestiftet? Wer ist denn seine Familie?«

»Das sage ich euch lieber nicht«, erwiderte Regina.

Carly lachte. »Aber warum denn nicht? Endlich hast du mal etwas Interessantes zu erzählen, und dann hältst du uns hin?«

»Du wirst es doch sofort twittern oder bloggen oder was immer du tust.«

»Werde ich nicht«, widersprach Carly. »Ich verspreche es dir, dein geiler kleiner Freund aus der Bibliothek bleibt unser kleines Geheimnis. Kein Wort wird aus diesem Zimmer dringen. Nicht wahr, Derek?«

»Natürlich«, bestätigte Derek sofort.

Regina zögerte einen Augenblick, aber das Bedürfnis, sich jemandem anzuvertrauen, siegte über ihre Vorsicht. »Sebastian Barnes«, brach es aus ihr heraus.

»Was ist mit ihm?«, fragte Carly.

»Er ist der Typ.«

Carly zog einen Stuhl an den Tisch und ließ sich mit großen Augen darauffallen.

»Du machst Witze.«

»Nein, mach ich nicht. Kennst du ihn denn?«

Derek hielt sich in ihrer Nähe, auch er war offenkundig höchst interessiert an Carlys Antwort. Carly griff nach einem *W*-Magazin aus dem Stapel und blätterte hastig durch die letzten Seiten. Als sie nicht fand, was sie suchte, griff sie sich ein anderes. Sie betrachtete kurz eine Seite, dann schob sie Regina die Zeitschrift zu. Die Seite zeigte eine Schwarzweiß-Aufnahme einer grazilen Frau, die sich vornüberbeugte, sodass man den Bogen ihrer Wirbel in einem rückenfreien Kleid sah. Ihre schlanken ausgestreckten Hände griffen nach den Füßen und berührten beinahe die eleganten Stiletto-Pumps.

»Wer ist das?«, fragte Regina und fürchtete merkwürdiger Weise, Carly könnte »seine Freundin« sagen. Aber warum sollte sie das kümmern? Stattdessen deutete Carly nur auf das Kleingedruckte am unteren Seitenrand: Fotografie: Sebastian Barnes.

Regina brauchte einen Augenblick, um zu verstehen. »Lass mich mal sehen.« Sie nahm Carly die Zeitschrift ab und blätterte durch die nächsten Seiten. Die Fotografie, die Carly ihr gezeigt hatte, war nur die erste einer ganzen Fotoserie von Sebastian.

»Er ist ziemlich angesagt«, erklärte Carly. »Als seine ersten Bilder in Magazinen erschienen, hielt man ihn für einen Dilettanten – wegen seinem Geld, verstehst du? Aber mit solchen Fotos hat er die Kritiker zum Schweigen gebracht.«

Regina ließ das Magazin sinken. »Schön für ihn. Aber das gibt ihm immer noch nicht das Recht, die Bibliothek als seinen persönlichen Spielplatz anzusehen.«

Carly seufzte. »Mach dich locker, Regina. Das ist New York! Sieh doch mal das Spannende daran!«

»Oder an so einem Hintern«, witzelte Derek.

Die beiden lachten, aber Regina stocherte nur in ihren Spaghetti herum. Da sie es leid war, das Opfer von Carlys und Dereks spöttischen Bemerkungen zu sein, fragte sie schließlich: »Und was soll ich eurer Meinung nach tun?«

Carly legte ihr die Hand auf den Arm. »Gönn dir ein bisschen Vergnügen. Weißt du, wie das geht, Regina?«

8

Am Morgen lag ein Stapel Romane auf ihrem Tisch, alles Neuerscheinungen, alle mit guten Rezensionen. Zwei davon hatte sie bereits gelesen. Oben auf dem Stapel klebte ein blaues Post-it: *Unsere Unterhaltung über Literatur gestern hat mir Spaß gemacht, obwohl sie ein vorschnelles Ende nahm. Ich würde sie gerne heute bei einem Abendessen fortführen. Ich hole Sie um sechs Uhr vor der Bibliothek ab.*

Regina blickte sich hektisch um, als hätte man sie bei einer Missetat ertappt. Dann stopfte sie den Zettel in ihre Handtasche.

»Was geht hier vor, Ms. Finch? Bezahlen sie dich neuerdings in Büchern?«, wollte Alex wissen.

»Nein«, sagte Regina und schob die Bücher zur Seite. »Ich lese für den Literaturpreis.«

»Ach, noch etwas. So ein Typ hat das hier für dich abgegeben.« Alex reichte ihr einen großen Bildband mit einer leicht bekleideten Brünetten auf dem Cover. Sie hatte einen kurzen Pony und erinnerte Regina vom Stil her an die Burlesque-Tänzerin. Das Buch hieß *Bettie Page: Eine Geschichte in Fotografien.* Der Name kam ihr bekannt vor.

Sie drehte es um. Es war kein Buch aus der Bibliothek.

»Aber – was soll das?«, fragte Regina.

Alex zuckte die Schultern. »Ich dachte, du hättest dich zu einer kleinen Recherche inspirieren lassen.«

Und dann erinnerte sich Regina wieder, dass Alex ihre Frisur als »Betty-Page-Schnitt« bezeichnet hatte. Sie blätterte in dem Buch herum. Die Fotografien waren alle in Schwarzw-Weiß und zeigten die auffällige Brünette unterschiedlich weit entkleidet, manche waren so bizarr und anzüglich, dass es einem die Schamesröte ins Gesicht trieb. Ein Foto in der Mitte des Buches war mit einem kleinen weißen Umschlag eingemerkt. Es war eine Schwarz-Weiß-Aufnahme von Bettie Page auf der Rückenlehne einer ganz gewöhnlichen Couch. Das Haar fiel ihr in sanften schwarzen Wellen auf die Schultern, und ihre Arme steckten in ellbogenlangen schwarzen Handschuhen. Sie trug einen schwarzen Büstenhalter, Strümpfe bis zu den Oberschenkeln mit Strumpfhaltern und High Heels, die mindestens acht Zentimeter hoch sein mussten.

Regina öffnete das Kuvert und zog eine kleine weiße Karte heraus, von der Art, wie sie normalerweise an Blumensträußen steckten. In der gleichen säuberlichen Handschrift wie auf dem Post-it auf den Romanen stand: *Deine Hausaufgabe.*

Sie schob die Karte zurück in den Umschlag und blickte sich nervös um, ob jemand sie beobachtete.

Und in diesem Moment wurde ihr klar, dass dieses Abendessen mit Sebastian Barnes keine Einladung war. Sie war ein Befehl.

9

Um sechs lief Regina die südliche Treppe ins Foyer der Bibliothek hinunter und hinaus in den warmen Sommerabend.

Sie ging nicht davon aus, dass Sebastian Barnes wirklich auf sie warten würde. Nach einem arbeitsreichen Tag war sie zu dem Schluss gekommen, dass das Bettie-Page-Buch und die Briefchen ein Streich, ein Witz waren – eine Strafe dafür, dass sie im dritten Stock in dieses Zimmer geplatzt war.

Trotzdem beschleunigte sich ihr Puls, als sie die breite Marmortreppe zur Fifth Avenue hinunterstieg. Unsicher strich sie ihren Stufenrock glatt und fächelte sich Luft mit dem Taschenbuch zu, das sie mitgenommen hatte.

»Wo ist das Bettie-Page-Buch?«

Überrascht wirbelte Regina herum. Sebastian stand hinter ihr und sah umwerfend aus in einem dunklen Anzug mit dunkelvioletter Krawatte. Seine dunklen Augen, die durch den leicht gebräunten Teint noch besser zum Ausdruck kamen, durchbohrten sie regelrecht, sodass ihr der Atem stockte. Wieder versetzte sie dieses Gesicht in Staunen, so markant und fein geschnitten zugleich, schön und doch zutiefst maskulin.

»Was?«

»Der Bildband, den ich dir gegeben habe. Ich glaube

nicht, dass er in diesen abgetragenen Ranzen passt, den du mit dir rumschleppst.« Abfällig musterte er ihre Old-Navy-Schultertasche.

»Vielen Dank, aber in dieser Tasche ist alles, was ich brauche.«

»Dann hoffentlich auch das Buch.«

Sie zupfte am Schulterriemen und gestand: »Nein – das nicht.«

»Dann hol es«, befahl er.

»Wie bitte?« Der Typ hatte echt Nerven!

»Du siehst mich an, als würde ich etwas Unmögliches verlangen. Habe ich nicht geschrieben ›Deine Hausaufgabe‹? Das bedeutet: ›Nimm das Buch mit nach Hause.‹ Verstehst du?«

»Schon … nur dass ich nicht weiß, warum *du* mir Hausaufgaben geben solltest.«

Er lächelte, sodass ein Grübchen in seiner rechten Wange entstand. »Schätze, ich wäre eben gern dein Lehrer.« Dann wurde er ernst und sah sie wieder so durchdringend an: »Du wärst erstaunt, was du alles lernen könntest.«

Sie schluckte mühsam.

»Komm schon … tu mir den Gefallen«, bat er.

Seufzend beschloss Regina mitzuspielen. Dieses eine Mal.

Sie lief die Treppe wieder hoch.

»Und zwar ein bisschen zackig!«, rief er ihr hinterher. Sie drehte sich um und warf ihm einen bösen Blick zu. Er lachte – ein herzliches, lautes Lachen, sodass sie unweigerlich auch lächeln musste.

Also gut, er war charmant. *Aber das ist verrückt*, ging es ihr durch den Kopf. Warum ließ sie sich von diesem Kerl herumkommandieren? Sie war sich nicht sicher, ob es die Neugier war, herauszufinden, was er vorhatte, oder ihre Tendenz, es allen recht machen zu wollen, oder, was am peinlichsten gewesen wäre, ihre lächerliche Schwärmerei für ihn.

Trotzdem eilte sie in die Bibliothek und zu ihrem Schalter. Sie holte das Buch aus der Schublade und drückte es an die Brust, überrascht, wie schwer es war. Da kam ihr ein verstörender Gedanke: Was, wenn er nicht mehr da wäre, wenn sie rauskam?

Sie wusste nicht, warum sie dieser Gedanke so nervös machte. Und wenn schon! Dann könnte sie das Ganze eben als eines ihrer verrückten New Yorker Erlebnisse abschreiben.

Aber als sie ins Freie trat, sah sie ihn sofort. Er wartete auf sie.

Wieder stach ihr seine makellose Erscheinung ins Auge, vom perfekt sitzenden Anzug bis hin zu den auf Hochglanz polierten Schuhen. Dagegen fühlte sie sich ganz unsicher mit ihrem weiten Stufenrock und der schlichten Kurzarmbluse, die sie schon seit ihrem ersten Jahr auf dem College besaß.

»Lass mich es nehmen«, bot er an. Sie gab ihm das Buch.

»Nach dir.« Er deutete auf die Fifth Avenue und folgte dicht hinter ihr, als sie bedachtsam die Treppe hinunterging.

Ein funkelnder, schwarzer Mercedes wartete an der Ecke Einundvierzigste Straße auf sie. Sebastian hielt ihr die hintere Tür auf.

Regina zögerte. »Wohin fahren wir?«

»Wir gehen essen. Hat dich meine Nachricht nicht erreicht?«

Langsam ließ sie sich auf den Rücksitz gleiten, und Sebastian folgte ihr.

Ein livrierter Fahrer saß am Steuer und fuhr sogleich los, offenkundig über das Ziel informiert.

»Ich habe die anderen Bücher bekommen«, sagte Regina. »Die Romane.«

Sebastian nickte. »Vielleicht entdeckst du ja den nächsten Tom Perrotta.«

Sie musterte ihn argwöhnisch. »Machst du dich über mich lustig?«

»Nein«, sagte er lächelnd und schüttelte den Kopf. »Warum sollte ich? Jemand wird den nächsten großen Schriftsteller entdecken. Warum nicht du?«

»Ich weiß nicht.« Regina wusste noch immer nicht, ob er es ernst meinte.

Der Wagen schob sich langsam durch den dichten Verkehr in nördlicher Richtung durch Manhattan.

»Darf ich dich etwas fragen?«, hob Sebastian an. »Warum bist du nach New York gezogen?«

»Um in der Bibliothek zu arbeiten«, antwortete sie im Brustton der Überzeugung.

»Und das ist der einzige Grund?«

»Äh, ja.« Auf einmal geriet ihre Überzeugung ins Wanken. »Reicht das denn nicht?«

»Das weiß ich nicht«, entgegnete er. In seinen dunklen Augen lag etwas Herausforderndes. »Tut es das?«

Regina fühlte sich in die Ecke gedrängt und drehte reflexartig den Spieß um.

»Und warum bist du hierher gezogen?«

»Ich bin nicht hergezogen. Ich komme von hier. Aber

wäre dem nicht so, würde ich sicherlich trotzdem hier wohnen. Und die meisten meiner Bekannten, die nicht von hier kommen, können gar nicht schnell genug hier herziehen – um sich einen Namen zu machen.«

»Vielleicht laufen sie ja auch vor etwas davon«, bemerkte Regina und dachte an ihre Mutter. Sofort bereute sie ihren Kommentar, aber glücklicherweise hakte er nicht nach.

»Also hast du nie über eine Karriere als Schauspielerin oder Model nachgedacht?«

Regina verschränkte die Arme. Jetzt war sie sicher, dass er sie verschaukelte. »Nein«, erwiderte sie kühl.

»Interessant«, meinte er. »Die meisten Frauen mit deinem Aussehen hätten das. Ich kann gar nicht glauben, wie wenig du dir deiner Schönheit bewusst bist.«

Sie spürte, wie sie errötete. Es war nicht so, dass sie noch nie ein Kompliment bekommen hätte. Sie hatte oft gehört, wie hübsch ihre Augen oder ihr Haar seien. Man hatte sie »süß« genannt, und sie hatte sich nie um ihre Haut oder ihr Gewicht gekümmert wie viele ihrer Freundinnen. Doch sie war nur mittelgroß, ihre Nase zu breit und die Oberlippe zu dünn, um je so verführerisch zu sein wie eine Scarlett Johansson oder Kim Kardashian oder Angelina Jolie. Jedenfalls hatte sie noch nie das Gefühl gehabt, das Objekt echter Begierde zu sein, vielleicht zum Teil deshalb, weil sie sich irgendwie als unwürdig empfand.

Der Verkehr ließ nach, und sie fuhren die Park Avenue entlang. An der Kreuzung East 57th Street bog der Fahrer Richtung Fifth Avenue ab und hielt vor einem Gebäude, das Regina sofort erkannte – dem einundfünfzigstöckigen Four Seasons Hotel, entworfen von I. M. Pei. Sie kannte einige Bauwerke von I.M. Pei, weil er zu den Lieblingsarchitekten ihres Vaters gehörte.

Ein Hotelportier öffnete die Autotür. Sebastian stieg aus und bot ihr die Hand an. Sie zögerte, bevor sie zugriff, doch selbst ihre instinktive Zurückhaltung konnte nicht verhindern, dass seine Berührung sie durchzuckte wie ein elektrischer Schlag.

Er führte sie in eine Lobby im Stil des Art déco, in hellem Sandstein gehalten und mindestens zehn Meter hoch.

»Ich warte hier auf dich«, erklärte er und reichte ihr eine Schlüsselkarte. »Die ist für Zimmer 2020.«

Sie sah die Karte an, nahm sie aber nicht. »Ich verstehe nicht.«

»Du hast doch nicht geglaubt, dass du in dieser Kleidung zum Essen gehen kannst, oder?«, fragte er. Regina fühlte, wie ihr das Blut in die Wangen schoss, und wusste nicht, welches Gefühl stärker war, ihre Verlegenheit oder ihre Wut.

»Wenn meine Kleidung nicht angemessen für das Restaurant ist, sollten wir vielleicht einen anderen Ort wählen.«

Er schaute sie an, ernst und herausfordernd, ein Blick, den sie langsam schon von ihm gewohnt war. »Wirklich? Ich dachte, jemand mit deiner Wissbegierde will vielleicht noch eine andere Seite vom Leben kennenlernen.«

Sie dachte an die Angst, die sie zeitlebens begleitete. Die Angst davor, was passieren würde, wenn sie etwas falsch machte, wenn sie nicht auf Nummer sicher ging, wenn sie nicht die Beste war. Und gleichzeitig befürchtete sie, etwas zu verpassen – immer nur Zuschauer zu sein.

Sie nahm die Schlüsselkarte.

10

Der Flur im zwanzigsten Stock war ruhig. Regina schlich über den Teppich mit dem bestimmten Gefühl, dass sie gleich jemand ansprechen und fragen würde, was sie hier verloren hatte. Doch niemand stellte sich ihr in den Weg.

Sie fand Zimmer 2020 und steckte ihre Karte in den Schlitz, ohne wirklich zu erwarten, dass sie sich öffnen würde. Doch als sie die Messingklinke drückte, gab sie widerstandslos nach.

Hinter der Tür empfing sie eine Welt aus Beige und Altrosatönen, hellem Holz und zartem Marmor. Das Dekor war konservativ, aber modern. Sie hatte etwas Opulenteres erwartet nach dieser Lobby, doch nun fühlte sie sich überraschend wohl, umgeben von dem zurückhaltend geschmackvollen Dekor. Das Fenster nach Süden bot einen atemberaubenden Ausblick auf die Stadt. »Regina?«

Eine Frau erschien wie aus dem Nichts und bescherte Regina beinahe einen Herzinfarkt.

»Sie haben mich erschreckt!«, keuchte sie, als sie ihre Stimme wiedergefunden hatte.

»Tut mir leid – das wollte ich nicht.« Die Frau sprach mit britischem Akzent. Sie trug eine weiße Jeans, eine türkisfarbene Tunika und schicken Platinschmuck. Ihr kupferrotes Haar hatte sie zu einem losen Knoten gebunden. »Ich bin Jess. Sebastian bat mich, Ihnen zur Hand zu gehen, sollten Sie Hilfe benötigen.«

»Arbeiten Sie für ihn?«

»Ich habe *mit* ihm gearbeitet«, erklärte Jess. »Ich bin Stylistin und Maskenbildnerin. Aber heute erweise ich ihm einfach einen Gefallen. Er dachte, Sie würden mich vielleicht brauchen.«

Regina nickte, als wäre das alles die logischste Sache der Welt.

»Ihre Abendgarderobe ist im Schlafzimmer.« Jess deutete nach rechts. »Rufen Sie einfach, wenn Sie etwas brauchen. Und ziehen Sie *alles* an, was Sebastian für Sie bereitgelegt hat. Darauf besteht er. Sebastian achtet sehr auf Details, wie Sie vermutlich wissen.«

Nein, das wusste sie nicht. Aber sie bekam allmählich eine Ahnung davon.

Regina ging ins Schlafzimmer. Auf dem großen Bett lagen zwei Einkaufstüten und eine Kleiderhülle. Auf der Kleiderhülle stand »Miu Miu«. Eine der Einkaufstaschen war pink mit einer schwarzen Schleife und der Aufschrift »Agent Provocateur«. Die andere war orange und von Prada. Prada hatte sie schon gehört, die anderen Marken waren ihr neu.

Also griff sie erst nach dem Vertrauten und nahm die Prada-Tasche. Sie enthielt drei Schuhkartons. Im ersten waren schwarze, vorn geschlossene Pumps, beinahe so konservativ, dass Regina sie auch selbst gekauft haben könnte. Doch die Hacken waren acht Zentimeter hoch und aus Metall und ähnelten eher Speichen oder Nägeln als Schuhabsätzen.

»Das ist kein Schuh, das ist ein Folterinstrument«, murmelte sie und schob ihn von sich. Sie öffnete die zweite Schachtel. Es war der gleiche Schuh eine halbe Nummer größer. Genauso in der dritten.

Das erste Paar, das sie herausgezogen hatte, passte wie angegossen. Irgendwie ärgerte sie das, statt sie zu überraschen.

Als Nächstes wandte sie sich der Kleiderhülle zu. Mit einer Hand fasste sie den samtbezogenen Bügel, mit der anderen zog sie den Reißverschluss auf. Sie fragte sich, was Jess eigentlich im Nebenzimmer machte und ob es sie wohl nervte, hier für Sebastian die Babysitterin zu spielen. O Mann, das war alles so peinlich.

Sie streifte die Kleiderhülle ab und zog ein einfaches schwarzes Kleid heraus. Es war ärmellos, aber hochgeschlossen und reichte bis knapp übers Knie. Es war ein Kleid in der Art, wie Audrey Hepburn es getragen hatte. Alles, was sie an eine Hepburn erinnerte – ob nun Audrey oder Katharine –, war für Regina in Ordnung. Das war eine positive Entwicklung nach den Schuhen, die eher als Waffe geeignet waren.

Als Nächstes nahm sie sich die pinkfarbene Tüte vor. Regina musste sich durch haufenweise pinkes Seidenpapier wühlen, bis sie auf mehrere flache Päckchen stieß, die in schwarzes Papier gewickelt waren. Vorsichtig packte sie das erste aus und hielt einen hauchzarten schwarzen Spitzen-BH in der Hand. Er war wunderschön, aber so ganz anders als die schwarzen Baumwollteile von Gap, die sie ihr Leben lang getragen hatte. Mit der verschlungenen Spitze und den winzigen, komplizierten Verschlusshäkchen erschien er ihr vollkommen impraktikabel. Sie legte ihn beiseite und wandte sich dem nächsten Päckchen zu. Wieder kam schwarze Spitze zum Vorschein, aber was man mit diesem Kleidungsstück anfangen sollte, war ihr ein Rätsel. Es erinnerte an einen auf den Kopf gestellten BH, von dem vier Bänder mit Häkchen baumelten. Das Ding war so abstoßend, dass sie es zurück in die Tüte stopfte.

Dann entdeckte sie lange Feinstrümpfe, so seidig und dünn wie Schmetterlingsflügel.

Es klopfte an die Schlafzimmertür.

»Alles okay bei Ihnen?«, erkundigte sich Jess. Regina erinnerte sich, dass Sebastian in der Lobby auf sie wartete. Sie sollte sich besser beeilen.

»Ja, danke«, rief sie.

»Und nicht vergessen: *alles* anziehen.«

Regina betrachtete die ausgelegten Kleidungstücke auf dem Bett. Das spinnenartige Gebilde aus Spitze erfüllte sie mit Unbehagen. Sie dachte: *Ich kann auch einfach gehen.*

Sie konnte zu dieser Tür hinausspazieren – der rothaarigen Engländerin sagen, dass ihre Hilfe – so leid es ihr tat – nicht vonnöten war. Sie konnte die Schlüsselkarte an der Rezeption abgeben. Und sie konnte Sebastian sagen, dass sie doch keine Lust hatte, die kleine lernwillige Schülerin zu spielen, während er den Oberlehrer gab. Und dann konnte sie nach Hause in ihr kleines Zimmer gehen und … was? Sich fragen, worüber sie sich wohl beim Essen unterhalten hätten? Sich vorstellen, wie es sich angefühlt hätte, wie aus der *Vogue* gekleidet zu sein? Und dann, sechs Monate oder ein Jahr oder zwei Jahre später, konnte sie allein in demselben Zimmer sitzen und sich an den Abend erinnern, als ihr der aufregendste Mann, dem sie je begegnet war, gesagt hatte, sie sei wunderschön.

Warum bist du nach New York gezogen?

Regina zog das mysteriöse schwarze Spitzengebilde aus der Tüte, ging zur Schlafzimmertür und spähte schüchtern hinaus. »Jess, ich will nicht stören, aber …«

»Deswegen bin ich doch hier«, sagte Jess gut gelaunt.

»Ich weiß nicht, was das ist.« Regina hielt das Ding mit spitzen Fingern, als könnte es sich um ein tollwütiges Tier handeln.

»Das ist ein Strumpfhalter. Lassen Sie mich Ihnen helfen. Nichts für ungut, aber Sie lassen sich ganz schön Zeit.«

Jess hatte sicher noch Wichtigeres zu tun, als eine erwachsene Frau anzuziehen wie ein hilfloses Kindergartenkind. Kein Wunder, dass sie die Sache ein bisschen vorantreiben wollte.

»Okay, danke«, sagte Regina und trat einen Schritt zur Seite, um Jess ins Schafzimmer zu lassen.

Jess stemmte die Hände in die Hüften und musterte die Auslage auf dem Bett.

»Ein großartiges Kleid. Und wie gemacht für Sie. Er hat wirklich einen guten Blick.«

»Aber die Schuhe«, sagte Regina und beäugte die Prada-Pumps wie einen Feind. »In diesen Dingern kann ich nicht laufen. Ich trage einfach meine eigenen.«

Jess warf einen Blick auf Reginas Schuhe und schüttelte dann langsam den Kopf. »Das würde ich an Ihrer Stelle nicht tun.«

Regina nickte. »Okay, dann muss ich wohl einfach extrem langsam laufen.«

Jess war sichtlich erleichtert. »Gute Idee. Also, ziehen Sie BH und Schlüpfer an, dann helfe ich Ihnen mit den Strümpfen und dem Strumpfhalter.«

Regina wartete darauf, dass Jess den Raum verließ, aber sie machte keine Anstalten in diese Richtung.

»Ich bin es eigentlich nicht gewöhnt, mich vor anderen Leuten umzuziehen«, murmelte Regina verlegen.

»Regina«, sagte Jess, »Ich bin Stylistin. Ich habe einigen der berühmtesten Frauen der Welt beim Entkleiden zugesehen. Und Sebastian wartet unten in der Lobby auf Sie. An Ihrer Stelle würde ich ein bisschen Gas geben.«

Regina kam sich albern vor. Die Frau wollte ihr helfen, und sie machte Umstände, weil sie mit im Zimmer war.

Sie versuchte, ihre Befangenheit abzuschütteln, und streifte ihre Jacke ab. Jess nahm sie entgegen und legte sie zusammen. Dann knöpfte Regina die Bluse auf, zog den Reißverschluss an ihrem Rock auf und reichte beides an Jess weiter. Auf einmal wurde sie sich der kühlen Luft bewusst und bekam eine Gänsehaut. Sie spürte, wie sich ihre Brustwarzen im BH verhärteten. Sie wollte ihn nicht ausziehen, aber die schwarze Spitze wartete auf sie.

Regina langte hinter ihren Rücken, um ihren BH zu lösen, doch obwohl sie ihn schon tausendmal geöffnet und geschlossen hatte, brachte sie den Verschluss einfach nicht auf.

»Darf ich helfen?«, fragte Jess, und bevor Regina etwas einwenden konnte, berührten sie fremde Finger zwischen den Schulterblättern und öffneten den BH.

Regina ließ das einfache Baumwoll-Ding zu Boden gleiten und bedeckte ihre Brüste, indem sie die Arme darüber verschränkte. Jess straffte den schwarzen Spitzen-BH und zog Regina die Träger über die Schultern, dann verschloss sie ihn hinter ihrem Rücken.

»Wie konnte er nur die Größe erraten?« Regina kam es vor, als hätte ihr noch nie ein BH so gut gepasst.

»Er hat einen guten Blick«, wiederholte Jess, und in ihren grünen Augen funkelte es. Etwas an ihrem Tonfall weckte in Regina die Frage, ob diese charismatische Frau eigentlich ausschließlich beruflich mit Sebastian zu tun gehabt hatte. »Und jetzt das«, sagte Jess und gab ihr den Slip.

Regina zog ihr Höschen aus und schlüpfte so schnell sie konnte in das neue. Nur einmal blickte sie auf, um sicherzustellen, dass Jess nicht zusah.

Sie sah zu.

»Strumpfhalter.« Jess hielt ihr das merkwürdige Ding hin.

Regina nahm ihn und sah ihn verständnislos an.

»Ich habe keine Ahnung …«

Jess nahm ihn ihr wieder ab und stellte sich vor sie. Dann befestigte sie ihn um Reginas Taille und zog ihn nach unten, sodass er auf ihren Hüften saß. Die Bänder baumelten an ihren Oberschenkeln wie Tentakel.

»Ziehen Sie die Strümpfe an, und ich befestige sie.«

Regina setzte sich aufs Bett und vergaß vor Konzentration ihre Unsicherheit. Vorsichtig zog sie die Strümpfe Stück für Stück an ihrem Bein hoch. Dann stellte sie sich hin, und Jess ging in die Knie und befestigte die vier Halter an den Strümpfen, jeweils vorn und hinten.

»Unglaublich.« Jess flüsterte es fast. Dann: »Warum sehen Sie sich nicht im Spiegel an?«

»Nein, ist schon in Ordnung«, murmelte Regina – obwohl sie insgeheim neugierig war.

Jess hielt ihr das schwarze Kleid hin, sodass sie hineinsteigen konnte.

»Umdrehen.« Jess zog den Reißverschluss zu.

»Endlich – geschafft«, seufzte Regina.

»Fast.« Jess stellte ihr die Highheels hin, und Regina stieg vorsichtig hinein. Sie kam sich vor wie ein schlechtes Aschenputtel.

Dann blickte sie in den Spiegel und erkannte nichts von dem, was sie vom Hals abwärts sah.

»Darf ich noch eine letzte Empfehlung geben?«, fragte Jess.

»Äh, klar«, murmelte Regina. Jess reichte ihr einen Lippenstift. Die Hülle war schwarz und fast gummiartig, NARS stand in Weiß darauf. Regina zog den Deckel ab und betrachtete den frischen Lippenstift in mattem Tiefrot.

»Hat er den auch für mich bereitgelegt?«, fragte Regina neugierig. Jess antwortete nicht, sondern wartete, dass sie ihn auflegte. Es war lange her, dass Regina das letzte Mal Lippenstift getragen hatte – bei ihrem Schulabschlussball. Sie war mit Robert Weller hingegangen, ihrem Kollegen aus der Redaktion der Meinungsseite der Zeitung. Später, als die Party in Samantha Sinclairs Strandhaus fortgesetzt wurde, hatte sie darauf gewartet, dass Robert sie auf dem dunklen, mondbeschienenen Strand küsste. Stattdessen hatte er ihr eröffnet, dass er schwul war.

Reginas Hand zitterte, und sie musste sich erst konzentrieren, bis sie den kräftigen Farbton auftragen konnte. Doch dann war sie erstaunt, wie gut die roten Lippen ihre blauen Augen zur Geltung brachten.

Lächelnd trat sie einen Schritt zurück und reichte Jess den Lippenstift.

»Behalten Sie ihn«, meinte sie. »Sie sehen heiß aus. Jetzt aber los. Sebastian ist nicht gerade der Geduldigste.«

***

Regina stakste auf ihren Absätzen durch die Lobby des Four Seasons und machte zum ersten Mal in ihrem Leben die Erfahrung, dass man ihr nachsah. Erst dachte sie, es läge an ihrem Gang, der an die ersten Gehversuche einer neugeborenen Gazelle erinnerte. Doch dann erhaschte sie den Blick eines Geschäftsmannes und entdeckte etwas darin, das ihr noch nie gegolten hatte: Verlangen.

Abgelenkt durch diese Aufmerksamkeit, die unbekannte Lobby und die vollkommen ungewohnte Kleidung wäre Regina beinahe in Sebastian hineingelaufen.

»Jetzt hätte ich dich fast nicht gesehen«, sagte sie und blieb stehen.

Er musterte sie von Kopf bis Fuß. Regina fiel ein, dass er ja wusste, was sie unter diesem Kleid trug, und eine Welle der Verlegenheit schwappte über sie hinweg. Sie wartete auf einen Kommentar zu ihrem Äußeren, aber er sagte nichts und sah sie nur unverwandt mit diesem bohrenden Blick an.

Dann langte er nach der Old-Navy-Tasche, die sie noch immer bei sich trug, und streifte sie ihr von der Schulter.

»Die ist abscheulich, weißt du das?«

»Nun, das ist eine Frage des Geschmacks. Und sie erfüllt ihren Zweck.«

Er musterte sie ohne Tasche, schien zufrieden und bot ihr den Arm an. Sie sah zu ihm auf, dann hakte sie sich ein, als würde er sie zu einem Debütantenball führen. Sie war davon ausgegangen, dass er sie ins Hotelrestaurant führen würde, stattdessen ging es wieder nach draußen.

»Wir essen gar nicht hier?«

»Nein«, sagte er. »Mein hiesiges Lieblingsrestaurant hat dieses Jahr geschlossen – das L'Atelier de Joël Robuchon«, erklärte er und lächelte sie an. »Aber nur keine Sorge – in dieser Stadt herrscht kein Mangel an ausgezeichneten Restaurants.«

Er hielt ihr die Wagentür auf, und sie kletterte vorsichtig in den Mercedes, besorgt um ihre Absätze und das Kleid.

Dann ging es weiter durch die Park Avenue, doch als sich Regina gerade etwas entspannte, hielten sie schon wieder in der Fünfundsechzigsten Straße.

Der Fahrer kam um den Wagen und ließ sie vor einem schönen neoklassizistischen Gebäude heraus. »Daniel« stand in breiten Lettern über dem Eingang.

Im Speisesaal empfingen Regina sechs Meter hohe Kassettendecken, Balustraden, Bögen und Ziersäulen. Die klassizistische Architektur fand ihr Gegengewicht in modernem Mobiliar und kräftigen, neutralen Farben wie Walnuss und Cremeweiß, von dem sich die roten Esszimmerstühle abhoben. Lüster und Wandleuchten tauchten alles in ein warmes Licht, und Regina wusste, dass ihre Mutter von den Gemälden an den Wänden beeindruckt gewesen wäre. Es war sehr elegant, und Regina war froh, dass sie sich Sebastian zuliebe umgezogen hatte.

Der Oberkellner begrüßte Sebastian überschwänglich.

»Den Bellecour-Saal, Mr. Barnes«, erklärte er. Sebastian bedeutete Regina, ihm zu folgen, und sie ließen sich durch den Speisesaal führen. Wieder spürte Regina, wie man ihr nachsah, und sie musste sich ernsthaft konzentrieren, in den hohen Schuhen nicht zu stolpern. Sie kam sich vor wie Julia Roberts in *Pretty Woman*, aufgedonnert in ihrem roten Kleid, am Arm von Richard Gere.

Ein benommenes Glücksgefühl machte sich in ihrem Magen breit.

Der Oberkellner öffnete die Tür zu einem abgetrennten Raum, der Platz für hundert Leute bot, in dem jedoch nur ein Tisch gedeckt war. Er rückte Regina einen Stuhl zurecht, und sie setzte sich steif, während Sebastian ihr gegenüber Platz nahm.

»Wir könnten auch einfach drüben essen«, lachte sie nervös. »Hier ist sehr viel Platz.«

Der Sommelier brachte die Weinkarte, doch Sebastian sah sie kaum an.

»Wir bekommen das Degustationsmenü und halten uns an Ihre Empfehlungen«, erklärte er. Und an Regina gewandt: »Das Degustationsmenü besteht aus acht Gängen. Ich hoffe, du bist nicht in Eile.«

Regina schüttelte nur den Kopf und versuchte, nicht in Panik auszubrechen. Worüber sollten sie sich bitteschön *acht* Gänge lang unterhalten? Und wie gut musste eine Küche sein, dass man so viel essen konnte?

»Du siehst bezaubernd aus«, sagte er. »Das Kleid steht dir.«

»Danke.« Sie blickte in ihr Wasserglas. »Du hast die Größen wirklich richtig eingeschätzt.«

»Ich habe viel Zeit damit verbracht, Frauen zu betrachten«, sagte er. Die Bemerkung ließ sie erröten, doch dann begriff sie, dass er sicher von der Fotografie sprach.

Der Kellner erschien mit dem Amuse-Bouche. Er platzierte drei weiße Tellerchen vor jeden und erklärte: »Mosaik aus Poularde und Daikon-Rettich, Wildpilz-Gelée und jungem Gemüsesalat.«

»Danke«, sagte Regina und wünschte sehnlichst, sie würde irgendetwas von dem erkennen, was da vor ihr stand. Und dann zwinkerte ihr Sebastian zu, und ihr Magen zog sich so heftig zusammen, dass an Essen überhaupt nicht mehr zu denken war.

11

Regina stocherte ein wenig in ihrem Essen herum, dann blickte sie auf und merkte, dass Sebastian sie ansah.

»Ich bin enttäuscht, Regina«, erklärte er. »Ich hätte dich nicht für einen Essensverweigerer gehalten.«

Sie spürte, wie sie errötete, doch endlich siegten ihr Unbehagen und die Absurdität der Situation über die Spannung und den Reiz. »Entschuldige, dass ich nicht gleich richtig reinhaue, aber ich werde seit einer Stunde herumkommandiert und habe das Gefühl, nicht beim Essen, sondern Teil eines bizarren Theaterstücks zu sein. Mir ist der Appetit vergangen.«

Sebastian lachte.

»Oje. Unzufriedene Kundschaft. Das erlebe ich zum ersten Mal«, neckte er sie und verärgerte sie damit noch mehr.

»Und wie komme ich an meine Kleidung zurück? Ich gehe nach dem Abendessen nämlich auf keinen Fall in dieses Hotelzimmer.«

»In Ordnung«, sagte er, sichtlich amüsiert, was sie noch mehr irritierte.

»Ich sage das nur, damit keine Missverständnisse entstehen.«

»Selbstverständlich«, nickte er.

Da sie nicht wusste, was sie noch sagen sollte, probierte sie den Wein. Er war köstlich und verbreitete Wärme in ihrer Kehle. »Wollen wir nicht langsam über die Bücher sprechen? Ich dachte, deshalb sind wir zum Essen gegangen?«

»Du willst gleich zum Geschäftlichen kommen?«

»Ja«, sagte sie und nahm noch einen Schluck. *Genug,* ermahnte sie sich, *jetzt höre ich auf.*

»Warum hast du kein Handy?«, wollte er wissen.

Die Frage traf sie unvermittelt. »Äh, keine Ahnung.« Sie würde ihre Sparsamkeit niemandem gegenüber zugeben, der sich in einer Limousine herumchauffieren ließ und eines der teuersten Hotels der Welt als bessere Umkleidekabine benutzte.

»Das ist unpraktisch«, erklärte er.

»Nicht für mich.«

»Hast du schon jemals Strumpfhalter getragen?«, fragte er.

Fast hätte sie den Wein wieder ausgespuckt. »*Wie bitte?*«

»Du sagtest, du wolltest zum Geschäftlichen kommen.« Sein Gesicht war ernst, sein Blick durchdringend. Offensichtlich war die Frage nach dem Handy nur eine Aufwärmübung gewesen. »Wie fühlt es sich an, Unterwäsche zu tragen, die ich für dich gekauft habe?«

»Wie ein Kostüm«, antwortete sie.

»Du sagst das, als wäre es etwas Schlechtes.«

Der Kellner erschien und räumte die Teller ab, was ihr eine kurze Verschnaufpause von Sebastians Befragung verschaffte. Ein neuer Teller wurde vor ihr aufgedeckt, elegant arrangiert wie ein Kunstwerk.

»Ravioli mit Mousseron, Mangold, Höhlenkäse und Farnspitzen«, kündigte der Kellner an. Der Sommelier räumte ihr Weinglas ab, obwohl es noch halbvoll war, und stellte ihnen frische Gläser hin. Dann präsentierte er Sebastian eine neue Flasche Wein.

»Domaine Drouhin Meursault, Burgund 2008.«

Regina wollte den Wein höflich ablehnen, aber ein kritischer Blick von Sebastian hielt sie davon ab.

Als sie wieder allein waren, hob Sebastian das Glas.

»Auf Kostüme!«, prostete er mit einem Lächeln.

»Warum trinken wir auf Kostüme?«, fragte sie, und stieß mit ihm an.

»Weil sie uns inspirieren. Und befreien.«

Leicht gesagt für dich, dachte sie. »Was ist so befreiend daran, wenn du mir sagst, was ich anzuziehen habe?«, wollte sie wissen.

»Überleg doch mal. Stell dir vor, ich hätte angekündigt, dass wir in ein Restaurant gehen, wo man sich schick machen muss. Du hättest dir den Kopf zerbrochen, was du anziehen sollst, wo du es findest, wie viel du dafür ausgeben sollst und so weiter. Um all diese Dinge habe ich mich gekümmert. Die Kontrolle abzugeben ist die ultimative Befreiung.«

»Und wie steht es damit, keine Entscheidungsmöglichkeit zu haben?«

»Aber du konntest dich entscheiden«, widersprach er. »Du hättest dich weigern können, mit mir auszugehen. Du hättest dich weigern können, die Kleidung anzuziehen.«

Regina nickte und dachte daran, wie sie im Hotelzimmer mit dem Gedanken gespielt hatte zu gehen.

Sie probierte ihre Ravioli. Sie waren köstlich und überraschend reichhaltig, ganz anders als alles, was sie kannte.

»Ich will dich in BH und Strapsen sehen«, sagte er. Regina verschluckte sich, hustete und trank einen Schluck Wein.

»Das kommt nicht infrage«, brachte sie schließlich hervor, obwohl allein diese Worte aus seinem Mund ein Kribbeln zwischen ihren Beinen hervorriefen, wie sie es sonst nur verspürte, wenn sie nachts allein in ihrem Bett lag und sich berührte.

»Wir müssen nicht miteinander schlafen«, meinte er. »Aber Schönheit inspiriert mich nun mal aufs Höchste, und ich frage mich seit unserer ersten Begegnung, wie du wohl in Dessous aussiehst.«

»Ich weiß, dass du Fotograf bist«, sagte Regina.

»Ach ja … wir leben im Zeitalter von Google. Es beraubt uns jeglichen Sinns für Enthüllungen oder Geheimnisse. Findest du nicht auch?«

»Ich habe dich nicht gegoogelt. Meine Mitbewohnerin studiert an der Parsons und hat praktisch jedes Modemagazin der Welt. In einem habe ich deine Fotos gesehen.«

Er nickte. »Modefotografie ist immer eine interessante Übung. Aber meistens ist es nur ein Job. Im Grunde bevorzuge ich eine ganz andere Art der Fotografie.«

»Und die wäre?«

Er lächelte und sah sie dabei mit einem Blick an, dass sie sich nackter fühlte als im Hotelzimmer, als sie sich vor Jess ausgezogen hatte. »Wenn du erlaubst, zeige ich es dir.«

»Ich werde es googeln«, entgegnete sie und ärgerte sich über seine Wirkung auf sie. Außerdem wollte sie ihn nicht denken lassen, dass er so viel Macht über sie hatte.

»Diese Fotos findest du nicht im Internet«, sagte er. »Die findet man nirgends.«

»Wenn das so ist, werde ich sie auch nicht sehen.«

»Ich bin zuversichtlich, dass du das wirst«, widersprach Sebastian. »Wo wir gerade von Fotos sprechen, hast du dir das Bettie-Page-Buch angeschaut?«

»Ein wenig«, gab sie zu. »Ich war in der Arbeit, deshalb konnte ich nicht so richtig …«

»Sieh es dir heute vor dem Schlafengehen an.«

Regina trank noch einen Schluck von ihrem Wein. »Warum stehst du so auf Bettie Page?«

Er tat, als würde er seine Antwort sorgsam erwägen, obwohl er sie eindeutig schon parat hatte.

»Ich finde sie – und ihre Wirkung auf Leute – faszinierend. Dass sie zu ihrer Zeit berühmt war, ist kein Wunder: Nur wenige Frauen haben damals posiert wie sie, nicht wahr? Aber warum übt sie noch immer diese Faszination aus? Nackte Frauen sind doch heute überall. Die Fotos, die man im Netz sieht, sind viel anrüchiger als all ihre Bilder. Viele Frauen sind schöner. Und doch ist Bettie Page bis heute einzigartig.«

Er sprach sehr lebhaft, und plötzlich konnte sich Regina viel besser vorstellen, dass er Fotograf war. Das hier war seine Leidenschaft. Er liebte die Fotografie wie sie ihre Bücher.

Regina wünschte, sie könnte ihn mit einem literaturkritischen Kommentar über die Semiotik von Bettie Page verblüffen. Aber leider hatte sie vor Alex' Kommentar über ihre Frisur noch nie von ihr gehört.

»Ich möchte, dass du das ernst nimmst«, sagte Sebastian plötzlich und blickte ihr fest in die Augen. Regina holte tief

Luft. »Ich wollte dich nicht ausführen, um blöden Smalltalk zu betreiben. Und entgegen deiner Vermutung auch nicht, um dich zu ficken – obwohl ich darüber nachdenke, Regina.«

Ihr Magen krampfte sich zusammen. Sie musste den Blick abwenden. Ein Teil von ihr wünschte, er würde aufhören zu reden, ein anderer wartete gebannt auf mehr.

»Stört es dich, dass ich das sage?«, erkundigte er sich.

»Nein«, flüsterte sie fast unhörbar.

»Du siehst mich mit diesen großen blauen Augen an, und ich weiß nicht, ob du einfach nur schüchtern bist oder mich im Stillen verurteilst«, gestand er ihr.

Sie sah ihn erstaunt an. »Warum sollte ich dich verurteilen?«

»Du hast schon an dem Tag dein Urteil über mich gefällt, als du mich beim Ficken mit der Frau in der Bibliothek gesehen hast.«

Seine beiläufige Verwendung des Wortes *Ficken* ließ sie zusammenzucken.

»Na ja. Ich halte die Bibliothek eben nicht für den geeigneten Ort für diese Dinge …«

»Darf ich dir etwas sagen?«, fragte er, und etwas an seinem Ton und der Art, wie sein Blick kurz von ihren Augen zu ihren Lippen und wieder zurück wanderte, bewirkte, dass sie sich am ganzen Körper anspannte.

»Okay«, flüsterte sie.

»Ich denke daran, dich in dieser Bibliothek zu ficken.«

Das Blut schoss ihr ins Gesicht. Sie blickte auf den Tisch. Und dann fühlte sie es zwischen den Beinen: ein erschreckendes, pulsierendes Verlangen.

***

Nach dem Essen wartete der Mercedes vor dem »Daniel« auf sie. Sie bogen nach Westen und fuhren die Seventh Avenue hinunter.

»Wohin fahren wir?«, wollte Regina wissen.

»Ich bringe dich nach Hause«, erklärte Sebastian. Regina versuchte, nicht enttäuscht zu sein.

»Brauchst du dann nicht meine Adresse?«

»Aber die habe ich doch schon.«

»Was?« Der Zauber des Weins, der schicken Kleider und des ganzen Geredes über Sex war mit einem Mal verflogen. »Woher hast du meine Adresse?«

»Aus dem Büro der Bibliothek.«

»Aber die können meine Adresse doch nicht einfach irgendwelchen Leuten geben!«

»Ich bin nicht ›irgendwer‹, Regina. Man kennt mich dort.«

»Darum geht es nicht!«

»Findest du, das geht zu weit?«, fragte er, und sein Blick verriet ihr, dass er nicht über die Adresse sprach.

»Es gehört sich einfach nicht«, erklärte sie.

Er schien zu überlegen und nickte langsam. »Ich weiß, ich trete manchmal etwas forsch auf«, erwiderte er. »Und es liegt mir nicht, um Erlaubnis zu bitten.« Er nahm ihre Hand, und sie schaute ihm in die Augen. Sein Blick berührte sie auf eine ungekannte Art. »Das solltest du wahrscheinlich über mich wissen, wenn wir Zeit miteinander verbringen wollen.«

Bei diesen Worten löste sich ihr Ärger in Luft auf. Sie würden Zeit miteinander verbringen.

Als der Wagen vor ihrem Haus hielt, brachte sie gerade noch ein »Danke für das Essen« heraus.

Er nahm ihre Hand, und seine Berührung war schwer und warm. Am liebsten hätte sie sich an ihn geschmiegt.

»Ich habe es ernst gemeint, dass du dir heute Nacht das Bettie-Page-Buch anschauen sollst. Ich möchte wissen, was du denkst. Ich möchte dich kennenlernen, Regina.«

»In Ordnung«, sagte sie. Wieder sah er ihr fest in die Augen. Unter seinem dunklen unverwandten Blick spürte sie, dass sie ein wichtiges Versprechen gegeben hatte. Nur worum es dabei ging, konnte sie beim besten Willen nicht sagen.

12

Regina konnte nicht schlafen.

Stunden, nachdem Sebastian sie abgesetzt hatte, kreisten ihre Gedanken noch immer um die Gespräche des Abends und wie er sie angesehen hatte. Und obwohl er sie den ganzen Abend über kaum berührt hatte – mal eine Hand auf ihrem Arm, ein Streifen der Schultern –, war ihr Körper angespannt, aufgezogen wie eine Feder, die gelöst werden musste.

Regina zog sich das Nachthemd über die Hüften und streckte sich auf dem Bett aus, dann berührte sie sich sanft durch ihren Baumwollslip. Schließlich steckte sie die Hand darunter und massierte sich auf die Art, die ihr bis jetzt noch jedes Mal Befriedigung verschafft hatte. Sie rieb an ihrer Klitoris und schob den Zeigefinger in die Scheide, rein und raus, doch sie spürte fast nichts.

Was war nur los mit ihr?

Sie versuchte es mit Gedanken an Sebastian und berührte sich erneut, doch das führte nur zu Befangenheit.

Verwirrt setzte sie sich auf. Es war wohl besser, jetzt aufzuhören, als noch mehr Frust aufzubauen.

Sie drehte sich um und blickte durch die Vorhänge. Der Halbmond leuchtete hell, und sie zog den Vorhang zurück, sodass sein Licht den Raum erfüllte. Und während sie die

Schatten beobachtete, die über die Wände huschten, erinnerte sie sich wieder an seine Aufforderung, dass sie sich das Bettie-Page-Buch ansehen sollte.

Es lag auf ihrem Nachttisch, und sie zog es zu sich ins Bett. Die brünette Schönheit lächelte ihr vom Cover entgegen und schien ihr fast zuzublinzeln, um zu sagen: »Zerbrich dir nicht den Kopf.«

»Wetten, du hattest nie diese Art von Problemen«, seufzte Regina. Das Mondlicht reichte nicht zum Lesen, also stand Regina auf und schaltete das Deckenlicht an. Heftig blinzelnd zog sie sich mit dem Buch ins Bett zurück.

Sie blätterte darin herum und suchte nach einem Hinweis, was Sebastian so interessant fand. Die Frau sah gut aus, so viel stand fest. Mehr als das, sie schien selbstbewusst. Trotz einiger aufreizender Posen hatte sie immer dieses Zwinkern in den Augen, wie Reginas Vater gesagt hätte. Und auf vielen Fotos lächelte sie offen, was irgendwie altmodisch wirkte.

Der erste Teil des Buches, »Werdegang eines Pin-ups«, zeigte Bilder einer sehr normalen und unscheinbaren – wenn auch hübschen – jungen Bettie Page. Sie trug noch nicht mal ihr Erkennungsmerkmal, die Frisur mit dem kurzen Fransenpony. Der nächste Abschnitt zeigte Bettie, als sie nach New York zog, kurz bevor sie Model wurde. Im Text hieß es: »Sie war eine unbekannte Sekretärin. Unter der Woche arbeitete sie, und an den Wochenenden unternahm sie lange einsame Spaziergänge, bei denen sie von einem glamouröseren Leben träumte.« Regina konnte sich nicht vorstellen, dass sich die schöne Frau mit dem herrischen Blick aus der zweiten Hälfte des Buches jemals einsam gefühlt haben sollte – oder einem langweiligen Bürojob als Sekretärin nachgegangen sein sollte.

Sie blätterte weiter und verfolgte die Entwicklung: Bettie in Büstenhaltern, Strümpfen und Strumpfhaltern, dann Peitschen schwingend und schließlich gefesselt und geknebelt.

Regina klappte das Buch zu.

Sie fragte sich, ob sich Bettie je so gefühlt hatte wie sie sich heute unter Sebastians Blick: einerseits begeistert, andererseits beschämt. Sie fragte sich, ob Bettie jemals zugelassen hatte, dass sie ein Fotograf berührte.

Regina dachte an Sebastians Bitte, sie fotografieren zu dürfen. Ihre Antwort hatte der Wahrheit entsprochen: Sie hasste es, fotografiert zu werden. Sie fühlte sich befangen, wenn jemand ein Objektiv auf sie richtete, und für gewöhnlich konnte sie sich auf den Bildern nicht leiden. Sie hätte sich ungern als eitel bezeichnet, aber ihr Bild von sich selbst passte nicht zu dem, was sie auf Fotos sah.

Sie fragte sich, wie es für Bettie Page gewesen sein mochte. Musste sie sich zu Beginn überwinden? Hatte sie es wegen des Geldes getan? Wie hatte sie den Mut gefunden, sich auszuziehen? Regina hätte das nie tun können, dabei lebte sie in einer Zeit, wo es für Frauen eher untypisch war, sich nicht zu entblättern. Von wem gab es heutzutage noch *keine* Nacktaufnahmen im Internet? Oder ein Sexfilmchen? Manchmal glaubte Regina, sie war die Einzige.

Sie blickte zu Boden, wo die Unterwäsche ein kleines dunkles Häufchen bildete. Sie war zu müde gewesen, um sie in die Wäsche zu stopfen. Sie hob die Strapse auf und spielte mit den kleinen Häkchen. Dann stieg sie aus dem

Bett und stellte sich damit vor den großen Spiegel, der an der Wand neben ihrem kleinen Kleiderschrank lehnte.

Sie zog ihr Nachthemd aus und betrachtete sich, nackt bis auf den einfachen weißen Baumwollslip. Sie überlegte, ob sie die Strapse anlegen sollte, um zu sehen, wie sie darin aussah, aber es war zu viel Aufwand. Stattdessen hatte sie den Drang, sich zu berühren. Sie fuhr sich leicht über die Brüste. Sie sah nicht ihr Spiegelbild, sondern Bilder der Burlesque-Tänzerin mit dem Blaubeerklacks zwischen den Brüsten, wie sie die Finger an ihrem Körper hochzog und zum Mund führte. Regina verstand nicht, wie diese Frau das vor Publikum tun konnte, oder wie Bettie Page ihre Kleider vor der Kamera ausziehen konnte. Fühlte es sich gut an, wenn andere Leute dabei zusahen? Gab es ihnen das Gefühl, schön zu sein?

Regina ließ die Hand vom Bauch bis zu den Brüsten streifen, so wie es die Burlesque-Tänzerin getan hatte. Sie spielte mit ihren Brustwarzen und sah zu, wie sie sich aufrichteten, und stellte sich vor, dass ihr jemand zusah. Beschämt wandte sie sich vom Spiegel ab. Doch es war zwecklos abzustreiten, was ihr Körper von ihr verlangte.

Sie kehrte zum Bett zurück, knipste das Licht aus und legte sich auf die Decke. In der Sicherheit der Dunkelheit berührte sie sich erneut an den Brüsten, und dieses Mal hörte sie nicht auf, bis sie das vertraute Pulsieren zwischen den Beinen spürte. Dann ließ sie eine Hand nach unten wandern und streichelte sich leicht an der Klitoris, während die andere weiter sanft die Brustwarzen rieb. Sie schloss die Augen und stellte sich vor, Sebastian wäre da, würde auf der Bettkante sitzen und ihr zusehen und ihr sagen, sie solle nicht aufhören. Sie würde sagen, dass sie das nicht vor ihm tun könne, und er würde fragen: Ist das nicht der Grund, weswegen du nach New York gekommen bist? Um etwas Sexuelles, Lebendiges und Wirkliches zu tun?

Sie stöhnte leise und fuhr mit einem Finger in ihre Scheide. Sie malte sich aus, Sebastian würde sagen: Lass mich das für dich tun. Und sie würde sagen: Nein, das kann ich nicht. Doch er würde ihre Hand fortwischen und sie berühren, und sie würde nachgeben, und er würde sie mit seinen großen Händen verwöhnen … und sie auf eine Art berühren, die ihre kühnsten Träume übertraf.

Reginas Hand wurde immer schneller und feucht von ihrer eigenen Erregung. Sie hielt die Augen geschlossen, Sebastians Gesicht und Stimme ganz klar in Gedanken vor sich, als sie die ersten Beben ihres Höhepunktes spürte, eine Welle, die wieder und wieder kam, bis sie auf ihr bis in den Schlaf reiten konnte.

***

Das Summen des Weckers ließ sie aufschrecken. Es konnte doch unmöglich schon Morgen sein.

Regina schlug die Augen auf, und tatsächlich stand die Sonne hoch und hell am Himmel. Sie sank zurück in ihre Kissen.

Sie hatte sich die ganze Nacht über hin und her gewälzt, und selbst im Schlaf hatten sie Träume verfolgt, die sie wieder weckten – schweißgebadet –, und doch konnte sie sich nicht erinnern, wovon sie gehandelt hatten. Einen Moment lang dachte sie, das Essen mit Sebastian Barnes wäre auch nur einer dieser Träume gewesen, aber das Miu-Miu-Kleid am Boden und die High Heels waren der Beweis, dass dieser Abend tatsächlich stattgefunden hatte und kein Produkt ihrer nächtlichen Einbildung war.

Und dann erinnerte sie sich voll Scham an ihre Fantasie beim Masturbieren.

Ein Klopfen an der Tür riss sie aus den Gedanken.

»Bist du da drin?«, rief Carly.

»Ja. Ist alles in Ordnung?«, fragte Regina, setzte sich auf und fuhr sich durchs Haar.

Carly öffnete die Tür. Sie trug noch ihren Schlafanzug, ein Juicy-Couture-T-Shirt und schwarze Yoga-Pants. Das Haar hatte sie zu einem unordentlichen Pferdeschwanz hoch am Hinterkopf zusammengebunden, und ihr iPhone summte bereits mit eingehenden Nachrichten. »Du warst nicht hier, als ich gestern Nacht los bin. Und dann war ich nicht sicher, ob du überhaupt heimgekommen bist.« Carly bemerkte den Kleiderhaufen am Boden. Sie bückte sich und hob das Miu-Miu-Kleid auf. »Was zur Hölle ist das? Hast du etwa einen Designerschuppen ausgeraubt?«

Regina kletterte aus dem Bett und tapste an Carly vorbei in die Küche, wo sie die Espressomaschine einschaltete.

»Mal im Ernst«, sagte Carly, die ihr folgte. »Ich weiß, dass dieses Kleid sechzehnhundert Dollar kostet. Mindestens. Und diese Schuhe! Ich dachte, du würdest dein Leben lang bei Discounterware bleiben …«

Regina öffnete den Kühlschrank, zog ein Glas Erdnussbutter raus und tauchte einen großen Löffel hinein.

»Wie kannst du so früh schon etwas essen?«, fragte Carly.

Regina schleckte die Erdnussbutter säuberlich vom Löffel.

»Ich war gestern Abend essen mit Sebastian Barnes.«

Carlys Augen weiteten sich und drückten Respekt für ihre Mitbewohnerin aus. »Du warst mit Sebastian Barnes unterwegs«, wiederholte sie.

»Ganz genau«, bestätigte Regina und versenkte den Löffel erneut im Glas.

»Du Glückspilz!«, rief Carly entzückt. »Also wirklich, ich muss sagen, du hast mich getäuscht, Regina. Hängst hier alleine rum, vergräbst dich in deine Bücher … ich hätte ja nie gedacht.«

»Glaub mir … ich auch nicht.«

»Ist er gut im Bett?«, fragte Carly.

»*Was?* Ich habe nicht mit ihm geschlafen«, sagte Regina beschämt.

»Tja, das war ein Fehler«, meinte Carly. »Wo seid ihr hingegangen?«

»Ins ›Daniel‹.« Regina wühlte in der Schublade mit den Kaffeetabs nach der stärksten Röstung, die sie finden konnte.

»Ich liiiebe das Daniel«, schmollte Carly. »Wie alt ist er? Älter als wir, hab ich recht? Die Jungs unter dreißig wissen nicht, wie man eine Frau ausführt. Ist dir das schon mal aufgefallen?«

Nein, natürlich war es Regina nicht aufgefallen. Sie hatte keine Ahnung, wie sich Männer in den Twens bei Dates verhielten – oder in jedem anderen Alter. Und außerdem war sie sich nicht einmal sicher, ob es ein richtiges Date gewesen war. Regina hatte eher das Gefühl, eine merkwürdige Erfahrung gemacht zu haben, am Machttrip eines Typen teilgenommen zu haben, der mit Geld um sich warf und vermutlich mit jeder Frau in New York geschlafen hatte und nur nach Frischfleisch Ausschau hielt.

»Ich würde es nicht als Date bezeichnen«, erklärte Regina. »Ich will nicht einmal weiter drüber nachdenken.«

»O nein, das lasse ich nicht zu«, sagte Carly.

»Was?«

»Überleg es dir noch einmal. Weißt du denn nicht, wie man sich amüsiert, Regina? Jede Frau in New York würde es gern mal mit Sebastian Barnes probieren – und du hast die Gelegenheit. Greif zu. Gönn dir ein bisschen Leben. Es hat mehr zu bieten als in irgendeiner Bibliothek Bücher einzuräumen.«

»Vielleicht nicht für mich«, entgegnete Regina. Doch zum ersten Mal fing sie an, ihre Einstellung ernsthaft zu hinterfragen.

13

»Ist das hier die Ausleihe?«

»Ja.« Regina blickte von einem Stapel Anforderungsscheinen auf. An der Ausleihe herrschte reger Betrieb, so wie jeden Freitag. Es war der letzte Tag der Woche mit normalen Öffnungszeiten, und außerdem wollten die meisten Leute vermutlich nicht das ganze Wochenende arbeiten.

Vor ihr stand eine junge Frau mit rasiertem Haar. Unzählige Ohrringe zierten ihr linkes Ohr, und ihre Arme waren komplett mit Tätowierungen bedeckt. Außerdem hatte sie eine Kuriertasche umgeschnallt und einen Kleidersack über dem Arm.

»Ich habe eine Lieferung für Sie.« Die junge Frau zog einen zerknüllten Zettel aus der Hosentasche. Sie trug fingerlose Lederhandschuhe. »Regina Finch«.

»Das bin ich«, bestätigte Regina. Alex hatte diesen Kobold von Kurier jetzt auch entdeckt und trieb sich in ihrer Nähe herum. Anscheinend versuchte er eine Möglichkeit zu finden, sich in die Unterhaltung einzuklinken.

Die junge Frau übergab Regina den Kleidersack.

Regina schoss die Schamesröte ins Gesicht. Es waren ihre Sachen von letzter Nacht.

»Oh, danke …«, murmelte sie und versteckte die Tüte schnell hinter ihrem Schalter.

»Moment mal – da ist noch etwas«, sagte die junge Frau und ließ eine Kaugummiblase zerplatzen. Sie kramte in ihrer Tasche und überreichte Regina ein verschlossenes goldenes Kuvert. »Unterschreiben Sie hier.« Sie hielt Regina Klemmbrett und Kugelschreiber hin. Regina unterschrieb.

Die junge Frau stopfte das Klemmbrett in ihre Tasche und trottete davon.

»Die war echt sexy«, kommentierte Alex. »Warum hast du sie nicht ein bisschen aufgehalten?«

»Warum hätte ich sie aufhalten sollen?«

»Ich wollte sie gerade ansprechen«, erklärte er.

Regina verdrehte die Augen. »Dann beeil dich das nächste Mal ein bisschen.«

»Was hat sie dir gebracht?«, fragte er.

Eine ältere Frau kam zum Schalter und reichte Regina eine Handvoll Anforderungsscheine. Regina gab sie an Alex weiter, womit das Thema erledigt war.

Sie wartete, bis die Frau zu ihrem Tisch zurückgekehrt und Alex verschwunden war, um die Bücher zu holen, dann öffnete sie den Reißverschluss des schwarzen Kleidersacks. Wie erwartet enthielt er die Kleider, die sie im Four Seasons gelassen hatte. Gerade, als die Erinnerung der letzten Nacht zu verblassen begann, tauchten Rock und Bluse, die sie wie eine alte Haut abgestreift hatte, wieder auf wie Aschenputtels Schuh und bewiesen, dass alles wirklich geschehen war.

Sie stopfte die Kleider unter ihren Tisch, öffnete das goldene Kuvert und zog eine schwarze Karte aus festem Papier heraus. Darauf stand in goldener Schrift:

Wir laden Sie ein zur Vernissage der Ausstellung
Beginnings *mit Fotografien von Luc Carle,*
Joanna Lunde und Sebastian Barnes.
Galerie Manning-Deere, 42 Greene Street, 18.00 Uhr

Die Einladung war für diesen Abend. Sebastian wollte sie wiedersehen, das war alles, woran sie denken konnte.

Allerdings erfüllte sie die Vorstellung, wirklich zu dieser Vernissage zu gehen, mit Nervosität. Aber sie wusste, dass sie sich einen Ruck geben musste, wenn sie nicht den Rest ihrer Zeit in New York in ihrem winzigen WG-Zimmer hocken wollte, während die anderen ihr Leben genossen.

»Regina, warum gehen Sie nicht ans Telefon? Ich versuche seit fünf Minuten, Sie zu erreichen.«

Regina sah auf. Sloan stand vor ihrem Schalter. »Entschuldigung – ich habe es nicht klingeln gehört.«

»Was haben Sie da?« Sloan hatte die Einladung in Reginas Hand bemerkt.

»Das ist nur … ich weiß nicht. Die Karte lag auf meinem Tisch.«

Sloan nahm ihr die Karte ab, und ein kleines Lächeln spielte um ihre Mundwinkel. »Sie muss falsch abgegeben worden sein«, erklärte sie und schob sie sich unter den Arm. Dann sah sie Regina an, als wäre sie ihr noch nie zuvor begegnet.

***

Regina kam in ihre Wohnung, beladen mit Büchern, die sie noch für den Literaturpreis lesen musste. Sie schob die Wohnungstür mit dem Fuß zu und horchte auf. Aus Carlys

Zimmer drangen seltsame Geräusche. *Na prima*, dachte Regina. *Das Letzte, was ich jetzt brauche, ist lauter Sex aus Carlys Zimmer die ganze Nacht lang.*

Aber als sie in die Küche ging, bemerkte sie, dass es diesmal kein Lustgestöhne war.

Carly schluchzte.

Regina stellte ihre Taschen in ihr Zimmer, ging zurück ins Wohnzimmer und stellte sich vor Carlys Tür. Dann klopfte sie behutsam an.

»Alles in Ordnung, Carly?«

Keine Antwort, nur noch mehr Schluchzen.

»Carly, darf ich reinkommen?«

Sie wartete einen Augenblick, dann hörte sie, wie jemand zur Tür schlurfte.

Carly öffnete die Tür, ihr Gesicht war tränenüberströmt und aufgequollenen.

»Was ist passiert? Ist alles okay?«, fragte Regina.

»Rob hat Schluss gemacht«, brachte Carly hervor und fing erneut an zu schluchzen.

»Wer ist Rob?«, fragte Regina. Sie hatte es für eine harmlose Frage gehalten, aber jetzt weinte Carly noch mehr.

»Mein *Freund.*«

»Und was ist mit Derek?«

»Derek? Derek war nur eine Art Lückenbüßer, bis Rob endlich bereit gewesen wäre, sich zu binden. Also wirklich, Regina – du hast doch nicht geglaubt, das mit Derek wäre was Ernstes, oder?«

Es klang immer ziemlich ernst, wenn ihr mich nachts geweckt habt, dachte Regina.

»Ich sag dir, Regina – es tut mir richtig körperlich weh.

Es fühlt sich an, als würde ich sterben«, verkündete Carly dramatisch. »Ich liebe ihn. *Liebe ihn.* Warst du jemals verliebt?«

Regina schüttelte den Kopf.

»Dein Glück. Diese Hölle wünsche ich nicht mal meinem ärgsten Feind.« Und dann, zu Reginas höchstem Erstaunen, warf sich Carly in ihre Arme, und ihre dünne Gestalt zitterte vor Schluchzen.

»Das wird schon wieder«, tröstete Regina und tätschelte ihr den Kopf.

Und dann wanderten ihre Gedanken zurück zu der Einladung zur Fotoausstellung. Sie kam sich mies vor, in diesem Moment daran zu denken, wo Carly so aufgelöst war, aber sie konnte es nicht ändern. Sie wusste nicht, was sie von dieser Einladung halten sollte, oder davon, dass Sloan behauptete, sie sei falsch abgegeben worden. Den ganzen Tag über hatte sie darauf gebrannt, die Sache mit Carly zu besprechen. Aber das konnte sie nun fürs Erste vergessen. Das Drama, das sich in ihrer Einbildung abspielte, war nicht so wichtig wie der sehr reale Liebeskummer ihrer Mitbewohnerin.

Doch da sagte Carly: »Vermassel bloß nicht diese Sache mit Sebastian!«

Überrascht sah Regina sie an. »Warum sagt du das?«

»Weil ich es vermasselt habe und ich dir ersparen will, dass es dir so ergeht wie mir. Hat er dich angerufen?«

»Nein.«

»Hmm. Das Verweigern von Sex ist nicht attraktiv, Regina. Vielleicht solltest du dir darüber mal Gedanken machen.«

Regina überging diese Bemerkung und sagte: »Er hat mich zu seiner Fotoausstellung eingeladen.«

Carly horchte auf. »Wann ist sie?«

»Gleich heute Abend. Aber ich bin mir nicht ganz sicher, ob die Einladung mir galt.«

Regina erzählte Carly von Sloans Kommentar. Carly verdrehte die Augen.

»Klingt nach Zickenalarm. Und wen interessiert schon, ob die Einladung für dich war? Du spielst jetzt in der ersten Liga, Regina. Also nichts wie ran. Wieso schaust du mich so an? Es ist immer besser, um Verzeihung zu bitten, als um Erlaubnis.

Regina war noch nicht ganz überzeugt. Selbst wenn die Einladung für sie gedacht war, würde sie sich höchstwahrscheinlich lächerlich machen. Sie führte sich auf wie ein Schulmädchen und himmelte einen Mann an, der völlig unerreichbar für sie war. Vielleicht fand er sie amüsant, vielleicht hatte er auch gerade nichts Besseres zu tun und hatte deshalb den letzten weiblichen Neuzugang in der Stadt zu seinem Freizeitvergnügen erkoren. Das war die einzige Erklärung für all die verrückten Dinge, die er ihr gesagt hatte, von wegen, dass sie nur noch hochhackige Schuhe tragen sollte oder dass er sie fotografieren wollte. All das ergab keinen Sinn, und zwar aus dem einfachen Grund, weil es nicht ernst gemeint war. Am besten sollte sie das Ganze schnell wieder vergessen … und ihn gleich dazu.

»Ich weiß nicht recht. Ich geh nicht hin«, meinte Regina.

»Kommt nicht infrage. Es gibt schließlich keinen Grund,

warum wir beide hier traurig rumsitzen sollten.« Carly schnäuzte sich geräuschvoll. »Außerdem habe ich dann eine sinnvolle Aufgabe, wenn ich dir beim Anziehen helfe.«

»Ich brauche keine Hilfe beim Anziehen.«

»Regina, jetzt bist du echt verrückt. Los, mach meinen Kleiderschrank auf.«

***

Regina sah ihn sofort, als sie die hell erleuchtete, weiß gehaltene Galerie in der Greene Street betrat.

Sebastian stand in der Mitte des Raums, umgeben von Menschen.

Er war mit der üblichen legeren Eleganz gekleidet: Hemdkragen offen, die breiten Schultern durchgestreckt, so überragte er die Umstehenden um ein paar Zentimeter. Aus irgendeinem Grund blickte er auf, und seine dunklen Augen hefteten sich auf Regina, sodass sich ihr Magen zusammenzog und sie um Fassung ringen musste.

Sie wollte ihn nicht stören und entschied, erst einmal ein bisschen herumzugehen und sich die Fotos anzusehen. Doch Sebastian löste sich bereits von der Gruppe. Als er auf sie zuging, richteten sich die Augen der meisten Anwesenden auf sie.

»Schön, dass du kommen konntest«, sagte er und lächelte sie an.

Also hatte die Einladung doch ihr gegolten. Regina wurde ganz schwindelig. Sie wusste, sie sollte jetzt etwas Kesses sagen wie *Das wollte ich mir nicht entgehen lassen* oder etwas Ungezwungenes wie *Ich war sowieso in der Nähe*. Aber sie brachte nur ein schüchternes Lächeln zuwege, und das schien ihm vollkommen zu genügen. Dann fiel ihr ein, was sie sagen sollte, nämlich das, was sie ehrlich dachte.

»Glückwunsch. Ich weiß nicht viel über Fotografie, aber das ist sicher ein großer Erfolg.«

Er lachte, aber nicht unfreundlich. »Ich würde es als kleinen bis mittleren Erfolg bezeichnen. Aber man könnte sagen: Ich arbeite mich gerade nach oben.«

Da schlängelte sich plötzlich eine wohlbekannte Blondine durch die Menge und erschien wie aus dem Nichts neben ihnen. Sloan trug ihr platinblondes Haar zu einem strengen Pferdeschwanz im Nacken gebunden und war mit einem schwarzen, engen Rock und einem ärmellosen Top bekleidet, das ihre straffen, gebräunten Arme zur Geltung brachte.

»Was für eine Überraschung, Sie hier zu sehen, Regina!«, sagte Sloan. Sie schlug einen leichten Ton an, aber wer ihren Blick sah, verstand, warum Regina zusammenzuckte. Glücklicherweise wandte sich Sloan sogleich Sebastian zu. »Nun hast du also endlich deine lang ersehnte Ausstellung.« Sloan hob ihr Champagnerglas, um auf sein Wohl zu trinken.

Diese Äußerung drückte eine Vertrautheit zwischen den beiden aus, die Regina überraschte.

»Nicht *ganz* was ich wollte, aber ein Schritt in die richtige Richtung«, sagte Sebastian. Er klang eher höflich als freundlich. »Entschuldigst du uns einen Augenblick?«

Und das war mehr ein Befehl als eine Bitte.

Sollte er Sloan damit beleidigt haben, erholte sie sich schnell. »Aber natürlich – du arbeitest. Los, mach deine Runde. Ich sehe mir inzwischen die Konkurrenz an«, erklärte sie mit einem Zwinkern.

Sebastian führte Regina durch die vielen Leute, die sie

von allen Seiten einschlossen. Sie musste dem Drang widerstehen, sich nach Sloan umzusehen, denn sie wusste mittlerweile, dass sie dafür bezahlen würde, weil Sebastian sie so abserviert hatte. Sie fühlte sich befangen und wünschte, Carly hätte sie begleitet.

Als sie Sebastian zum hinteren Teil der Galerie folgte, bemerkte sie auf einer Wand seinen Namen in großen, schwarzen Lettern.

»Sind das deine Arbeiten?«, fragte sie und blieb stehen.

»Ja«, antwortete er.

»Ich will sie gern sehen«, sagte sie und ging darauf zu. Er wirkte ungeduldig, und das überraschte sie. »Aber hast du mich nicht deswegen eingeladen? Damit ich deine Fotos sehe?«

»Ich habe dich eingeladen, weil ich *dich* sehen wollte.«

Sie wusste nicht, was sie darauf erwidern sollte, und so drehte sie sich nach den Fotos um. Es waren Schwarz-Weiß-Aufnahmen, und sie bemerkte, dass sie alle dieselbe Frau zeigten. Und ihr Gesicht war so berühmt, dass sogar Regina sie erkannte: das niederländische Model Astrid Lindall.

»Die sind unglaublich«, erklärte Regina. »Für welches Magazin hast du sie gemacht?«

»Das sind meine privaten Fotos«, sagte er. »Sie wurden nie in einem Magazin veröffentlicht.«

Eifersucht versetzte Regina einen unangenehmen Stich ... und Unsicherheit kam noch dazu. War er mit Astrid Lindall zusammen gewesen? Und wenn ja, wie konnte er sich dann für *sie* interessieren?

»Sie sind wirklich ... schön. Sind das deine persönlichen Favoriten?«, erkundigte sie sich.

Er lachte kurz auf. »Nein, warum?«

»Na ja, weil du sie für die Ausstellung ausgewählt hast.«

»Ich habe sie nicht ausgewählt. Das war die Galerie. Sie stammen vom Beginn meiner Laufbahn. Das ist ein Grund, weshalb ich sie hier in der Ausstellung habe. Alle Fotografien, die du hier siehst, sind zu Beginn der Laufbahn der jeweiligen Fotografen entstanden. Kennst du die Arbeiten von Luc Carle? Wenn ja, werden dich seine frühen Themen überraschen.«

Regina wusste gar nichts über Luc Carle. Sie hatte auch keine Ahnung von Fotografie. Und Astrid Lindall kannte sie nur deshalb, weil ihr Gesicht in ihrer Jugend omnipräsent gewesen war.

»Sebastian, bravo!«, sagte eine Frau mit kurzen, weißen Haaren und einer übergroßen runden, schwarz gerahmten Brille. »Was für eine großartige Serie. Wissen Sie, ich habe schon viele Gerüchte über Ihre Fotos von Astrid gehört, aber ich hielt sie für einen Mythos … so wie Bigfoot.« Die Frau lachte.

»Vielen Dank, dass Sie gekommen sind«, erwiderte er, gab sich aber keine Mühe zu verbergen, dass er sich gestört fühlte.

Er legte die Hand auf Reginas Rücken und führte sie mit leichtem Druck in eine ruhige Ecke unter einer Treppe.

Regina bemerkte, dass Sloan sie heimlich beobachtete.

»Weshalb trägst du nicht die Schuhe, die ich dir geschenkt habe?«, fragte er.

Regina sah ihn verdutzt an. »Wir sind mitten in deiner Fotoausstellung, und du machst dir Sorgen um die Wahl meiner Schuhe?«

»Ich bin eben ein visueller Mensch, Regina. Ich habe dir doch gesagt, dass ich Wert auf diese Dinge lege. Hast du wenigstens meine Dessous an?«

»Äh, ja«, log sie.

Er sah sie prüfend an, woraufhin sie nervös lachte.

»Komm mit.« Er stieg die enge, schwarze Treppe hoch, und sie folgte ihm. Im ersten Stock war es dunkler, und die Wände waren leer. Tische und Stühle waren auf die Seite geschoben. An einer Wand stapelten sich breite, flache Pappkartons.

Sie waren vollkommen allein.

»Ich glaube nicht, dass wir hier oben sein sollten«, meinte Regina.

»Da bin ich mir sogar sicher.« Er schenkte ihr ein umwerfendes Lächeln. »Jetzt zeig mir deine Unterwäsche!«

»Ich zeig dir doch nicht meine Unterwäsche!«

»Ich wusste, dass du mich anlügst.«

Ihr Gesicht brannte. »Na gut. Ich habe dich angelogen. Aber selbst wenn nicht, würde ich dir meine Unterwäsche nicht zeigen. Also ehrlich, du machst wohl Witze.«

»Ich meine es vollkommen ernst«, entgegnete er. Er sah sie auf eine Art an, dass ihr Herzschlag kurz aussetzte.

Dann kam er näher, bis sie nur noch ein paar Zentimeter trennten. Zuerst fürchtete sie, dass er sie anfassen würde. Doch als er es nicht tat, war sie enttäuscht. Eine Minute verstrich, und sie sah zu Boden. Sie spürte seinen Blick auf sich ruhen und wurde unsicher.

»Das nächste Mal tust du, was ich sage«, flüsterte er.

Und damit ging er an ihr vorbei die Treppe hinunter.

14

So sehr Regina der Versuchung widerstanden hatte, an der Ausleihe zu lesen – sie empfand es als respektlos gegenüber den Bibliotheksbesuchern, die ihre Hilfe brauchten –, konnte sie es doch rechtfertigen, wenn es um den Literaturpreis der Young Lions ging. An diesem Morgen stapelten sich gerade die ersten Anforderungsscheine an ihrem Schalter, als sie einen Roman von ihrer Liste aufschlug. Es handelte sich um das Debut einer jungen britischen Autorin, deren Vater preisgekrönter Romanautor war. Regina konzentrierte sich gerade darauf, ob man einen stilistischen Einfluss des Vaters erkennen konnte, als Alex übertrieben laut »Hallo!« rief.

Verwundert bemerkte sie, dass er gar nicht sie, sondern die tätowierte Frau vom Kurier begrüßte, die zurückgekehrt war.

»Hallo«, sagte die junge Frau, sah dabei aber Regina und nicht ihn an. »Eine Unterschrift hier.« Sie reichte Regina eine pink-schwarze Einkaufstasche, die sie schnell hinter dem Schalter verschwinden ließ. Regina unterschrieb und hielt regelrecht die Luft an, während sie darauf wartete, dass die junge Frau wieder ging.

Dann schielte sie auf die Einkaufstasche zu ihren Füßen. An den schwarzen Plastikgriffen hing ein Umschlag. Sie zog ihn ab und öffnete ihn.

Guten Morgen, Regina,
es hat mich gefreut, Dich gestern Abend in der Galerie zu sehen. Ich hoffe, die Ausstellung hat Dir gefallen – und unsere Unterhaltung.
Das bringt mich zu der Einkaufstasche. Sie enthält ein Paar Louboutin-Schuhe und etwas Unterwäsche. Bitte zieh beides unverzüglich an.
S.

Reginas Hände zitterten, als sie die Nachricht in ihre Old Navy Tasche steckte.

»Jetzt mal im Ernst, Ms. Finch – was geht hier vor?« Alex erschien wieder hinter ihr.

»Nichts«, flötete sie.

Das Telefon an ihrem Tisch klingelte, und Alex zog sich dankenswerter Weise zurück, um dranzugehen, und ließ sie allein mit ihrer Tasche. Regina schielte hinein und entdeckte einen flachen, schwarzen Karton mit goldener Schleife. Darauf stand in Goldlettern »Agent Provocateur: Soirée«.

Es war unmöglich, die Schachtel unauffällig an ihrem Schalter zu öffnen.

»Es ist für dich«, meinte Alex und reichte ihr das Telefon. Sie sah ihn fragend an, und er zuckte die Schultern.

»Hallo?«, fragte sie.

»Regina, ich bin's, deine Mutter.«

Ihr Magen zog sich zusammen. »Mom, ich bin in der Arbeit. Warum rufst du mich hier an?«

»Ich müsste dich nicht anrufen, wenn du dich ab und an von selbst melden würdest. Glaubst du, diese Umgewöhnung ist leicht für mich?«

»Okay, es tut mir leid. Ist alles in Ordnung?«

»Es ist okay. Ich gewöhne mich daran, allein zu sein. Ich schätze, man kann sich an alles gewöhnen.«

Regina hatte gehofft, dass ihr Umzug nach New York ein Anstoß für ihre Mutter wäre, endlich ihr eigenes Leben zu leben – und damit aufzuhören, ihre Zurückgezogenheit damit zu entschuldigen, dass sie verwitwet und alleinerziehend war. Aber offensichtlich war diese Hoffnung naiv gewesen.

»Ich kann jetzt wirklich nicht telefonieren, Mom.«

»Was machen wir an deinem Geburtstag?«

»Was?« Reginas Geburtstag stand in zwei Wochen bevor. Sie hatte noch nicht groß darüber nachgedacht, aber ihre Mutter hatte sie nun wirklich nicht mit eingeplant.

»Schön, wenn du darauf bestehst, komme ich zu dir. Wir gehen essen. Reserviere etwas in der Nähe der Bibliothek. Ich will dein Büro sehen.«

»Regina?«

Regina blickte auf und sah, dass Sloan vor ihr stand.

»Was tun Sie denn da?«

»Äh … nichts«, sagte Regina. Dann sagte sie leise ins Telefon: »Ich muss auflegen.«

»War das ein Privatgespräch?«

»Nein«, log sie. Sie sah, wie Sloans Blick zur Einkaufstasche wanderte. Regina stieß sie mit dem Fuß unter den Tisch.

»Sagen Sie Alex, dass er für Sie einspringen soll. In zehn Minuten findet ein Young-Lions-Treffen statt.«

***

Der Vorstandssaal war nicht so voll wie beim letzten Mal. Es schien, als wären nur die Mitglieder des Literaturgremiums da, sodass es für Regina unmöglich war, sich im Hintergrund zu halten.

»Sie sitzen hier, Regina«, erklärte Sloan und zog den Stuhl neben sich heraus. Sie selbst setzte sich direkt neben Sebastian.

Regina konnte seinen glühenden Blick spüren, doch sie hielt den Blick starr auf den gelben Schreibblock vor sich gerichtet. Sie dachte an die Anweisungen, die er ihr geschickt und die sie ignoriert hatte. Unsinnigerweise überkam sie einen Moment lang Panik. Dann wurde ihr bewusst, wie absurd das war. Was kümmerte es sie, wenn ihm ihre Schuhe nicht gefielen? Für wen hielt er sich, dass er ihr vorschrieb, was sie anzuziehen hätte. Vielleicht mochte sie gemütliche Schuhe und praktische Unterwäsche. Sie war eine ganz normale Person, nicht ein Foto von Astrid Lindall an der Wand einer Kunstgalerie, oder Bettie Page in einem Hochglanzbildband.

Sebastian eröffnete das Meeting mit einem Schnelldurchlauf der Preisanwärter und den Terminen, zu denen die Gremiumsmitglieder ihre Leselisten mit den ausgewählten Favoriten abgeben sollten. Daraus entspann sich eine Debatte über die Auslassung einer Kurzgeschichtensammlung, doch Regina konnte kaum folgen. Ein einziges Mal wagte sie aufzublicken und erhaschte einen Blick von Sebastian, der mit den Händen gestikulierte; und sie stellte sich vor, wie diese Hände sie berührten, ihr vielleicht beim Anziehen halfen, so wie Jess es getan hatte. Doch anders als Jess würde er um sie herumlangen und ihre nackten Brüste umfangen …

»Regina?«, sprach er sie an. Sie blickte auf. Schlagartig wurde ihr heiß. Binnen Sekunden war ihre Stirn mit einem Schweißfilm überzogen. Was war das? Ein Kreislaufkollaps?

»Ja?«, fragte sie. Klang ihre Stimme normal? Sie wusste es nicht. Er sah so verdammt gut aus. Warum schien das dem Rest der Runde zu entgehen? Allen außer Sloan natürlich. Regina kam nicht umhin zu bemerken, wie sich ihre Chefin zu ihm neigte und ganz benommen lächelte und agierte. Es war schwierig, dieses Gehabe mit der Gereiztheit zu vereinbaren, die Regina normalerweise im Umgang mit ihrer Chefin entgegenschlug.

»Irgendwelche Kommentare zu den Romanen, die du bis jetzt gelesen hast?« Er lächelte geduldig. Regina spürte die erwartungsvollen Blicke der anderen Versammelten.

»Äh, ja«, räusperte sie sich. »Ich habe gerade einen Krimi fertig gelesen, der mich an Tana French erinnert, jedoch in den Südstaaten der Siebzigerjahre spielt. Definitiv ein Anwärter.«

»Ich bin *so* froh, dass ich jemanden gefunden habe, der die Zeit zum Lesen hat«, meldete sich Sloan zu Wort, als wäre Regina ihre große Entdeckung.

»Wirklich ein Jammer, dass Margaret uns dieses Jahr nicht unterstützen kann«, bemerkte ein anderes Gremiumsmitglied wehmütig. »Sie hat ein unfehlbares Gespür.«

»Warum ist sie dieses Jahr nicht dabei?«, fragte Regina. Diese ganze Young-Lions-Geschichte war nichts für sie. Vielleicht konnte Margaret ihren Platz im Literaturgremium übernehmen. Dann müsste sie nicht jeden Tag in der Arbeit fürchten, plötzlich zu einem Meeting mit Sebastian gerufen zu werden. Das brachte einfach ihren ganzen Tag durcheinander. Verdammt, es brachte ihren *Atemfluss* durcheinander.

»Ich bitte Sie, Regina. Die arme Frau kann kaum sehen, geschweige denn, einen Stapel Bücher in einem Monat bewältigen«, erklärte Sloan.

»Wir haben genug Leser«, sagte Sebastian. »Etwas anderes ist es mit den Autoren. Wo finden wir Ersatz für Jonathan Safran Foer? Hat irgendwer einen Vorschlag?«

Irgendjemand nannte Jay McInerney, und der Rest der Runde stöhnte. »Schon wieder?«

Regina wusste, wen sie gern in der Bibliothek gesehen hätte. Sie hatte gerade zum zweiten Mal »Fluss der Wunder« gelesen und fand außerdem toll, dass Ann Patchett ihren eigenen Buchladen in Nashville eröffnet hatte, zu einer Zeit, in der fast alle anderen dort schlossen.

»Wie wäre es mit Ann Patchett?«

Ein Murmeln hob um den Tisch herum an.

»Wir bevorzugen New Yorker für die Reihe«, tat Sloan ab. »Wir brauchen die Autoren für viele Veranstaltungen, und Leute von außerhalb wollen immer ihre Reisekosten erstattet bekommen.«

»Es ist kein schlechter Gedanke«, widersprach Sebastian. »Ich habe gerade eine Wiederholung von *Colbert Report* gesehen, wo sie zu Gast war. Sie war sehr charmant.«

»Sie macht sich wirklich für das Lesen stark«, bemerkte jemand anderes.

»Schauen wir sie uns mal an«, meinte Sebastian. »Nehmt sie in die engere Wahl auf. Und Doris, vielleicht könnten Sie bei HarperCollins nachfragen, wie es terminlich bei ihr aussieht.«

Dann bemerkte Regina, dass alle aufstanden und ihre Unterlagen einsammelten. Das Meeting wurde vertagt.

Sie rappelte sich auf und warf sich ihre Old-Navy-Tasche über die Schulter.

»Regina, du bleibst. Ich möchte noch ein paar Dinge mit dir durchgehen, die zu erledigen sind. Sloan, kannst du sie noch einen kleinen Moment lang entbehren?«

Sloan war sichtlich verärgert. »Das darf aber nicht zur Gewohnheit werden«, sagte sie, doch dann gab sie nach.

Als alle draußen waren, schloss Sebastian die Tür. Und verriegelte sie.

»Soviel zu meiner Theorie, dass du dich auf männliche Autoren spezialisiert hast«, meinte er. »Das war ein guter Vorschlag. Ich bin froh, dass du dich eingebracht hast.«

Diesen Kommentar empfand sie als herablassend. »Ich habe kein Problem damit, mich einzubringen«, bemerkte sie spitz.

»Aber du hast ein Problem damit, Anweisungen zu befolgen. Wie ich sehe, trägst du nicht die Schuhe, die ich dir geschickt habe.«

»Ich will diese Schuhe nicht in der Arbeit tragen«, sagte sie nervös. Sie wusste, dass es lächerlich war, sich einschüchtern zu lassen wie ein kleines Mädchen, das eine Regel gebrochen hatte. Aber genauso fühlte es sich an.

»Wo sind sie?«

»Unter meinem Tisch.«

»Dann hol die Tüte mit den Dessous und den Schuhen. Und komm schnell wieder her.«

Er erteilte diesen Befehl, als wäre es gar keine Frage, dass Regina ihn befolgte. Allein schon deshalb wollte sie ihm sagen, er könne es vergessen – sie konnten diese Spielchen in Hotels und Restaurants spielen, aber nicht am Arbeitsplatz, bei allem, was recht war. Aber etwas hielt sie zurück. Ja, sie sollte das sagen, aber sie wollte es nicht. Vielmehr wollte sie herausfinden, wohin diese Sache noch führen würde. Denn wenn sie das nicht tat – wenn sie wegrannte –, unterschied sie sich dann noch von ihrer Mutter?

Ohne ihn anzusehen ging Regina schnell aus dem Saal und rannte die Treppe hinunter in den zweiten Stock. Sie eilte durch den öffentlichen Katalogsaal und hoffte, Sloan nicht zu begegnen. Es wäre schwierig, ihr zu erklären, warum sie hin und her lief.

Ein paar Leute standen an der Ausleihe, aber Alex kam allein zurecht.

»Kannst du wieder übernehmen?«, fragte er.

»Noch nicht – ich brauche noch ein paar Minuten«, murmelte sie. Sie brachte die Worte kaum über die Lippen. In ihrem Kopf überschlugen sich die Gedanken. So musste es sich anfühlen, wenn man Drogen genommen hatte.

Sie langte an ihm vorbei und schnappte sich die Tüte.

15

Regina schloss die Tür vom Vorstandssaal. Sebastian kam auf sie zu und sperrte noch einmal ab. Er berührte sie nicht, doch ihre Schultern streiften sich, als er nach dem Türschloss langte.

Sie gab ihm die Tüte.

»Wieso gibst du sie mir? Zieh dich um!«, meinte er.

Sie stellte die Tüte auf den Tisch und zog die Schuhschachtel heraus. Dann zog sie ihre Schuhe aus und schlüpfte in die hochhackigen Pumps.

»Okay«, sagte sie und drehte sich zu ihm um.

»Viel besser«, stellte er fest. »Jetzt die Unterwäsche.«

Er wollte, dass sie sich hier und jetzt entkleidete? »Ich bin nicht … ich kann das nicht.«

Sebastian trat auf sie zu und schaute ihr in die Augen, indem er ihr Kinn mit Mittel- und Zeigefinger anhob. Sie hoffte, dass er sie küssen würde, und merkte, dass sie sich noch nie etwas so sehr gewünscht hatte.

»Regina, ich finde dich unglaublich schön. Und ich finde es fantastisch, dass dir das gar nicht bewusst ist. Ich brenne regelrecht darauf, dir deine Schönheit vor Augen zu führen, und ich will sie auch selbst erleben. Ich habe versucht, ganz offen zu dir zu sein. Ich wollte dir zeigen – so gut ich es eben kann –, was ich für ein Typ bin. Was ich mag. Aber jetzt merke ich, dass ich dich zu sehr in eine Richtung dränge, in die du gar nicht willst.« Er lächelte sie an, und dieses Lächeln war so anziehend, dass Regina fürchtete, etwas in ihr könnte zerbrechen.

»Es ist nicht so, dass ich nicht … in diese Richtung will«, entgegnete sie langsam, obwohl sie sich nicht ganz sicher war, worüber sie eigentlich sprachen. »Aber ich bin hier in der Arbeit.«

Er überlegte. »Ist es das, was dich zurückhält?«

Sie nickte. Es gab wahrscheinlich noch viele andere Dinge, die sie zurückhielten. Dinge, die sie jetzt nicht auf der Stelle analysieren wollte. Aber wenn sie fürs Erste mit der Arbeitsplatzausrede davonkam, war ihr das nur recht.

Sebastian nahm ihre Hand und zog sanft daran, sodass sie zwei Schritte auf ihn zuging. Er sah sie mit solcher Intensität an, dass sie Herzklopfen bekam und den Blick abwenden musste. Da küsste er sie auf den Handrücken, und sie sah ihn überrascht an.

Und dann spazierte er hinaus.

* * *

Regina lag ausgestreckt auf ihrem Bett. Der Roman, den sie gerade las, lag aufgeklappt auf ihrer Brust. Fünf Minuten lang hatte sie auf die gleiche Seite, den gleichen Satz gestarrt.

Draußen prasselte der Regen an die Scheiben. Es war eine kräftige Sommerdusche, die den Geruch nach feuchtem Asphalt in der warmen Luft hinterlassen würde. Regina zog den Vorhang auf und sah zu, wie das Wasser in Rinnsalen an der Fensterscheibe herunterlief.

Sie fragte sich, ob sie vorher im Vorstandssaal einen Fehler gemacht hatte. War sie zu feige gewesen? Vielleicht verdiente sie ja dieses kleine Leben. Noch vor ein paar Monaten hatte sie ihre Ernsthaftigkeit und Beherrschung wie einen Orden vor sich hergetragen. Und in Philadelphia hatte sie auch nie das Gefühl gehabt, etwas zu verpassen, wenn sie auf Nummer sicher ging. Sie hatte für ihr Studium gebüffelt, Gelegenheitsjobs angenommen und gespart. Sie hatte sich auch mit Jungs getroffen, sich aber nie zu sehr von ihnen ablenken oder vereinnahmen lassen. Alles war unter Kontrolle gewesen.

Doch seit ihrem Umzug nach New York erkannte sie, dass sie vor lauter Kontrolle über ihr Leben ganz verpasste, es auch zu leben. Und jetzt hatte sie es sich mit dem unglaublichsten Mann verscherzt, dem sie je begegnet war – oder je begegnen würde.

Dabei war noch nicht einmal ihre Mutter da und redete ihr ins Gewissen, wenn sie sich verabredete. Es war ganz allein ihre Schuld.

»Hast du Lust, einen Film anzusehen?«, erkundigte sich Carly vom Wohnzimmer aus. Carly, die sich noch nicht von der Trennung von ihrem »Freund« Rob erholt hatte, war ungewöhnlicherweise allein zu Hause.

»Gerne«, antwortete Regina. Sie konnte sich heute ohnehin nicht auf ihr Buch konzentrieren.

Also hüpfte sie aus dem Bett, legte den Roman aufs Nachttischchen und ging ins Wohnzimmer.

Carly hatte sich auf dem Sofa zusammengerollt, in ihrer üblichen Uniform aus schwarzer Yoga-Hose und Tanktop. Sie zielte mit der Fernbedienung auf den Fernseher und scrollte durch die Liste der verfügbaren Filme.

»Kann ich dich etwas fragen?«, meinte Regina.

»Sicher«, murmelte Carly abwesend.

»Du hast gestern angedeutet, dass es mit Rob vielleicht schiefgegangen ist, weil du falsch entschieden – oder gehandelt hast.«

Carly zuckte die Schultern. »Gestern Abend war ich nicht ganz bei Sinnen. Schließlich ist es sein Problem, wenn er sich nicht binden kann. Wir Frauen suchen die Schuld immer bei uns. Dabei liegen die Probleme eigentlich bei den Männern.«

»Okay, vergiss es.« Regina sagte nichts, aber insgeheim dachte sie, dass Carly mit ihrem Verhalten auch nicht immer Bindungsfreude signalisiert hatte. »Nehmen wir mal an, es wäre irgendwie deine Schuld gewesen. Würdest du versuchen, es wiedergutzumachen, oder würdest du die ganze Sache abschreiben, nach dem Motto ›es sollte wohl nicht sein‹?«

»Erst einmal: Es gibt kein ›es soll sein oder nicht sein‹, sondern nur ein ›anpacken und machen‹. Hilft dir das weiter?«

Regina nickte. Vielleicht verlor sie den Verstand, aber Carly hörte sich plötzlich ganz vernünftig an. Nahezu – was für ein Gedanke – weise.

Es klingelte.

»Kommt Derek noch vorbei?«, wunderte sich Regina.

Carly sah sie an, als hätte sie erklärt, der Weihnachtsmann stünde vor der Tür. »Ich hab dir doch gesagt, dass Derek nur ein Lückenbüßer war, bis ich Rob habe. Wenn ich keinen Rob bekomme, brauche ich auch keinen Derek.«

Das verstand Regina nun überhaupt nicht. Carly rappelte

sich vom Sofa hoch und drückte den Knopf der Gegensprechanlage.

»Wer ist da?«

»Sebastian Barnes.« Regina hörte seine Stimme durch das Rauschen und Knistern des Lautsprechers. »Bitte schick Regina runter.«

Carly sah sie mit großen Augen an und unterdrückte ein Lachen. Mit dem Mund formte sie die Worte »O mein Gott!«.

»Sag ihm, dass ich ein paar Minuten brauche«, flüsterte Regina. Ihr Herz klopfte wie wild. Sie war schon in ihr Zimmer gerannt und hatte die Tür geschlossen, als sie hörte, wie Carly ihre Nachricht ausrichtete.

Wenn es im Leben wirklich darum ging, »anzupacken und zu machen«, wie Carly es nannte, dann war das hier ihre Chance. Ihre zweite Chance. Und vielleicht ihre letzte.

Wo zum Teufel waren die Dessous?

16

Sebastian warf seinen Schlüsselbund auf den Glastisch und nahm ihr den Schirm ab.

Trotz des heftigen Regens war Regina vollkommen trocken. Sebastian hatte seinen Wagen in einer Tiefgarage geparkt, von der aus man in sein Haus kam. Sie hatten den Aufzug zum obersten Stock genommen, und die Tür hatte sich direkt in ein weitläufiges Loft-Apartment geöffnet.

Die Fenster reichten vom Boden bis zur Decke und gaben den Blick frei auf den Hudson. Allein die Lage und Größe des Lofts versetzten Regina in Erstaunen, aber die Innenausstattung war schier überwältigend, eine kontrastreiche Mischung aus dunklen Hölzern und Marmor. Die Räume waren karg möbliert, dafür wirkten die wenigen Stücke wie Kunstwerke. Die weißen Wände waren behängt mit Fotografien in schwarzen Rahmen.

»Was ist so wichtig, dass du mich inmitten eines Monsunregens hierherbringen musstest?«, fragte sie.

»Du sagtest, in der Arbeit wäre es dir unangenehm. Also sind wir jetzt hier. Keine Ausflüchte mehr. Ich schenke mir ein Glas Wein ein. Möchtest du auch eines?« Er verschwand in einer Küche aus schwarzem Marmor.

»Okay«, sagte sie nervös und ging auf die erste Wand mit Fotografien zu. Selbst aus der Entfernung sah sie, dass es

Modefotografien waren wie die in Carlys Magazin. Sie waren vom Stil her anders als die Astrid-Lindall-Aufnahmen, und viele der Models kannte sie von den Titelseiten bekannter Modezeitschriften, von großen Hochglanzplakaten in den Schaufenstern der Fifth Avenue und von Werbeanzeigen auf so manchen Bussen.

Langsam schritt sie die Wand ab und blieb alle zwanzig Zentimeter stehen, um sich die Aufnahmen anzusehen. Sie verstand nicht sehr viel von Fotografie, aber die Bilder sprachen sie an, so, wie sie vielleicht auf einen bestimmten Song im Radio oder einen guten ersten Satz in einem Roman reagierte.

»Das sind nicht die Bilder, die ich dir zeigen wollte«, sagte Sebastian plötzlich hinter ihr. Sie schreckte leicht zusammen, sammelte sich aber rasch. Er langte um sie herum und drückte ihr ein Glas Weißwein in die Hand.

»Was wolltest du mir denn zeigen?«, fragte sie und trank einen Schluck.

»Ich habe dir doch beim Essen gesagt, dass Modeaufnahmen nicht meine Lieblingsarbeit sind, erinnerst du dich?«

»Ja«, sagte sie. Sie spürte, wie er sich an sie drückte, ohne sie dabei mit Armen oder Händen zu berühren. Das allein brachte ihr Herz zum Klopfen. Sie trank noch einen Schluck von dem Wein. Er war leicht und frisch, und sie musste sich bremsen, um nicht zu schnell zu trinken.

»Komm mit«, sagte er leise.

Er nahm sie bei der Hand und führte sie in den hinteren Teil des Lofts. Sein Griff war fest und gebieterisch, selbst bei dieser einfachen Berührung. Regina wollte sich auf irgendeine Weise behaupten, ihm sagen, dass sie sich erst noch die restlichen Bilder im Wohnzimmerbereich ansehen würde, wenn's recht wäre. Aber derlei Auflehnung war zwecklos. Er wusste genauso gut wie sie, dass sie von dem Moment an, als sie ihre eigene Wohnung verlassen hatte, in seine Pläne eingewilligt hatte.

Es ging um die Ecke, und die Wände verengten sich zu einem langen Flur. Sebastian führte sie durch das Halbdunkel, bis er den Schalter drückte, der den Flur beleuchtete. Da sah Regina, dass sie von Fotografien umgeben war, die die ganze Raumhöhe einnahmen, alle schwarz-weiß und alle von spärlich bekleideten, umwerfend schönen Frauen.

Sie waren oben ohne, manche ganz nackt. Sie trugen Strumpfbandhalter, High Heels, durchsichtige schwarze Kleider, offen an der Brust. Ihre Haut war zart wie frische Sahne, manche waren tätowiert, andere rein wie eine frische Schneedecke. Die großen Augen – stark geschminkt, verführerisch, schläfrig, lasziv, wütend – erzählten ihr tausend Geschichten.

Sie ging langsam weiter, hypnotisiert von den Bildern. Während sie tiefer in den Flur vorstieß, wurden die Bilder eindringlicher: ein grob gekörntes Foto einer Frau, die mit einem Seil an einen Stuhl gefesselt war, nackt bis auf Strapse und Netzstümpfe, einen Knebel im Mund. Im Hintergrund eine Frau im Smoking, die seitlich eine Peitsche hielt. Und dann ein Bild von zwei sich küssenden brünetten Frauen, gekleidet in Dessous, wie Sebastian sie für Regina gekauft hatte, während man im Vordergrund verschwommen eine Frau erkannte, die ihnen zusah und eine Reitgerte schwang. Dann eine Frau auf den Knien, ein Vorhang aus schwarzen

Haaren bis zur Taille, mit durchgebogenem Rücken und hochgestrecktem Hintern, die Beine nur bedeckt von den Netzstrümpfen, die zu den Knöcheln heruntergeschoben waren, die Füße in schwarzen hochhackigen Lackleder-Plateauschuhen. Das Bild vom nackten Hintern einer Frau, die Haut blass und samtig wie frische Sahne – mit Ausnahme des roten Flecks, in der schwachen, aber erkennbaren Form einer Hand.

»Die hast alle du gemacht?«, fragte Regina, obwohl sie die Antwort schon kannte.

»Ja«, sagte Sebastian. Er stand direkt hinter ihr und legte die Hände auf ihre Schultern.

»Warst du … mit all diesen Frauen zusammen?«, fragte sie.

»Nein«, lachte er. »Das sind nur Models. Obwohl, wenn ich fotografiere, könnte mein Motiv genauso gut meine Bettgespielin sein. Meine Freundin. Meine Frau. Wenn ich fotografiere, ist die Frau vor der Kamera die einzige Frau auf der Welt für mich.«

Regina musste schlucken und einen Anflug von Eifersucht unterdrücken, so verrückt es war.

»Wie bist du zur Fotografie gekommen?«, wollte sie wissen.

»Meine Stiefmutter hat mich eingeführt.«

»Sie war Fotografin?«

Seine Miene verfinsterte sich. »Nein. Model.« Er drückte ihre Schultern. »Ich würde dich gern fotografieren.«

Sie wirbelte herum und sah ihn an, als wäre er nicht ganz bei Trost. »Das kommt nicht infrage.«

Er lachte. »Das sagst du oft, ist dir das bewusst? Warum

lässt du dir nicht mal zwei Sekunden Zeit zum Nachdenken, bevor du antwortest?«

»Ich lasse mich nicht gern fotografieren.«

»Das liegt daran, dass du glaubst, keine Aufmerksamkeit zu verdienen. Das habe ich deutlich gesehen, als du durch die Lobby im Four Seasons gelaufen bist. Ich will dir helfen, diese Befangenheit abzulegen.«

»Vielen Dank, aber ich will kein Projekt von dir sein. Und wie ich sehe, stehen dir genügend bereitwillige Motive zur Auswahl.«

»Das sind professionelle Models. Die will ich nicht. Ich will dich.«

»Ich halte mich lieber an das Lesen für den Literaturpreis. Auf diese Weise sollten wir ausreichend Gelegenheit haben, miteinander zu arbeiten.« Sie lachte verklemmt. Er umfasste ihr Gesicht mit den Händen und blickte ihr in die Augen. Ihr Herz klopfte so heftig, dass sie fürchtete, es könnte gleich aussetzen.

»Hast du dir das Bettie-Page-Buch angeschaut?«

»Ein bisschen«, sagte sie und errötete bei der Erinnerung, was sie danach getan hatte. Und dann brachte sie der Gedanke aus dem Gleichgewicht, dass Sebastian sie auf die Art berührte, wie sie sich in dieser Nacht in ihrem Zimmer selbst berührt hatte.

»Hast du darüber nachgedacht, was ich dich beim Essen gefragt habe? Was hat Bettie Page auf diesen Bildern, das keine dieser Frauen hat?«

War das eine Fangfrage? Regina ging in Gedanken eine Checkliste durch. Fransenpony? Besondere Möpse? Einen Retrobadeanzug?

»Ich weiß es nicht.«

»Vergnügen«, sagte er. »Sie sieht aus, als ob sie Spaß dabei hätte. Sie ist wie alle Frauen und doch wie keine andere. Sie verkörpert die Dualität von Unschuld und Sexappeal, wie es niemandem nach ihr gelungen ist. Aber genau das sehe ich in dir.«

»Das ist nur die Frisur«, sagte Regina leise.

»Millionen Mädchen tragen diese Frisur«, widersprach er. »Warum kannst du kein Kompliment annehmen?«

»Ich verstehe einfach nicht, was du an mir findest. Das hat nichts mit Bescheidenheit oder dergleichen zu tun. Ich verstehe es einfach nicht.«

»Du hast so hübsch ausgesehen, so hilflos und verloren, auf der Treppe vor der Bibliothek. Dich zu beobachten, war wie die erste Szene in einem Film zu sehen, wenn man schon weiß, dass diese Schauspielerin ein Star wird. Und dann habe ich mit dir geredet und … habe etwas gefühlt. Und ich weiß, du hast es auch gefühlt, habe ich recht?«

Sie nickte langsam. Natürlich hatte sie etwas gefühlt. Sie wusste, dass er der schönste Mann war, den sie je gesehen hatte. Aber mehr noch, in seiner Nähe wurde ihr schwindelig. Das war passiert, als er ihr den Deckel der Thermoskanne zurückgegeben hatte, und nach dem Young-Lions-Meeting, als sie neben ihm gesessen hatte. Und als er vor einer Minute hinter ihr gestanden hatte, während sie die Nacktfotos betrachtete: Als er sich sanft an ihren Rücken schmiegte, hatte sich etwas ganz tief in ihrem Inneren zusammengezogen.

Sie verlagerte das Gewicht von einem Bein aufs andere.

Ihre Füße schmerzten am Spann, und die Zehen wurden in die Spitze gequetscht. »Hast du etwas dagegen, wenn ich diese Schuhe ausziehe?«, fragte sie.

»Ja«, sagte er. »Habe ich. Und ich will dich nie wieder in flachen Schuhen sehen.«

Sie sah ihn sprachlos an.

Er nahm ihr das Weinglas ab. »Komm mit«, forderte er sie auf.

Sie folgte ihm zurück ins Wohnzimmer.

Sebastian setzte sich auf die schwarze Couch. Regina stand etwas verlegen da und wartete darauf, dass er sie auch zum Sitzen aufforderte.

»Soll ich mich einfach … da hinsetzen?« Sie deutete auf einen schwarzen Ledersessel.

»Nein, du wirst stehen. Du bist eine wunderschöne Frau, Regina. Kein Mädchen – eine Frau. Es ist inakzeptabel, dass du nicht in High Heels laufen kannst.«

Sie konnte nicht fassen, was sie da hörte.

»Nach unserem heutigen Gespräch in der Bibliothek gehe ich davon aus, dass du jetzt hier bist, weil du es willst. Ist das korrekt?«, fragte er.

Sie nickte.

»Sag es«, forderte er.

»Ich will hier sein«, sagte sie.

»Gut«, meinte er. »Ich frage dich das hiermit zum letzten Mal, Regina. Von jetzt an gilt die Übereinkunft, dass alles zwischen uns in gegenseitigem Einvernehmen geschieht. Doch gleichzeitig musst du akzeptieren, dass es keine Rolle spielt, was du *willst.*«

Sie musste den Impuls unterdrücken, ihm eine dunkle

Locke aus der Stirn zu streichen. Er sah so gut aus, dass es ihr schwerfiel, bei der Sache zu bleiben.

»Ich verstehe nicht ganz, wovon du sprichst.«

»Komm her«, sagte er und winkte sie zur Couch. Sie setzte sich neben ihn. Er nahm ihre Hand, und in seiner fühlte sie sich klein an, wie die eines Kindes. »Ich möchte eine körperliche Beziehung mit dir haben, Regina. Eine sehr spezielle Art von körperlicher Beziehung.«

»Okay«, sagte sie langsam, konnte aber immer noch nicht ganz folgen. Redete er von Sex? War es normal, dass man das so aussprach?

»Ich will dich dominieren.«

»Wie meinst du das?«

»Im Einzelnen? Ich will dir sagen, was du tust, und ich will, dass du mir ohne nachzufragen gehorchst – ob es darum geht, spezielle Unterwäsche zu tragen oder Schuhe, oder dich zu entkleiden wann und wo ich es sage, oder mir auf Befehl den Schwanz zu lutschen.«

Sie schluckte und war sich sicher, dass sie hochrot geworden war. Er streichelte ihre Hand. »Manchmal sind es vielleicht auch andere Dinge. Aber letztlich läuft es darauf hinaus, dass du mir die Kontrolle überlässt. Wir können darüber reden, ob es Sachen gibt, zu denen du absolut nicht bereit bist, aber es ist wichtig, dass du mir grundsätzlich gehorchst.«

Regina nickte, während in ihrem Kopf die Worte *den Schwanz zu lutschen* wieder und wieder abgespielt wurden wie auf einer zerkratzten DVD. Auf einen solchen Satz war sie nicht vorbereitet gewesen. Gleichzeitig spiegelte sich in seinen Augen das gleiche Gefühl, das sie für ihn empfand, eine explosive Mischung aus Neugierde und Verlangen.

So ist das also, dachte sie. Schluss mit dem Leben im Abseits. Alles, was immer außer Reichweite erschienen war – Spannung, Leidenschaft, Sex – wurde ihr hier angeboten. Wenn sie den Mut aufbrachte zuzugreifen.

»Was sagst du, Regina?«, fragte er. Sie nickte, weil sie fürchtete, ihre Stimme würde versagen, aber das reichte ihm.

»Steh auf«, sagte er. Sie zögerte einen Moment, dann stand sie schüchtern vor ihm. Seine Augen wanderten an ihr herab, von Kopf bis Fuß. Dann sagte er: »Du warst sehr unartig heute in der Bibliothek, als du mir nicht gehorcht hast.«

Sie kicherte, ein nervöses Lachen, so unwillkürlich wie ein Zucken. Seine Augen verdunkelten sich, und sein Blick wurde so bohrend, dass sie ihm nicht standhalten konnte.

»Runter auf meinen Schoß«, befahl er.

Regina stand wie angewurzelt vor ihm und sah ihn fassungslos an.

»Leg dich über meinen Schoß. Auf den Bauch«, erklärte er.

»Warum?«, fragte sie.

»Genau davon rede ich, Regina«, sagte er. »Willst du mir denn nicht gefällig sein?« *Doch*, dachte sie mit jeder Faser.

Sie legte sich langsam – und, wie es ihr vorkam, ungeschickt – auf seinen Schoß, so wie er sie angewiesen hatte.

Sebastian schob sich ein wenig unter dem Gewicht ihres Torsos hin und her, bis sich ihre Beine über die Länge der Couch streckten.

»Rück ein Stück nach vorne«, wies er sie an. Sie zog sich vor, sodass sie mit der Taille auf seinem Schoß lag.

»Ich komme mir lächerlich vor«, meinte sie.

»Nicht sprechen«, befahl Sebastian. Lange Zeit, wie ihr schien, lag sie einfach nur ganz reglos da, den Kopf zur Seite gedreht und auf den angewinkelten Armen gebettet.

Und dann fühlte sie, wie er ihr Kleid hochschob. Ihr erster Impuls war aufzuspringen, doch sie zwang sich, reglos zu bleiben. Sie wusste, wenn sie protestierte, konnte sie genauso gut gleich gehen. Aber sie wollte nicht gehen – noch nicht.

Sebastian schob ihr das Kleid bis kurz über die Hüfte. Es war Carlys Kleid, ein fließendes marineblaues Sommerkleid von Alice and Olivia. Als sie es sich am frühen Abend von ihr ausgeliehen hatte, hätte sie sich nicht träumen lassen, dass es letztlich über ihre Hüften geschoben würde, sodass ihre Beine und ihr Po rausschauten.

Ihr Atem beschleunigte sich und sie versuchte nicht darüber nachzudenken, wie ihr Po in dem Höschen aussah, das sie eilig aus der obersten Schublade ihrer Kommode gerupft hatte. Sie hatte es kaum angeschaut, seit sie es nach dem ersten Tragen aus der Waschmaschine gezogen hatte, und jetzt erinnerte sie sich nicht einmal, ob es durchsichtig war oder nicht. Und sie hoffte, sie hatte die Strumpfbänder richtig eingehängt.

Niemand hatte sie bisher in Unterhöschen gesehen. Ihre wenigen Freunde hatten sie nur spätnachts im Dunkel von Studentenwohnheimen befummelt, oder in den Schatten eines Autositzes. Keiner hatte sie wirklich angeschaut – nicht so.

»Es freut mich, dich in den richtigen Dessous zu sehen, Regina. Aber ich werde dich dennoch für dein Verhalten vom Vormittag bestrafen. Ich ziehe dir jetzt das Höschen aus«, sagte er, während er es sanft hinunterzog.

»Nein!«, rief sie. Ihre Hand fuhr zum Rücken und hielt es fest. Er sagte nichts, doch seine Hände verharrten in ihrer Bewegung. Regina erstarrte ebenfalls. Dann zog sie die Hand langsam wieder nach vorn und schob sie zurück unter die Wange.

Sebastian zupfte ihr Höschen weiter herunter. Sie spürte die kühle Luft auf der nackten Haut und bekam eine Gänsehaut. Die Vorstellung, dass Sebastian auf ihren nackten Hintern blickte, war ihr unerträglich.

Klatsch!

Ein Schlag mit der flachen Hand traf schmerzhaft ihre linke Pobacke.

»Au!«, quietschte Regina und langte nach hinten, um die schmerzende Stelle zu reiben. »Das hat wehgetan.«

»Du warst unartig«, erklärte Sebastian. »Widersetze dich mir nicht noch einmal auf diese Weise. Wenn ich sage, du trägst hochhackige Schuhe und Dessous, dann trägst du hochhackige Schuhe und Dessous. Wenn ich sage, du ziehst dich vor mir um, dann ziehst du dich um. Hast du das verstanden?«

Regina konnte es nicht fassen. Sie sagte nichts … konnte nichts sagen. Was hätte sie sagen sollen? Ja? Oder schlimmer, *nein*?

Klatsch!

Der Schlag traf auf die gleiche Stelle. War das normal?

»Möchtest du, dass ich aufhöre?«, fragte er.

»Äh, ja … nein … ich weiß nicht …«, stotterte sie.

»Steh auf, Regina.«

Mit schwirrendem Kopf rappelte sie sich auf. Sie wollte nicht mit hochgeschobenem Kleid vor ihm stehen, baute aber darauf, dass es runterrutschen würde, sobald sie aufrecht stand. Doch als würde er ihre Gedanken lesen, sagte Sebastian: »Halte dein Kleid fest, damit es nicht verrutscht. Sonst musst du es ausziehen.«

Reginas Wangen brannten. Vermutlich war sie knallrot angelaufen. Dennoch tat sie wie geheißen. Sie stellte sich vor die Couch und raffte das Kleid über der Hüfte zusammen. Ihre Blicke wanderten überall hin außer zu ihm. Sie spürte seine Augen auf sich ruhen und merkte, dass es sie erregte.

Und dann streckte er zu ihrem Schrecken die Hand aus und streichelte sie zwischen den Beinen. Seine Finger fuhren ganz sanft über das Haarbüschel, und sein Daumen streifte ihre Klitoris. Regina sog scharf die Luft ein und spürte schockiert, wie er die Finger in sie schob.

»Du bist feucht«, bemerkte er. »Wusste ich es doch.«

Sie stöhnte. Fast wären ihre Beine eingeknickt. Sein Finger tauchte ein und zog sich wieder zurück. Regina hielt sich an ihm fest, und er schlang schnell einen Arm um ihre Hüfte, um sie zu stützen, während er den Druck auf ihr pochendes Zentrum verstärkte. Unwillkürlich spreizte sie die Beine für ihn, und sein Finger drang tiefer, berührte einen Punkt, bei dem sie japste. Schnell zog er ihn zurück, dann berührte er den Punkt noch einmal, bevor er den Finger herauszog und langsam ihre Klitoris umkreiste.

»Nein«, stöhnte sie und drängte auf ihn zu. Sie spürte

sein Gesicht an ihrer Wange, und er flüsterte »Pst« in ihr Ohr, so leise, dass sie es sich vielleicht nur eingebildet hatte. Seine Finger vollführten weiter ihren Tanz aus Berührung und Loslassen, Eindringen und Rückzug, bis sich in ihr eine Spannung aufbaute, die sich mit solch köstlicher Wucht entlud, dass sie aufschrie. Der Laut beschämte sie, er war animalisch und ihr vollkommen fremd. Ihre Scheide zog sich um seine Hand zusammen, und er bewegte sie weiter im Einklang mit ihren Zuckungen, bis sie ein Schauder durchzog und sie still wurde.

Er leitete sie zurück zur Couch. Sie legte sich hin und zitterte am ganzen Leib.

Es war das erste Mal, dass sie mit einem Mann gekommen war. Das große Rätsel – wie würde es sich anfühlen, konnte es in Gegenwart eines anderen geschehen – war schließlich gelüftet.

Sebastian saß auf der Sofakante neben ihr. Zu ihrer Überraschung beugte er sich hinab und streifte ihr die Schuhe ab. Er strich über ihr Haar. Sie schloss die Augen, zu beschämt, um ihn anzusehen. Nach einer Weile, als sich ihr Atem langsam wieder normalisierte und das Pulsieren zwischen ihren Beinen nachließ, setzte sie sich auf.

»Ich sollte gehen«, sagte sie. Auf einmal wollte sie nichts sehnlicher, als allein in ihrem Zimmer zu sein, um all das zu verarbeiten.

»Bleib«, bat Sebastian und zog ihr Gesicht zu sich, sodass sie gezwungen war, ihn endlich anzuschauen. Er sah einfach so gut aus, und das machte den Gedanken noch unerträglicher, wie ungezügelt sie sich gerade vor ihm benommen hatte. Sie hatte die Kontrolle über sich verloren, und je schneller sie hier rauskam und versuchte, zu verstehen, desto besser.

»Es ist spät«, meinte sie, schlüpfte zurück in die Schuhe und hüpfte herum auf der Suche nach ihrer Tasche. Er gab sie ihr.

»Ich fahre dich. Ich hole nur schnell meinen Mantel.«

»Nein«, fuhr sie ihn an. »Fahr mich nicht. Ich will einfach nur allein sein.«

Und mit diesen Worten stürzte sie aus der Tür.

17

Regina schmuggelte einen Becher von Starbucks in die Bibliothek.

Sie konnte selbst kaum glauben, dass sie eine grundlegende Regel brach, indem sie ein Getränk mit in den Hauptleseaal brachte. Aber nur so konnte sie den Vormittag überstehen.

Sie hatte nur wenige Stunden geschlafen und war immer wieder von seltsamen, erotischen, teils sogar gewalttätigen Träumen aufgeschreckt worden. Immer wieder erwachte sie schweißgebadet, die Hand im Höschen.

Sie schob alle Gedanken an die Träume und die Ereignisse der vergangenen Nacht von sich. Aber sie klebten an ihr wie eine Klette.

Sebastians Berührungen hatten ihre Sinne geschärft. Sie reagierte überempfindlich auf alles – Geräusche, Licht, sogar Geschmack. Zum ersten Mal bemerkte sie eine erdige Note in ihrem morgendlichen Kaffee, und jeder Schluck hinterließ einen süßen Nachgeschmack nach Zartbitterschokolade.

Als sie sich ihrem Schalter näherte, sah sie eine weiße Schachtel darauf liegen. Bei genauerem Hinsehen erkannte sie das unverwechselbare Apple-Logo.

»Was zum Teufel?« Sie nahm den Deckel ab und förderte

eine Papphülle zutage. Darin steckte ein brandneues iPhone der letzten Generation. Und ein kleines, weißes Kuvert.

Sie riss es auf.

Liebe Regina!
Ich nehme an, dass Du gestern Nacht gut nach Hause gekommen bist.
Wenn Du das nächste Mal davonrennst, schreibe mir bitte wenigstens eine SMS, damit ich weiß, dass alles in Ordnung ist. Oder, besser noch, ich rufe Dich einfach auf diesem Handy an, um es selbst zu überprüfen.
Ja, dieses Handy gehört Dir, es ist aber nur für den Gebrauch zwischen uns beiden gedacht. Ich möchte, dass Du es immer bei Dir hast – und zwar angeschaltet!
– S.

Regina hatte es geschafft, den wahrscheinlich einzigen Mann auf diesem Planeten zu finden, der am nächsten Tag ein iPhone statt Blumen schickte.

»Was ist los, Finch?« Alex schreckte sie auf.

»Nichts«, sagte sie. »Kennst du dich mit diesen Dingern aus?« Sie gab ihm das iPhone.

»Beherrsche ich den aufrechten Gang?«, fragte er und drückte auf einen Knopf, bis das weiße Apple-Logo auf dem Display erschien.

»Wo war deine Schlagfertigkeit, als du das Mädchen vom Kurierdienst ansprechen wolltest? Also, wenn es klingelt, wie gehe ich ran?«

Alex seufzte und setzte zu einer kurzen Einführung über

das iPhone an, wobei seine Finger auf dem Display herumfuhren und tippten.

»Wo ist die Tastatur?«, wollte Regina wissen. »Auf dem Ding kann ich ja gar nichts eintippen?«

»Oje«, seufzte Alex. »Du hast echt keine Ahnung von den neuen Handys, Finch.«

Mit diesen Worten machte er sich auf den Weg, um weitere Bücher zu holen.

Regina steckte das Handy in ihre Tasche und las den Brief wieder und wieder. Sie war machtlos gegen das Lächeln, das sich auf ihren Lippen ausbreitete ... und gegen ihre Gedanken, die nichts in einer Bibliothek verloren hatten.

18

Regina hatte ganz vergessen, dass sie Carly versprochen hatte, mit ihr auszugehen. Ursprünglich hatte sie sich darauf gefreut, doch jetzt war es das Letzte, was sie brauchte.

Ihre Gedanken drehten sich allein um Sebastian. Den ganzen Tag in der Arbeit musste sie daran denken, wie es sich angefühlt hatte, als er ihr zwischen die Beine langte. Sie ließ die Szene wieder und wieder Revue passieren, wie in einer Endlosschleife, während sie mechanisch Anforderungsscheine bearbeitete. Sie dachte daran, wie er sie mit seinen dunklen Augen angesehen hatte, während er seine Finger in ihr vergrub. Allein der Gedanke daran erregte sie unerträglich.

Ihr Taxi hielt vor dem Nurse Bettie, und Regina sah, dass die Schlange der Wartenden bereits bis zur nächsten Seitenstraße reichte. Doch Carly rauschte auf den Eingang zu, sodass Regina Mühe hatte, in ihren High Heels Schritt zu halten. Da Ihre Mitbewohnerin darauf bestanden hatte, dass sie »heiß« aussehen sollte, hatte sie das schwarze Kleid und die Schuhe von Sebastian angezogen.

»Sieht ganz schön voll aus«, bemerkte Regina. Carly warf einen Blick auf die Warteschlange.

»Ja, aber diese Idioten kommen bestimmt nicht rein.« Sie führte Regina bei der Hand zum Eingang und reichte dem Türsteher ein Kärtchen oder irgendeine Art von Einladung. Er öffnete die rote Samtkordel, und sie spazierten einfach hinein.

»Wie sind wir an der Schlange vorbeigekommen?«

»Heute Abend kommt man hier nur mit Einladung rein«, erklärte Carly. »Ich bin auf der Liste.«

Drinnen drängten sich die Leute wie Sardinen. Regina trat von einem Bein aufs andere und bereute schon jetzt ihre Kleiderwahl, denn ihre Füße drückten in den hohen Schuhen.

»Was gibt es denn heute?«, erkundigte sie sich. Neben der Bühne war ein Bereich geräumt, und an der Wand hing eine übergroße britische Flagge.

»Katarina Darling«, sagte Carly. Regina sah sie verständnislos an. »Sie ist die Cousine von Kate Middleton.«

Die Cousine von Kate Middleton war Burlesque-Tänzerin? Ihre Mutter hatte recht. Mit dieser Welt ging es bergab

»Ich hol uns was zu trinken. Warte hier«, sagte Carly.

Und bevor sich Regina anbieten konnte mitzukommen, schob sie sich bereits durchs Gedränge. Zu ihrem Schreck vibrierte plötzlich etwas in Reginas Tasche. Doch dann erinnerte sie sich an das iPhone.

Sie holte dieses immer noch fremdartige Ding heraus und versuchte zu erkennen, ob es klingelte. Dann sah sie die Nachricht auf dem Display: *Wo bist Du? Ich stehe vor Deiner Tür.*

Ihr Herz begann wie wild zu klopfen. Zuerst hätte sie sich am liebsten in den Hintern gebissen, weil sie nicht zu Hause war. Doch andrerseits, überlegte sie, war es vielleicht gar nicht schlecht, wenn er mitbekam, dass sie durchaus auch allein ausgehen und sich vergnügen konnte.

Bin unterwegs, gab sie ungeschickt ein und hackte nach den einzelnen Buchstaben. Sie vertippte sich so oft, dass die Autokorrektur mehr Wörter auf das Display bekam als sie.

»He – du kommst mir irgendwie bekannt vor. Bist du nicht neulich hier aufgetreten?«

Regina blickte auf. Vor ihr stand ein attraktiver blonder Kerl und lächelte sie an. Auf seinem T-Shirt stand »SPIN New York«.

»Redest du mit mir?«, fragte sie. Das Handy in ihrer Hand vibrierte erneut.

»Ja. Trittst du hier auf?«

»Auftreten? Ich? Nein«, sagte sie und fragte sich, ob dieser Typ sie wirklich für eine Burlesque-Tänzerin hielt, oder ob es nur eine lahme Anmache war. Sie sah auf ihr Handy.

Unter Vibrieren erschien die nächste Nachricht: *Wo bist Du?*

Sie lächelte und tippte *Nurse Bettie*, dann steckte sie das Handy zurück in die Tasche.

»Was trinkst du?«, erkundigte sich der Kerl.

Wie gerufen erschien Carly mit zwei Cocktails und gab Regina einen.

»Und wer bist *du*?«, fragte sie mit einem Augenaufschlag.

»Brandon«, antwortete der Kerl.

»Carly.«

Regina nippte an ihrem Cocktail. Es war der Gleiche wie an dem Abend mit Derek, und er schmeckte immer noch scheußlich. Trotzdem trank sie weiter.

»Ich habe deiner Freundin gerade gesagt, dass sie aussieht wie eine der Tänzerinnen«, erklärte der Kerl.

»Oh, ja, das tut sie«, meinte Carly und zwinkerte Regina zu. Ihr Blick forderte Regina auf: Spiel mit.

Regina schielte zur Bühne und fragte sich, wann wohl die Show begann.

Ein Freund von Brandon gesellte sich zu ihnen, und Carly plauderte mit beiden.

»Warum so still?«, wandte sich Brandons Freund an Regina, indem er ihr die Hand auf die Schulter legte und lächelte. Er war sehr dünn und roch nach Zigaretten.

»Es ist ziemlich laut hier. Nicht gerade ideal zum Reden.«

»Wie heißt du?«, fragte er mit Blick auf ihre Brüste.

»Regina«, murmelte sie widerwillig.

»Cool. Ich bin Nick.«

Regina nickte, wandte sich ab und nippte an ihrem Cocktail. Das Brennen in der Kehle war eine willkommene Ablenkung von der unerwünschten Gesellschaft. Doch ein Blick auf Carly verriet ihr, dass ihre Mitbewohnerin die Lage ganz anders beurteilte. Sie neigte sich zu Brandon hin, schüttelte das Haar und lächelte, während er redete.

»He«, sagte Nick zu Brandon und Carly, »Audrina ist es zu laut. Vielleicht sollten wir woanders hingehen.«

Regina machte sich nicht die Mühe, ihren Namen zu korrigieren.

»Okay, los geht's«, meinte Brandon. Carly nickte.

»Aber die Show hat doch noch gar nicht angefangen«, protestierte Regina mit einem Anflug von Panik. Sie würde auf keinen Fall mit diesen Typen weiterziehen, aber alleine in der Bar bleiben wollte sie auch nicht. Sie wusste nicht einmal, wo die nächste Subway-Station war.

Nick lachte. »Du bist lustig«, meinte er und berührte sie am Arm. Regina schüttelte ihn ab.

Die drei begannen, sich in Richtung Ausgang zu kämpfen.

Regina zupfte Carly am Hemd. »Moment, kann ich dich kurz sprechen?« Carly sagte etwas zu Brandon, dann ging sie ein Stück mit Regina an die Seite.

»Was ist los?«, fragte sie, und ihre braunen Augen waren glasig. Regina fragte sich, wann sie sich so schnell betrunken hatte. »Die zwei sind doch heiß. Du weißt, wie traurig ich wegen Rob war. Komm, wir *amüsieren* uns ein bisschen.«

»Ich geh da nicht mit, und du solltest meiner Meinung nach lieber auch nicht gehen«, erklärte Regina.

»Du musst dich wirklich mal locker machen«, entgegnete Carly und ging auf die Tür zu, wo die beiden Typen auf sie warteten. Regina sah ihr nach, bewegte sich aber nicht vom Fleck. Sie reagierte auch nicht, als Carly sich noch einmal umdrehte und sie zu sich winkte. Da zuckte Carly resigniert die Schultern. Regina sah zu, wie sie mit Brandon rausging, und bemerkte zu ihrem Schrecken, dass Nick zu ihr zurückkam.

»Wo liegt das Problem, Audrina? Glaub mir, du verpasst hier nichts. Ich verspreche dir, ich werde dich gut unterhalten.«

Sein Lächeln erreichte seine Augen nicht.

»Ich will einfach nicht weiterziehen. Aber das soll euch nicht aufhalten. Ich bin mir sicher, ihr werdet euch bestens amüsieren.«

»Komm schon«, drängte er und kam ihr immer näher.

»Ansonsten bin ich das fünfte Rad am Wagen. Das willst du doch nicht, oder?«

Regina sah zur Seite, überallhin, nur nicht auf ihn. Er rückte ihr viel zu dicht auf die Pelle, aber es gab kaum Platz, um auszuweichen. Und dann sah sie über seine Schulter hinweg etwas, das sie kaum glauben konnte.

Sebastian kam direkt auf sie zu.

Ihr Herzschlag beschleunigte sich, während sie ihn wie gebannt ansah. Er bahnte sich seinen Weg wie ein Hai durchs Wasser, unbeeindruckt von dem dichten Gedränge.

Nick redete immer noch auf sie ein, doch sie hörte ihn nicht mehr. Binnen Sekunden lag Sebastians große Hand auf seiner Schulter und drehte ihn herum.

»Entschuldigung«, sagte er knapp und nahm Regina bei der Hand.

19

Schweigend fuhren sie mit dem Privatlift in Sebastians Loft.

Er hatte kaum etwas gesagt, seit sie das Nurse Bettie verlassen hatten. Vor der Bar hatten Wagen und Chauffeur auf sie gewartet, und er hatte ihr die Tür aufgehalten und sich dann schweigend neben sie gesetzt. Er wirkte angespannt und verärgert, und Regina traute sich nicht zu fragen, weshalb.

Als sie in der Wohnung waren, herrschte immer noch eine frostige Atmosphäre.

»Komm mit«, sagte er und ging auf den hinteren Teil des Apartments zu, ohne sie anzusehen. Regina stolperte hinter ihm her, und ihre Schuhe klackerten auf dem Holzboden.

Er führte sie vorbei an der ersten Wand mit Fotografien, dann an den erotischen Bildern und schließlich in einen Bereich des Lofts, den sie bei ihrem ersten Besuch nicht gesehen hatte. Sie waren in einem Gang, von dem zwei Räume abgingen. Als Regina in einen hineinsehen wollte, schloss er schnell die Tür.

»Hier entlang«, sagte er und öffnete die andere Tür. Regina trat ein und stand in seinem Schlafzimmer.

Die Wände waren in sattem Dunkelgrün gehalten, das breite Doppelbett war aus grobem, dunklem Holz. Eine

Seite des Zimmers bestand vom Boden bis zur Decke aus Fenstern, die den Blick auf den Hudson freigaben. Eine andere Wand hing voller Gemälde, von denen Regina ein paar aus ihren Unibüchern kannte. Und sie bezweifelte, dass es Drucke waren. Eines kannte sie besonders gut: ein großartiges Gemälde von Marc Chagall mit einer Frau auf einem blauen Pferd. Hinter ihr saß ein Mann, die Arme um ihre Taille gelegt. Sein Gesicht war halb verdeckt von ihren erhobenen Armen. Das rote Kleid der Frau war offen und fiel bis unter ihre Brüste.

Interessanterweise hingen hier keine Fotos an den Wänden.

Sebastian drückte einen Schalter, und ein schwerer, dunkler Vorhang schloss sich vor den Fenstern. Plötzlich fröstelte Regina.

Endlich wandte er sich ihr zu. »Wer war der Typ, mit dem du heute Abend unterwegs warst?«

»Ich war nicht mit ihm unterwegs. Ich bin mit meiner Mitbewohnerin ausgegangen, und dann haben uns diese zwei Typen angesprochen ...«

Sebastian bedeutete ihr mit erhobener Hand zu schweigen, als sei schon das Kränkung genug.

»Dieses Kleid gab ich dir, damit du es für mich trägst – nur für mich! Also nehme ich es dir jetzt wieder weg. Bitte zieh es aus.«

Inzwischen wusste Regina, dass es ihm ernst war mit dem, was er sagte und sie ihn sehr wohl richtig verstanden hatte, und dass ihr nur eines übrig blieb.

Mit zitternden Händen griff sie hinter ihren Rücken und öffnete den Reißverschluss des Kleids.

Sebastian beobachtete sie eindringlich und voller Ernst. Sein Gesicht nahm einen feierlichen Ausdruck an, und sie begriff, dass er dem Akt des Ausziehens eine große Bedeutung beimaß.

Beschämt ließ sie das Kleid zu Boden gleiten. Sie fühlte sich gedemütigt, als sie so in ihrem weißen Sport-BH und dem einfachen Baumwollslip vor ihm stand. Dann musste sie daran denken, wie er sie das letzte Mal berührt hatte, als sie so vor ihm gestanden hatte, und zwischen ihren Beinen setzte ein heißes Pulsieren ein.

»Du bist so schön, Regina.« Sein Blick schweifte über ihren Körper. »Aber du weißt, dass du bei mir keinen alten BH und keinen solchen Slip tragen darfst. Bitte zieh auch das alles aus.«

Ihr Herz begann zu klopfen, und ihre Hände waren nass vor Schweiß. Sie kämpfte mit dem Verschluss des BHs, den sie doch schon so oft geöffnet und geschlossen hatte, und einen Moment lang verließ sie fast der Mut. Doch schließlich gelang es ihr, und sie ließ den BH zu Boden fallen.

Regina fühlte seinen Blick, doch sie konnte ihn nicht ansehen. Also stellte sie sich vor, sie wäre allein in ihrem Zimmer, streifte den Slip von den Hüften bis zu den Knöcheln und stieß ihn mit dem Fuß zur Seite.

»Dein Anblick macht mich so hart«, sagte Sebastian.

Das Blut schoss ihr so heiß in die Wangen, dass es kribbelte. Ihr Herz klopfte heftig, und sie fragte sich, ob man vor bloßer Verlegenheit einen Herzanfall erleiden konnte.

»Leg dich aufs Bett«, befahl er. Regina drehte sich zum Bett und überlegte, wie sie draufklettern sollte, ohne ihren nackten Hintern zu präsentieren.

Er bemerkte ihr Zögern, und als würde er ihre Gedanken lesen, ging er um sie herum und stellte sich direkt hinter sie. »Los«, befahl er.

Da sie sich nicht verstecken konnte, tat sie wie geheißen.

»Auf den Bauch«, befahl er. Sie folgte seiner Anweisung und vergrub den Kopf in der Armbeuge, während ihr Hinterteil seinen Blicken ausgesetzt war. Nachdem sie ein paar Sekunden lang nichts hörte, drehte sie sich nach ihm um.

»Nicht bewegen«, befahl er mit dunkler Stimme. Wieder vergrub sie den Kopf.

Einige Minuten vergingen, und nichts passierte. Wieder drehte sie sich um, und dieses Mal reagierte er mit einem Klaps auf ihren Hintern.

»Au!«, rief sie.

»Ich sagte, nicht umdrehen«, entgegnete er ruhig, als hätte er es mit einem ungezogenen Kind zu tun. Also hielt sie vollkommen still und machte sich auf einen neuen Schlag gefasst. Die Zeit verging, aber nichts geschah.

Sie hörte, wie er im Raum umherging. Dann spürte sie, wie das Bett unter seinem Gewicht nachgab.

»Spreiz die Beine«, sagte er. Sie folgte, und weitere qualvolle Sekunden vergingen ohne jede Bewegung. Endlich streichelte er ihren Hintern an der Stelle, wo er sie geschlagen hatte. Dann ließ er die Hand zwischen ihre Beine gleiten und schob einen Finger in ihre Scheide. Regina spürte, wie sie feucht wurde, und er zog den Finger zurück. Rein und raus glitt dieser Finger nun, wieder und wieder, bis sich ihre Lust wie Funken entzündete.

»Dreh dich um«, sagte er und zog die Hand weg. Sie spürte die Abwesenheit seiner Berührung, und ihre Scheide pulsierte. In ihrem sirrenden Kopf war jetzt kein Platz mehr für Verlegenheit, als er sich kaum an ihr sattzusehen vermochte. Sie bemerkte, dass sein Hemd aufgeknöpft war und sich seine Erektion durch die schwarze Hose abzeichnete. Er schob ihre Beine auseinander, und sie wartete sehnlichst darauf, wieder seine Hände auf und in sich zu spüren. Doch zu ihrem Entsetzen versenkte er das Gesicht zwischen ihren Beinen. Sie setzte sich auf und schob sich von ihm weg. Der Gedanke, dass er sie dort unten ansah, war einfach zu viel für sie.

»Ich habe nicht gesagt, dass du dich bewegen darfst. Zurück auf den Bauch!«, befahl er. Folgsam legte sie sich hin und rollte sich auf den Bauch, den Kopf wie zuvor auf den Armen. Sie war nicht überrascht, als sie der Schlag auf den Hintern traf, fester diesmal, sodass es wirklich wehtat.

Und wieder.

Sie biss sich auf die Lippen. Und dann rang sie nach Luft, als sein Finger erneut den Weg zu diesem sensibelsten Punkt ihres Körpers fand. Ihre Vagina zog sich um seinen Finger zusammen, und sie stöhnte in einer Weise, dass sie ihre Stimme kaum erkannte.

Er zog den Finger heraus und schob ihre Schenkel auseinander. Dann fühlte sie etwas Warmes und Nasses an ihrer Scheide und erkannte, dass er sie leckte. Sie musste ihre ganze Willenskraft aufwenden, um sich nicht aus seinem Griff zu winden. Und dann berührte er sie gleichzeitig mit dem Finger, und sie vergaß ihre Zurückhaltung, vergaß ihre Befangenheit, vergaß alles außer den Wellen der Lust, die fast schmerzhaft über sie hinwegrollten. Sie schrie etwas Unverständliches, eine niedere, animalische Art der Verständigung, mit der sie ihm sagte, dass er nicht aufhören sollte, dass sie mehr wollte.

Doch er hörte auf, und sie spürte, wie er sich neben ihr auf dem Bett bewegte.

»Dreh dich um«, sagte er mit vor Verlangen heiserer Stimme.

Sie drehte sich auf den Rücken und sah, dass er nackt war. Und er war noch schöner, als sie es sich ausgemalt hatte. Wer hätte gedacht, dass ein Mann so perfekt sein konnte, mit diesen breiten Schultern und den schmalen Hüften. Doch vor allem starrte sie gebannt auf seine Erektion, die sich ihr groß entgegenreckte. Es war nicht nur, dass sie noch nie einen nackten Mann vor sich gehabt hatte. Sebastians dicker, geschwollener Schwanz war einfach ein solch unleugbares Zeugnis seiner Begierde.

Er beugte sich nach vorn, und sie erkannte, dass er ein Kondom überzog. In diesem Moment gestand sie sich endlich ein, was passieren würde – und dass sie es wollte.

Dann beugte er sich über sie, und sie umfasste seine breiten Schultern und schloss die Augen.

Erst küsste er ihren Hals, dann wanderte er hinunter zu ihren Brüsten. Er neckte ihre Brustwarzen mit den Zähnen, dann mit der Zunge, bis er sich mit dem ganzen Mund darauf stürzte und sie begierig einsaugte, überwältigt von seinem eigenen Verlangen. Ihre Vagina pulsierte, und sie wollte seine Finger in sich spüren, wie sie noch nie zuvor etwas gewollt hatte. Flehentlich schob sie die Hüften unter ihm hin und her und drängte sich ihm entgegen. Doch statt seiner Hand fühlte sie, wie sich die Spitze seines Schwanzes in ihre Scheide presste. Sie erstarrte, aber er drang mit langsamen, vorsichtigen Stößen immer tiefer ein, bis sie fast ganz von ihm ausgefüllt war. Er hielt inne, dann drängte er weiter. Sie fühlte einen stechenden Schmerz, gefolgt von einer warmen Feuchtigkeit, als ihr Körper ihn willkommen hieß.

Er zog sich aus ihr zurück.

»Warum hast du mir das nicht gesagt?«, fragte er. Er hielt ihr Gesicht, und in seinem finsteren Blick tobte ein Sturm, den sie nicht deuten konnte. War es Wut? Oder Verwirrung?

»Ich wollte nicht, dass du aufhörst«, erklärte sie.

Er ließ den Kopf an ihre Schulter sinken. Sie streichelte sein Haar und fühlte sich diesem seltsamen Mann näher als je zuvor einem Menschen. Eine große Ruhe überkam sie, doch ihr Körper pulsierte noch immer vor Verlangen. »Hör nicht auf«, flüsterte sie.

»Bist du sicher?«

»Ja«, sagte sie.

Er küsste sie auf den Mund, und sie schlang die Arme um ihn, während er sich zögerlich erneut auf sie legte, jedoch nicht eindrang. Sie spürte seine Unsicherheit und murmelte: »Ich werde schon nicht zerbrechen«, obwohl sie wusste, dass genau das gerade geschehen war.

Schließlich umfasste sie seine Pobacken, um ihn in sich zu ziehen. Langsam füllte er sie erneut aus, und dieses Mal schloss sich ihre Vagina um seinen Schwanz, als wäre sie der Ort seiner Bestimmung. Dann bewegte er sich vor und zurück und stöhnte dabei auf. Der Laut entfachte ihre eigene Lust, die sich von ihrem Becken über den ganzen Körper ausbreitete. Seine Stöße kamen nun immer schneller, und ihr Rhythmus übertrug sich auf sie. Ihre Lust steigerte sich ins Unermessliche und brach dann plötzlich wie eine Welle.

»Sebastian!«, rief sie, hilflos hinweggefegt von einem heftigen Orgasmus. Sie folgte seinen Bewegungen wie in einem archaischen Tanz, der sich ihrem Einfluss entzog.

Seine Stöße wurden immer schneller, fast schon wild, bis er ein Brüllen ausstieß wie ein Tier.

Sie war erstaunt, dass sie in der Lage war, ihn in solch eine Ekstase zu versetzen. Das gab ihr zum ersten Mal in ihrem Leben das Gefühl, Macht zu haben.

Und als er dann auf sie sank, das dunkle Haar nass vor Schweiß, einen Arm quer über ihrer Brust, wusste sie, dass es keinen Schmerz gab, den sie nicht ertragen würde, um ihn zu halten.

20

Als sie erwachte, hatte sie Schwierigkeiten, sich zu orientieren.

Der Raum war dunkel, aber etwas sagte ihr, dass es Morgen war und nicht mehr Nacht. Sie wälzte sich herum und sah sich einer Wand voll museumswürdiger Gemälde gegenüber – was sie daran erinnerte, wo sie war und wie sie die Nacht verbracht hatte.

Sebastians Seite des Betts war leer, obwohl er beim Einschlafen neben ihr gelegen hatte.

Sie langte nach der Nachttischlampe und knipste sie an, um sich umzusehen. Durch die dichten schwarzen Vorhänge war schwer zu erkennen, wie spät es war, aber Regina hatte das Gefühl, dass sie zu spät zur Arbeit kommen würde.

Dann bemerkte sie ein Blatt Papier, das gefaltet auf Sebastians Kopfkissen lag. Sie hob es auf.

Schöne Regina,
ich hoffe, Du hast gut geschlafen.
Wenn Du so weit bist, komm zu mir ins Esszimmer zum Frühstück.
Das Bad ist links. Dort findest Du auch frische Badetücher und einen Morgenmantel.
S.

Regina stieg aus dem Bett. Obwohl sie allein war, schämte sie sich für ihre Nacktheit. Doch Sebastian hatte ihr verboten, sich zum Schlafen etwas anzuziehen. Sie hatte protestiert, dass sie so bestimmt nicht einschlafen könnte, doch dann machte sich der anstrengende Tag bemerkbar, und sie wurde von einem traumlosen Schlaf übermannt, sobald ihr Kopf das Kissen berührte.

Sie ging ins Bad und verriegelte die Tür. Wie erwartet war es strahlend sauber, schick und modern, voller Spiegel und schwarzem Marmor, mit einer in den Boden eingelassenen Wanne und einer weiß gefliesten Dusche in einer Glaskabine.

Und wie versprochen hingen ein weißes Nachthemd von La Perla und der dazu passende Morgenmantel an einem Haken neben der Tür. Auf dem schwarzen Waschtisch lagen eine Zahnbürste, noch verpackt, ein Stapel flauschiger schwarzer Handtücher und ein Silbertablett voll luxuriöser Kosmetikprodukte.

Sie putzte sich die Zähne und wusch sich das Gesicht mit einem Soja-Cleanser. Doch ihr Haar war zerzaust, und ihr Pony fiel schräg. Was sie wirklich brauchte, war eine Dusche.

Regina öffnete die Glaskabine. Eine solche Dusche hatte sie noch nie gesehen. Der Duschkopf hing über der Mitte, vollkommen rund und flach wie ein Pfannkuchen. Als sie das Wasser aufdrehte, fühlte es sich an wie Regen.

Sie entdeckte Shampoo auf einem Sims. Wahrscheinlich hätte sie auch irgendwo in diesem Bad einen Rasierer gefunden, wenn sie sich umgesehen hätte, aber sie wollte sich nicht zu lange aufhalten. Sie seifte sich ein, wobei ihre

Hände über den Brüsten und zwischen den Beinen verweilten, wo sie sich ganz vorsichtig wusch. Sie fühlte sich wund, aber auf eine willkommene Weise.

Ihr Körper war wie ein unbekannter neuer Freund. Wer hätte gedacht, dass er solchen Genuss bereiten konnte – ihr selbst und anderen.

Der Gedanke an Sebastian löste ein köstliches Schaudern in ihr aus. Sie schloss die Augen und dachte an den fesselnden Anblick seines Schwanzes und an das Gefühl, als ihr bewusst wurde, dass er damit in sie eindringen würde. Sie hatte sich natürlich schon oft ausgemalt, wie es sich wohl anfühlen würde, das erste Mal mit einem Mann zu schlafen. Doch jetzt erkannte sie, wie naiv und eindimensional ihre Fantasien gewesen waren. Aber wie hätte sie sich den Duft seiner Haut vorstellen können, seinen Mund auf ihren Brüsten, den Druck seiner Hände auf ihrer Hüfte, als er sie anhob, um seinen Schwanz in sie zu stoßen, oder wie sich ihr Körper für ihn öffnete, als gäbe sie ihm endlich Nahrung nach langen Entbehrungen …?

Sie drehte das Wasser ab. Das hier war Irrsinn. Sie musste wieder auf den Boden kommen. Sie hatte keine Ahnung, wie spät es war, und sie musste vor der Arbeit noch zu Hause vorbeischauen. Hier hatte sie nur das schwarze Kleid bei sich, das sie im Nurse Bettie getragen hatte.

Regina trocknete sich ab, zog sich einen Kamm durchs Haar und zupfte ihren Pony zurecht. Dann griff sie nach dem Nachthemd und bemerkte, dass noch die Schilder dranhingen. Sie riss sie ab und zog es sich über den Kopf. Der weiche Stoff umschmeichelte ihre Haut. Und dann bemerkte sie, dass es durchsichtig war.

Sie zog den leichten Morgenmantel über und gürtete ihn um die Taille. Als sie ihrem Blick im Spiegel begegnete, fühlte sie sich zum ersten Mal in ihrem Leben wirklich schön.

***

»Guten Morgen.« Sebastian lächelte sie an. Er trug eine dunkle Jeans und ein weißes hochgekrempeltes Hemd, das seine starken Unterarme entblößte. Sein Haar war nass, und seine Augen leuchteten so aufmüpfig wie immer.

Er saß an einem langen, schmalen Frühstückstisch, der schwarz war und glänzte, als wäre er von einer Eisschicht überzogen. Sebastian saß an einem Laptop, umringt von Tellern mit Bagels, frischem Obst, Muffins und einer Kanne Kaffee. Er goss ihr eine Tasse ein, als sie sich ihm gegenüber setzte.

»Das ist … wirklich lieb«, sagte sie und wurde plötzlich schüchtern. »Aber ich bin spät dran. Ich muss zur Arbeit.«

»Ich habe Sloan schon angerufen«, meinte er.

»Du hast was?«

»Ich habe Sloan gesagt, dass du heute nicht kommst. Dass wir außer Haus arbeiten.«

»Dazu hattest du kein Recht. Ist dir nie in den Kopf gekommen, dass ich vielleicht zur Arbeit gehen *wollte*?«

»Du hast kein Recht, etwas zu wollen. Du warst außerordentlich ungezogen und musst bestraft werden.«

Im grellen Tageslicht klang dieses Gerede weit weniger vernünftig, als es um elf Uhr nachts geklungen hatte.

»Das ist kein Spiel«, sagte sie und stellte ihren Kaffee ab.

»Du hast recht. Es ist mir vollkommen ernst. Die Frage ist, wie steht es mit dir?«, sagte er verärgert.

»Was soll das heißen?«

»Warum hast du mir nicht gesagt, dass du Jungfrau warst?«

Sie errötete. »Tut mir leid. Ich habe nicht den richtigen Moment dafür gefunden. Es wäre mir blöd vorgekommen, einfach so damit herauszuplatzen.«

»Ich hätte dich nie auf diese Art gefickt, wenn ich das gewusst hätte.«

Sie konnte seine Arroganz nicht fassen. »Wie und wann ich ›gefickt‹ werde – wie du es nennst – ist nicht deine Entscheidung«, fuhr sie ihn an.

»Wenn du so gut im Entscheiden dieser Dinge bist, warum hast du es dann noch nie getan? Würdest du dir zutrauen, diese Entscheidung allein zu fällen, hättest du es doch längst gemacht. Aber du hast Angst. Und ich bringe dir bei, deine Angst abzulegen. Wenn du mich lässt.«

Zu ihrem eigenen Schrecken kamen ihr die Tränen.

»Ist schon in Ordnung, Regina«, beschwichtigte er sie. »Ich weiß, es tut gut, mir die Kontrolle zu überlassen. Du musst dir über nichts Gedanken machen. Du musst es nicht verstehen. Du musst keine Entscheidung treffen. Überlass dich ganz mir und schau, wie es dir gefällt.«

Ihr stockte der Atem.

»Und jetzt iss«, befahl er. »Du wirst die Kraft brauchen.«

21

Er stand neben ihr vor einem Raum in seinem Loft, den sie noch nicht gesehen hatte. Die Tür war verschlossen.

»Zieh diese Schuhe an«, sagte er. Sie sah hinab. Vor ihr stand ein weißes Paar Satinstilettos mit acht Zentimeter hohen Absätzen. Sie schlüpfte hinein.

»Jetzt zieh den Morgenmantel aus.«

Etwas wackelig in den hohen Schuhen zögerte sie eine Sekunde, bevor sie den Gürtel des Morgenmantels öffnete und ihn von den Schultern gleiten ließ. Er nahm ihn ihr ab.

»Dreh dich um und schließe die Augen«, befahl er. Sie tat wie geheißen.

Etwas Weiches wurde über ihre Augen gestreift, und sie begriff, dass er ihr eine Augenbinde anlegte, die mit Fell gefüttert war. Instinktiv wollte sie danach langen, um sie zu betasten.

»Hände weg«, sagte er streng. Sie folgte. Ihr Herz schlug schneller.

»Wir haben uns neulich darüber unterhalten, dass du dich durch dein Hiersein einverstanden erklärst. Und du kannst jederzeit gehen – diese Möglichkeit bleibt dir immer. Die meisten der … Partnerinnen, die zu mir kommen, kennen ganz genau ihre Grenzen – Hard Limits, werden sie genannt. Aber für dich ist das alles neu, daher musst du deine Grenzen erst noch herausfinden. Wenn wir also etwas tun und du sagst ›stopp‹, werde ich es ignorieren.«

»Wie bitte?«, fragte sie. Hatte sie sich verhört?

»Ja. Wenn es wirklich nicht mehr geht, musst du ›Hard Limit‹ sagen. Dann weiß ich, dass ich sofort abbrechen muss.«

»Hard Limit«, wiederholte sie, mehr zu sich selbst.

Dann hörte sie, wie er den Knauf drehte und die Tür öffnete. Sie staunte, dass ihr diese leisen Geräusche all dies verrieten, aber durch die verbundenen Augen hatten sich ihre anderen Sinne augenblicklich geschärft.

»Geh zehn Schritte vorwärts«, wies er sie an. Langsam ging sie los, um in den hohen Schuhen nicht zu stolpern. Sie streckte die Hand aus, und er nahm ihren Arm, um ihr Halt zu geben. Sie hätte nie gedacht, wie lang zehn Schritte dauern könnten.

Ihre Schuhe klapperten auf dem harten Boden.

»Jetzt stehen bleiben«, sagte er.

Sie hörte ein metallisches Klirren und erschauerte.

»Streck die Arme über den Kopf.« Sie gehorchte und kam sich dämlich vor.

»Weiter auseinander.«

Sie spürte, wie sich etwas um ihr Handgelenk legte, etwas Glattes aber Festes, wie Leder. Und dann klickte es, als ihr Arm in ausgestreckter Haltung über dem Kopf an etwas befestigt wurde. Dann kam der andere Arm dran.

»Halt still«, sagte er. »Ich nehme jetzt die Schere, und wenn du dich bewegst, könnte ich dich versehentlich verletzen.«

»Was?«, fragte sie und wandte sich instinktiv herum. Ihr

Puls raste. Und dann fühlte sie die kühle metallene Schneide an ihrem Rücken und hörte das leise Rascheln von Stoff, der zerschnitten wurde. Das seidene Nachthemd glitt von ihren Schultern, als es geteilt wurde, und die Schere berührte ihre Haut, während sie an ihrem Körper herabwanderte.

Sie spürte die kühle Luft auf der nackten Haut, entblößt bis auf die High Heels. Schon jetzt fingen ihre Hände in der unnatürlichen Haltung an zu kribbeln.

Und dann hörte sie, wie sich Sebastians Schritte von ihr entfernten. Die Tür fiel ins Schloss.

Sie war allein.

* * *

Regina spürte ihre Arme nicht mehr. Eine Zeit lang hatte sie es mit Knieanwinkeln versucht oder sich nach hinten und vorne gelehnt, um die Durchblutung anzuregen. Aber schließlich fand sie heraus, dass es am besten war, so aufrecht und bewegungslos wie möglich zu stehen. In dieser Haltung belastete sie den Rücken und die Beinmuskeln, die in manchen Positionen schmerzhaft brannten, am wenigsten.

Sie wusste nicht, wie viel Zeit vergangen war. Zwanzig Minuten? Eine Stunde? Zwei Stunden?

Ihr schwirrte der Kopf von den widersprüchlichen Gedanken darüber, ob sie nach ihm rufen sollte oder nicht. Aber etwas hielt sie zurück.

Gerade als sie spürte, dass sie es nicht mehr ertrug, dass sie zusammenbrechen und aus voller Kehle »Hard Limit« schreien würde, horchte sie auf. Die Tür war aufgegangen. Seine Schritte kamen auf sie zu.

Dann hörte sie das Klirren von Metall. Bei dem Gedanken, dass ihre Arme befreit werden sollten, lief ihr förmlich das Wasser im Mund zusammen. Aber bald merkte sie, dass er ihre Arme nicht losmachte, sondern nur ein Stück senkte, sodass sie die Ellbogen abwinkeln konnte. Doch allein das war eine unbeschreibliche Erlösung. In dieser Position konnte sie noch eine Weile durchhalten.

Sebastian stand vor ihr. Sie fühlte, wie nah er ihr war. Wenn sie sich nach vorne fallen ließ, würde sie ihn berühren. Aber sie stand vollkommen reglos.

Er drückte die Hand zwischen ihre Beine, und seine Finger fanden sofort diese empfindliche Stelle, von deren Existenz sie bis vor ein paar Tagen nichts geahnt hatte. Der Kontrast zwischen dem kräftigen, lustvollen Streicheln seiner Finger und dem dumpfen, lang anhaltenden Schmerz, den sie ertragen hatte, war so drastisch, dass ihre Beine einknickten.

»Steh gerade«, befahl er, und sie versuchte, sich aufrecht zu halten. Er zog die Finger aus ihrer Scheide, streichelte sie sanft von außen und neckte ihre Klitoris. Gleich darauf spürte sie einen schnellen, feuchten Zungenstreich, und der Finger drang erneut ein. Sie stöhnte, ihre Arme schmerzten und ihre Beine kämpften um Halt, während in ihrer Scheide Empfindungen pulsierten, die sie nie für möglich gehalten hätte.

Er brachte sie bis an den Rand der Ekstase, dann entzog er ihr jede Berührung. Wären ihre Hände frei gewesen, sie hätte es sich auf der Stelle selbst gemacht, so groß war ihr Verlangen. Und dann spürte sie, wie sich sein Schwanz an ihrer Vagina rieb. Kaum hatte er die Schamlippen geöffnet, zog er sich wieder zurück.

»Bitte«, keuchte sie und schämte sich dafür, wusste aber, dass es gerade erst losging.

Er teilte ihre Schamlippen mit den Händen, drückte die Spitze seines Schwanzes gegen sie, bewegte sich aber nicht weiter. Sie stöhnte und drängte ihm entgegen.

»Ich bin noch immer wütend auf dich, Regina«, erklärte er. »Ich will, dass du mir versprichst, keine Geheimnisse mehr vor mir zu haben. Nicht über Sex.«

»Okay«, hauchte sie.

»Versprich es!«

»Ich verspreche es«, sagte sie, aber ihre Stimme schien von weither zu kommen. Seine Finger spielten noch immer mit ihr, und es war unerträglich.

Sebastian öffnete schnell ihre Handfesseln, und sie stürzte ihm entgegen – unfähig, noch aufrecht zu stehen. Mit einer Hand streichelte er sie weiter, während er sie auf den Boden legte, der sich hart und kalt anfühlte.

»Bitte«, sagte sie wieder, und dieses Mal legte er sich auf sie. In einem anderen Geisteszustand wäre es ihr peinlich gewesen, wie sie die Beine für ihn spreizte, ihn an sich riss und aufschrie, sobald er sie mit seinem Schwanz ausfüllte, gegen den sie sich in wilden Zuckungen drängte, bis ihre pochende Begierde von einem heftigen Orgasmus befriedigt wurde.

Er kam Sekunden später, sein Mund feucht und offen an ihrem Hals, Worte murmelnd, die sie nicht verstand.

Danach hob er sie auf, als hätte sie überhaupt kein Gewicht. Sie legte den Kopf mit den verbundenen Augen an seine Schulter und fing zu ihrem großen Entsetzen an zu weinen.

Er drückte sie noch fester an sich und trug sie eilig durch das Loft. Ein paar Sekunden später legte er sie auf das Bett und nahm ihr die Augenbinde ab.

»Alles okay?«, fragte er, und in seinem Gesicht stand tiefe Sorge. Er küsste sie auf die Stirn und schob den Fransenpony hoch, um den Mund auf ihre blasse Haut zu drücken.

»Ja«, sagte sie und versuchte, sich wieder zu fassen. »Es war nur so … intensiv.«

»Intensiv ist gut«, sagte er. »Wenn es nicht intensiv ist, ist es nicht der Mühe wert. Finde ich zumindest.«

»Ich kann noch immer nicht glauben, dass sich körperliches Unbehagen in ein schönes Gefühl verwandeln kann. Es ist einfach … seltsam.«

»Eigentlich nicht, wenn man darüber nachdenkt. Wir brauchen den Kontrast, um etwas wirklich zu fühlen. Trauer oder Glücksgefühl, Arbeit oder Entspannung, Einsamkeit oder die Verbindung zu anderen Menschen. Ohne das eine wüssten wir nicht, was das andere ist.«

»Ja«, sagte sie. »Versteh ich total.«

Er zog sie an sich. »Wusste ich's doch.«

22

Erst am Nachmittag stolperte Regina in ihre eigene Wohnung zurück.

Carly blickte auf. Sie saß auf dem Sofa mit einem Skizzenblock im Schoß.

»Wo hast du gesteckt? Warum bist du gestern Nacht nicht heimgekommen? Ich habe mir solche Sorgen gemacht«, rief sie und warf den Bleistift von sich.

Regina bückte sich, um ihre Schuhe zu öffnen. Sebastian hatte sie in einem neuen Outfit heimgeschickt, Prada von Kopf bis Fuß. Wie immer waren die Schuhe mörderisch.

»Mich überrascht, dass du gestern Nacht heimgekommen bist«, erwiderte Regina. »Im Nurse Bettie sah es nicht so aus, als wäre das dein Plan.«

»Lenk nicht ab. Wieso bist du verschwunden? So etwas kannst du nicht bringen, Regina.«

»Ich bin nicht verschwunden – *du* bist doch gegangen, weißt du das nicht mehr?«

»Es tut mir leid. Ich bin zurzeit so deprimiert. Ich wollte mich von Rob ablenken.«

»Und deshalb lässt du mich mit diesem Widerling an der Bar stehen?«

»Nick war okay. Außerdem war er es, der erzählt hat, dass du mit irgendeinem Typen abgezogen bist.«

»Das war nicht *irgendein Typ* – es war Sebastian. Trotzdem tut es mir leid, dass du dir Sorgen gemacht hast.« Es rührte Regina, dass Carly sich Gedanken um sie machte.

»Und warum war Sebastian da? Verfolgt er dich etwa?«

Regina zuckte die Schultern und ging in die Küche. Sie hatte seit dem Frühstück nichts gegessen, und mit einem Schlag hatte sie einen Bärenhunger. Sie langte nach einem Teller im Hängeschrank, doch ihre Schultern schmerzten so sehr, dass sie die Arme kaum über den Kopf heben konnte.

»Au«, sagte sie. Sie kam nicht an den Teller dran.

»Was ist?«

»Kannst du mir einen Teller runterholen?«

Carly erschien in der Tür. »Nur wenn du mir sagst, was los ist.«

»Meine Arme tun weh«, erklärte Regina.

»Das sehe ich. Aber wenn du nicht Mitternachtstennis im Central Park gespielt hast, frage ich mich warum.« Sie stemmte die Hände in die Hüften. Regina konnte sich ein Lächeln nicht verkneifen. Irgendwie hatte ihr Verhältnis mit Sebastian in ihrer sonst so coolen Mitbewohnerin Mutterinstinkte wachgerufen.

»Wenn du mir den Teller gibst, erzähle ich dir, was los ist«, bot Regina an.

Carly holte einen Teller aus dem Schrank, reichte ihn ihr und sagte: »Na dann leg mal los, Regina.«

***

Sie saßen am Tisch bei Resten von gebratenem Hühnerreis und Coronabier aus der Flasche. Regina hatte sich ein altes T-Shirt mit dem Logo ihrer Uni und eine Jogginghose angezogen. Sie war körperlich erschöpft, doch ihr Geist lief auf Hochtouren.

»Er steht drauf, mich zu … tja, schätze, ›dominieren‹ ist das richtige Wort«, sagte Regina.

»Und wie genau macht er das?«

Jetzt, wo der Moment gekommen war, wollte Regina unbedingt alles erzählen. Sie wusste nicht, wie Carly reagieren würde. Würde sie es verrückt finden und Regina raten, sich von diesem Typen fernzuhalten, oder würde sie erklären, klar, mach ich selbst die ganze Zeit? Auf jeden Fall musste sich Regina jemandem anvertrauen.

»Na ja, er hat mir ein Handy gegeben, das ich immer bei mir tragen soll und nur für Gespräche mit ihm verwenden darf. Er schickt mir Befehle. Und er schreibt mir vor, was ich anziehen soll – immer Highheels und ganz spezielle Unterwäsche.«

»Na ja, ehrlich gesagt, kann dir etwas Stilberatung nicht schaden.«

Regina bedachte Carly mit einem vorwurfsvollen Blick, dann fuhr sie fort: »Wenn ich mich seinen Befehlen widersetze, indem ich mich zum Beispiel nicht richtig anziehe, ›bestraft‹ er mich.«

Jetzt horchte Carly wirklich auf. Die abgebrühte, allwissende Carly hatte plötzlich Augen groß wie Untertassen.

»Sprich weiter«, sagte sie.

»Na ja, er … versohlt mir den Hintern.« Mehr brachte Regina nicht heraus. Sie konnte nicht von diesem Raum erzählen.

Carly nickte. »Von solchen Praktiken habe ich gehört«, sagte sie und zupfte das Etikett von ihrer Bierflasche ab.

»Tatsächlich?« Regina konnte ihre Überraschung nicht verhehlen.

»Klar. Das ist BDSM.«

»BD was?«

»BDSM: Bondage, Discipline, Sadomasochismus. Eine ziemlich große Subkultur.«

»Im Ernst?«

»Ja. Manche Leute fahren voll darauf ab.«

»Dann findest du es also nicht … komisch?«

Carly zuckte die Schultern. »Also für mich wäre es nichts, aber ist ja egal. In kleinen Dosen könnte ich es mir heiß vorstellen. Ich kannte mal eine, die ist mit Hundehalsband rumgelaufen.«

»Wie meinst du das?«

»Sie trug ein Lederhalsband – wie für einen Hund. Aber mit einem kleinen Schloss dran. Sie hat mir erklärt, daran könnten die anderen Mitglieder der Community sehen, dass sie jemandem ›gehörte‹.«

»Das ist ein Witz, oder?«

»Nein.«

Jetzt fühlte sich Regina gleich viel besser. *So* weit war es mit ihr zumindest noch nicht gekommen.

»Dann findest du das alles relativ normal?«, hakte sie nach.

»Nö, ganz und gar nicht«, meinte Carly. »Aber solange es dir Spaß macht, ist es doch egal. Besonders, wenn es dir diese coolen Fummel von Prada einbringt. Ich würde sagen, gönn ihm den Spaß und lass dich versohlen.«

Regina errötete und blickte auf ihren Teller. Vielleicht hatte sie mit Carly nicht die beste Vertraute gewählt, aber im Moment gab es niemand anderes. Und wenigstens hatte sie jetzt eine Bezeichnung für das Ganze: BDSM.

Sie würde eine kleine Recherche starten, obwohl sie den Verdacht hatte, dass die Bibliothek kein Buch zu diesem Thema führte.

***

Am Morgen kam Regina an ihren Schalter und traf Alex, der auf ihrem Stuhl saß und einen Stapel Bücher ordnete.

»Hallo«, grüßte Regina. »Tut mir leid wegen gestern. Ich hoffe, es ging nicht allzu sehr zu.«

»Nein, nein, alles in Ordnung. Aber Sloan will, dass du in ihr Büro kommst.«

Regina wurde blass. »Und warum?«, fragte sie und ließ ihre Tasche hinter den Schalter fallen.

»Weiß ich nicht. Aber so, wie sie bei ihrem Anruf klang, solltest du sie nicht zu lange warten lassen.«

Das verhieß nichts Gutes. Pflichtbewusst machte sich Regina auf in den ersten Stock.

Sloans Bürotür stand weit offen. Sie hatte das hellblonde Haar zu einem perfekten, losen Knoten aufgesteckt, die marineblaue Bluse säuberlich bis zu den Ellbogen aufgerollt, sodass ihre gebräunten Unterarme mit den feinen goldenen Armreifen zu sehen waren. Sie schlürfte Kaffee aus einem Starbucks-Becher, während sie die *New York Post* im Internet überflog. Regina klopfte an den Türstock.

Sloan blickte auf, und ihre Augen verschmälerten sich.

»So, so, wie schön von Ihnen, dass Sie sich auch mal wieder blicken lassen«, sagte sie.

»Das mit gestern tut mir leid«, stotterte Regina, die nicht

erwartet hatte, dass sie ihre Entschuldigung so bald vorbringen musste. Sie hatte sich in der Subway schon etwas zurechtgelegt, doch bisher war ihr keine plausible Erklärung eingefallen, was sie und Sebastian außer Haus hätten erledigen können.

»Setzen Sie sich, Regina«, sagte Sloan.

Widerstrebend trat Regina in das Büro ein. Der einzige zweite Stuhl war mit Hochzeitsmagazinen beladen. Da Sloan keine Anstalten machte, sie wegzuräumen, tat Regina es selbst und setzte sich dann umständlich hin, die Zeitschriften auf dem Schoß.

»Ich weiß, dass Sie zu Beginn den Eindruck hatten, an der Ausleihe unterfordert zu sein …«

»Nein, das ist es nicht. Ich dachte nur –«

»Bitte unterbrechen Sie mich nicht. Wie gesagt, ich weiß, dass Sie den Eindruck hatten, überqualifiziert zu sein, aufgrund Ihres Abschlusses und der Auszeichnungen und so weiter. Aber in einer Bibliothek von diesem Format ist eine zuverlässige Ausleihe von entscheidender Bedeutung! Und wenn ich mich nicht darauf verlassen kann, dass Sie jeden Tag erscheinen, dann kann ich Sie in dieser Position nicht halten.«

»Sloan, ich *werde* jeden Tag hier sein. Es wird nicht wieder vorkommen.« Regina geriet in Panik. Konnte sie tatsächlich gefeuert werden, weil sie einen Tag nicht zur Arbeit erschienen war? Himmel noch mal, was hatte sie sich gestern nur dabei gedacht? Was war nur los mit ihr?

»Tja, das müssen Sie mir erst beweisen. Und während Sie mir zeigen, dass ich mich auf Sie verlassen kann, arbeiten Sie bei der Rückgabe.«

Regina schoss das Blut ins Gesicht. »Sloan, das ist nicht nötig. Ich verspreche, es kommt nicht wieder vor.«

»Hier gibt es nichts zu diskutieren, Regina. Jetzt gehen Sie und melden sich bei der Rückgabe. Dort wird Ihnen jemand zeigen, wie das Material auf den Wagen angeordnet und zurück zu den Regalen gebracht wird.«

Regina hatte das Gefühl, dass sie gleich losheulen würde, aber diesen Triumph wollte sie Sloan nicht gönnen. Sie stand auf, legte die Zeitschriften zurück auf den Stuhl und ging zur Tür.

»Und noch etwas, Regina«, rief ihr Sloan nach.

Regina drehte sich um.

»Ich hoffe wirklich, dass Ihre Beziehung zu Sebastian Barnes rein beruflicher Natur ist. Solange die finanzielle Unterstützung der Bibliothek durch seine Familie unverzichtbar ist, möchte ich nicht, dass eine Mitarbeiterin privat mit ihm zu tun hat. Es wäre unangemessen und störend. Drücke ich mich deutlich aus?«

»Ja«, sagte Regina und konnte ihr nicht in die Augen sehen.

»Gut. Und in Ihrer Mittagspause gehen Sie bitte zu Vera Wang und holen ein Stoffmuster für mich ab. Das müssten Sie dann zu meinem Floristen bringen.«

Regina nickte, dann ging sie schnell.

Auf ihrem Weg zur Treppe begegnete sie Margaret. Die ältere Frau winkte ihr zu.

»Hallo, Regina. Sie sieht man ja gar nicht mehr. Wollen wir heute zusammen auf der Treppe Mittag machen?«

»Das würde ich zu gerne, aber ich muss Besorgungen für Sloan machen.«

Margaret schüttelte den Kopf. »Wie schade. Dann verschieben wir es auf ein anderes Mal.«

Regina war merkwürdig traurig. Sie fragte sich, ob Margaret vielleicht dachte, sie würde Ausreden erfinden oder nichts mit ihr zu tun haben wollen.

Da vibrierte das Handy in ihrer Tasche. Sie stieg die Stufen zum Rückgabeschalter hoch und las die SMS.

Der Wagen erwartet Dich um sechs vor der Bibliothek.

Und mit einem Schlag war ihre Welt wieder in Ordnung.

23

Regina sah wohl zum fünfzigsten Mal an diesem Tag auf die Uhr gegenüber dem Rückgabeschalter. Endlich berührte der Stundenzeiger die Sechs.

Als wäre die eintönige Arbeit am Rückgabeschalter noch nicht schlimm genug, taten ihr Arme und Rücken noch so sehr vom Vortag weh, dass sie die Bücher kaum auf den Wagen brachte und zurück in die Regale räumen konnte. Auf dem Weg zu Vera Wang hatte sie deshalb noch schnell ein leichtes Schmerzmittel in der Apotheke gekauft.

Als die Uhr schließlich 6:01 Uhr anzeigte, ordnete sie den Bücherstapel auf ihrem Tisch, schnappte sich ihre Tasche und hüpfte regelrecht zum Ausgang.

Schon von der obersten Stufe aus sah sie den schwarzen Mercedes, der auf sie wartete.

Der Fahrer stieg aus, ging um den Wagen und hielt ihr die hintere Tür auf. Der Wagen war leer.

»Mr. Barnes erwartet Sie am Ziel«, erklärte der Fahrer.

»Ach so, in Ordnung«, murmelte Regina und kletterte auf den Rücksitz. Es war seltsam, ohne Sebastian in dem Wagen zu sitzen, und sie hoffte, dass es nur eine kurze Fahrt war.

Als sie aus dem Fenster blickte, sah sie Sloan die Treppe herunterkommen, mit ihrer Birkin-Bag über dem Arm und dem Handy am Ohr. Regina duckte sich und hoffte, dass Sloan sie nicht gesehen hatte.

Sie fuhren Richtung Norden und hielten nach ein paar Minuten vor dem Four Seasons Hotel. Regina fragte sich, ob Jess wohl wieder auf sie warten würde. Sie dachte an den ersten Abend mit Sebastian, wie sie die Dessous überfordert hatten und sie in den hochhackigen Schuhen herumgestakst war, und staunte, wie viel in dieser kurzen Zeit passiert war.

Der Fahrer öffnete ihr die Tür.

»Mr. Barnes bittet Sie, sich am Empfang zu melden«, sagte er.

»Äh, in Ordnung. Danke.«

Sie betrat das elegante Foyer aus Sandstein und war erneut überwältigt, wie schön und groß es war.

Als sie sich dem Empfangsschalter näherte, begann sie vor Nervosität zu schwitzen und zupfte am Ausschnitt ihres blaukarierten Sommerkleides.

»Herzlich willkommen im Four Seasons. Was kann ich für Sie tun?« Der junge Mann sah sie mit einem breiten Lächeln und wachen Augen an, sodass seine Frage ehrlich und nicht routiniert wirkte.

»Mein Name ist Regina Finch. Hat hier vielleicht jemand etwas für mich hinterlassen?«

»Ach ja.« Der junge Mann griff unter den Tisch und holte eine Schlüsselkarte hervor.

»Zimmer 2020. Genießen Sie Ihren Aufenthalt, Ms. Finch.«

Regina nahm die Karte und ging zu den Aufzügen. Um sich herum hörte sie ein Durcheinander aus verschiedenen Sprachen. Die meisten Leute gingen zügig und wirkten zielstrebig, manche trugen förmliche Abendkleidung, andere Businessanzüge. Sie sah auch ein paar Touristen in Shorts und T-Shirts, aber sie waren die Ausnahme.

Mit einem dezenten Ton hielt der Aufzug im zwanzigsten Stock. Regina trat auf den stillen Gang. Hier war es gefühlte zehn Grad kühler als in der Lobby, und sie bekam Gänsehaut auf den Armen.

Regina schob die Karte in den Türschlitz und betrat noch einmal Zimmer 2020.

»Willkommen, Ms. Finch.«

Regina drehte sich nach der Stimme mit dem harten, osteuropäischen Akzent um. Zu ihrer Enttäuschung wartete nicht Jess auf sie, sondern eine baumlange Blondine mit bordeauxrotem Lippenstift und kalten blauen Augen.

»Ich bin Greta und werde Ihnen heute Abend behilflich sein. Mr. Barnes hat Ihre Garderobe im Schlafzimmer hinterlegt. Bitte ziehen Sie sich so schnell wie möglich um und rufen Sie mich, wenn Sie etwas brauchen.«

Die Frau trug die Hoteluniform, bestehend aus einem marineblauen Kostüm, Strumpfhose und flachen Schuhen. Doch an ihr wirkte das Ensemble eher militärisch, als dass es nach Firmenkleidung aussah.

»Arbeiten Sie … für Sebastian?«, fragte Regina.

»Nein, ich bin eine Hotelangestellte. Mr. Barnes ist ein hochgeschätzter Kunde, und wir tun unser Bestes, um ihn in jeder Hinsicht zufriedenzustellen.«

»Okay … danke«, sagte Regina und hoffte inständig, dass sie keine Hilfe benötigte, denn von dieser Frau wollte sie sich auf keinen Fall anziehen lassen.

Regina schloss die Schlafzimmertür. Dieses Mal lagen

keine Einkaufstaschen auf dem Bett, sondern ein schwarzes Satinkorsett und ein schwarzer Lederrock, beides mit komplizierter Schnürung auf der Rückseite.

O nein, dachte Regina. *Da komme ich niemals ohne Hilfe rein.*

Und dann fiel ihr Blick auf die Schuhe vor dem Bett: Schwarze Plateauschuhe aus Lackleder mit fünfzehn Zentimeter hohen Sohlen und breiten Lederriemen mit Schnallen um die Knöchel. Sie erinnerten eher an Folterinstrumente als an Schuhe.

Regina zog sich das Sommerkleid über den Kopf, faltete es und legte es aufs Bett. Dann betrachtete sie Korsett und Rock und erkannte, dass sie keine Unterwäsche darunter tragen konnte. Sie öffnete ihren BH, streifte den Slip von den Hüften und schlüpfte mit den Füßen heraus. Dann legte sie alles auf ihr Kleid.

Vollkommen nackt und fröstelnd beäugte sie das Korsett argwöhnisch. Sie war fest entschlossen, sich selbst zu bekleiden, und überlegte, wie sie vorgehen sollte. Sie würde das Korsett gerade so weit aufschnüren, dass sie hineinsteigen konnte. Dann müsste sie die Schnürbänder hinter dem Rücken wieder zuziehen. Vielleicht musste die Frau aus dem Nebenraum die Bänder ganz am Schluss zusammenbinden, aber mehr auch nicht.

Doch bald erkannte Regina, wie sehr sie sich verschätzt hatte. Mit den schmerzenden Schultern konnte sie unmöglich weit genug nach hinten greifen.

Verzweifelt wandte sie sich dem Rock zu. Wenigstens den konnte sie allein anziehen – sie wollte möglichst viel tragen, bevor sie um Hilfe bat. Aber der Lederrock war hinten praktisch offen und wurde nur von einer Unzahl von Bändern zusammengehalten.

Es war zwecklos. Für dieses Outfit brauchte sie ein zweites Paar Hände. Regina sah sich nach einem Handtuch oder Morgenmantel um, mit dem sie sich bedecken konnte. Da sie nichts fand, riss sie die schwere Tagesdecke vom Bett, zog das steife, weiße Laken darunter hervor und wickelte es wie eine Toga um sich, bevor sie zur Tür ging.

»Greta!«, rief sie.

Noch ehe sie die Frau sah, hörte sie schon ihre hochhackigen Schuhe auf dem Marmorboden.

»Ja?«, fragte Greta mit verschränkten Armen.

»Ich brauche bitte Ihre Hilfe.«

Die Frau schaute sie zwar nicht genervt an, aber ihr Blick schien zu sagen: »Was hat da so lange gedauert?«

»Wir beginnen mit dem Rock«, erklärte Greta entschieden, als hätte sie schon gründlich darüber nachgedacht.

»Sind Sie sicher? Na gut.« Regina wollte vor Scham im Boden versinken. Wie sollte sie das machen, ohne Greta ihren nackten Hintern vors Gesicht zu halten? Aber Greta hatte sich den Rock schon vorgenommen und öffnete die Bänder, sodass er sich zu einem einzigen, breiten Lederstreifen entrollte.

»Drehen Sie sich um. Mit dem Rücken zu mir. Und lassen Sie das Laken fallen«, kommandierte Greta.

Zutiefst beschämt folgte Regina den Anweisungen.

Greta griff von hinten um sie herum und schlang das Leder um sie, dann begab sie sich an das Zuknüpfen der Bänder, wobei ihre Finger behände hin und her flogen. Trotzdem schien die Prozedur ewig zu dauern, und Regina war erleichtert, als das letzte Band festgezurrt und verknotet war.

»Perfekt«, sagte Greta wie zu sich selbst. »Jetzt das Korsett. Heben Sie die Arme.«

Regina gehorchte unter Schmerzen.

»Kann ich sie wieder herunternehmen?«, fragte sie, als die Vorderseite des Korsetts in Position war und sie spürte, dass es von ein paar Bändern gehalten wurde. Greta murmelte etwas, das wie eine Erlaubnis klang, und erleichtert senkte Regina die Arme.

Dann verschnürte Greta das Korsett vom Steißbein bis zu den Schulterblättern und zog die Bänder so fest, dass Regina kaum mehr atmen konnte.

»Zu eng«, keuchte sie.

»Es muss eng sein«, entgegnete Greta mit unverhohlener Zufriedenheit. »Jetzt die Schuhe.«

Die Schuhe! Durch die qualvolle Prozedur mit dem Rock und dem Korsett hatte sie das schreckenerregende Schuhwerk vollkommen vergessen.

Regina starrte die Schuhe an. In ihrem gegenwärtigen Zustand konnte sie sich unmöglich bücken und sie zumachen. Sie kam sich vor wie in einer Zwangsjacke.

Greta kniete sich vor sie und hob einen Schuh an, sodass Regina ihren rechten Fuß hineinstecken konnte. Wegen des Höhenunterschieds zwischen der beschuhten und unbeschuhten Seite musste sich Regina hinunterbeugen und sich an Gretas Schulter festhalten, um Balance zu halten.

»Anderer Fuß«, sagte Greta. Regina schob den linken Fuß in den Schuh und richtete sich langsam auf. Sie war so viel größer geworden, dass sie das Zimmer aus einer ganz anderen Perspektive sah. Als Greta aufstand, bemerkte Regina, dass sie nun einige Zentimeter größer war als sie.

»Ich bin hier fertig«, erklärte Greta. Und damit ließ sie Regina alleine.

Regina wagte kaum, sich zu bewegen. Sie hatte Angst, zu stolpern und auf dem Rücken zu landen wie ein Käfer, der sich nicht umdrehen kann. Doch schließlich siegte ihre Neugier, und sie stakste zu dem mannshohen Spiegel.

»Ach du lieber Gott«, hauchte sie. Vom Hals abwärts hätte sie sich niemals erkannt. Ihr zusammengeschnürter, verlängerter Körper wirkte kraftvoll und erotisch, so wie die Frauen auf Sebastians Fotografien. Ihre helle Haut schimmerte wie Perlmutt im Kontrast zu dem dunklen Satin, und der kurze Rock und die extrem hohen Absätze ließen ihre Beine lang und stark erscheinen.

Sie drehte sich um, sah sich von hinten an und schnappte nach Luft. Die Schnürung ließ aufreizende Lücken frei, durch die man Blicke auf ihre Haut erhaschen konnte, die sich weiß vom tiefschwarzen Leder abhob. Sie musste an einen Ausdruck denken, den sie immer lächerlich gefunden hatte: »Sexbombe« Aber genau so sah sie aus – und so fühlte sie sich auch.

Sie hörte, wie sich die Tür der Suite öffnete und wieder schloss.

»Wo versteckst du dich?«, rief Sebastian.

Mit klopfendem Herzen stöckelte Regina zur Schlafzimmertür und zurück ins Wohnzimmer.

Sebastian sah umwerfend aus und ganz so, als wüsste er mit einer einen Meter achtzig großen Frau in Leder umzugehen. Er trug eine schwarze Hose und ein schwarzes

Hemd und war leicht gebräunt, als hätte er den ganzen Tag im Freien verbracht. Sie fragte sich, was er gemacht hatte, seit sie sich getrennt hatten, und zum ersten Mal in ihrem Leben kam so etwas wie ein Besitzdenken bei ihr auf.

»Du siehst fantastisch aus«, sagte er lächelnd. »Komm näher.«

Sie ging langsam, aus Angst zu stolpern und zu fallen. Und die ganze Zeit spürte sie seinen Blick auf sich ruhen.

Als sie bei ihm war, nahm er ihre Hand und führte sie in ein Zimmer mit einem langen Esstisch mit Marmorplatte. Zwei Weingläser standen neben einem silbernen Eiskübel, in dem eine Flasche Weißwein steckte.

»Hast du Hunger?«, fragte er.

»Eigentlich nicht«, antwortete sie. Der Gedanke, in diesem Outfit zu essen, war nicht gerade ansprechend.

»Möchtest du etwas trinken?«

»Nein, danke. Gerade nicht.«

»Ich finde, du solltest ein Glas Wein trinken«, sagte er, während er die Flasche entkorkte und ihr ein Glas einschenkte. Sie nahm es von ihm entgegen und trank einen Schluck. Der Wein war frisch und köstlich, und jetzt wollte sie ihn doch.

»Trinkst du denn nichts?«, wunderte sie sich.

»Nein«, sagte er und beobachtete sie. Sie trank noch etwas mehr, und als sie das halbe Glas geleert hatte, nahm er es ihr ab.

»Dreh dich um, Regina«, sagte er. Sie tat, was er sagte und stützte sich etwas am Tisch ab, um ein wenig Druck von ihren Füßen zu nehmen.

Sie spürte, wie er die Rückseite des Rocks aufschnürte,

bis er aufklaffte und ihren Po entblößte. Er ließ die Hand über ihre Haut streichen, zeichnete die Rundung ihrer Pobacken nach, bevor er in die Mitte glitt, um sie auseinander zu drücken.

»Was machst du da?«, fragte sie und versuchte, sich aus seinem Griff zu befreien.

»Nicht bewegen, Regina. Und zwinge mich nicht noch einmal, das zu sagen. Jetzt spreiz die Beine.«

Nervös stellte sie die Füße etwas weiter auseinander.

»Beug dich über den Tisch«, befahl er. Sie gehorchte.

Wieder spreizte er ihre Pobacken auseinander. Es war so demütigend. Zum ersten Mal erwog sie, ihn zu bitten, aufzuhören.

Aber da spürte sie etwas so Erschreckendes, dass all ihre Gedanken verpufften. Ihre ganze Aufmerksamkeit richtete sich auf den Druck im After, als er etwas Hartes hineinschob.

»Was tust du da?«, fragte sie und musste ihre ganze Willenskraft aufbringen, um sich nicht umzusehen.

Sie fühlte, wie er ihren Rock wieder zuschnürte, wobei der Gegenstand noch in ihr steckte. Sie fuhr mit der Hand zum Rücken und zerrte an den Bändern, doch er schlug sie weg.

Dann zurrte er den Rock zu und drehte sie um. Sie keuchte regelrecht vor Furcht.

»Entspann dich, Regina. Das ist nur ein Butt-Plug«, sagte er. »Ganz harmlos. Es fühlt sich nur seltsam an, bis du dich daran gewöhnst.«

Er drückte ihr erneut das Weinglas in die Hand, und sie leerte es hastig.

»Willst du, dass ich ihn entferne?«, fragte er.

»Ja«, bat sie.

»Dann werde ich das. Aber erst wenn du es mir gemacht hast.«

Sie sah ihn fragend an. Erwartete er, dass sie so mit ihm schlief?

Er öffnete den Reißverschluss seiner Hose und ließ sie auf den Boden fallen. Dann schlüpfte er aus der weißen Boxershorts. Sein Schwanz war hart. Regina fragte sich, wann er die Erektion bekommen hatte. Als er ins Zimmer kam? Als er ihren Hintern durch das – von ihm bestimmte – Outfit sah? Als er den harten Stöpsel in sie hineinschob?

»Knie dich hin«, wies er sie an. Und da begriff sie, auf welche Art sie ihn befriedigen sollte.

»Das habe ich noch nie gemacht«, gestand sie, als sie sich in Position brachte.

»Ich bin froh, dass du mir das sagst. Du weißt, ich mag keine Überraschungen. Wir fangen langsam an. Leck mich einfach – wie ein Eis am Stiel, eines, das schmilzt.«

Sie legte die Hände auf seine Hüften und tat, was er wollte. Sie konnte ihn riechen und schmeckte die süße Salzigkeit seiner Haut, und diese überwältigende Intimität reichte aus, um sie den Druck in ihrem Hintern vergessen zu lassen. »Jetzt nimm mich in den Mund«, befahl er und vergrub eine Hand in ihren Haaren. Sie umfing ihn mit den Lippen, und er legte eine Hand unter ihr Kinn. Durch leichten Druck wies er sie an, mit dem Mund an ihm auf und abzugleiten. »Benutz deine Zunge«, unterwies er sie, und sie konzentrierte sich darauf, ihre Zunge um seinen Penis gleiten zu lassen, während sie ihn mit den Lippen liebkoste. Er merkwürdiger Laut entfuhr ihm, und das erregte sie wie eine Berührung. Sie beschleunigte ihre Liebkosungen, und bald gab nicht mehr sie den Takt vor, sondern das Schwingen seines Beckens und der Rhythmus, in dem er in ihren Mund stieß. Gerade als sie das Gefühl hatte zu ersticken, erstarrte er, und ihr Mund füllte sich mit einem Schwall warmer, salziger Flüssigkeit. Erschrocken schluckte sie automatisch. Dann zog sie den Kopf zurück, um den Rest auszuspucken. Hustend und beschämt hob sie die Hand vor den Mund und wandte sich ab.

Er legte sich auf die plüschige Couch und zog sie neben sich, die Arme um sie geschlungen.

»Das war Wahnsinn«, sagte er. Und mit einem Schlag war alles in Ordnung – mehr als in Ordnung. Er küsste sie auf den Kopf. »Jetzt werde ich meinen Teil der Abmachung erfüllen«, sagte er. »Dreh dich auf den Bauch.«

Sie hatte den Butt-Plug ganz vergessen, aber jetzt, als er ihn erwähnte, wurde sie sich des Drucks wieder bewusst, gedämpft zwar mittlerweile, aber unverkennbar.

Sie drehte ihm dem Hintern zu und legte das Gesicht in die Armbeuge. »Spreiz die Beine«, sagte er. Sie gehorchte und spürte, wie er, anstatt den Plug zu entfernen, unter sie langte und ihre Klitoris rieb. Und während er sie mit der einen Hand streichelte, zog er mit der anderen den Butt-Plug heraus. Dieses Nebeneinander der Empfindungen verwirrte sie komplett, und als er einen Finger in ihren Hintern steckte, löste er lustvolle Zuckungen aus.

Als es vorbei war, lag sie reglos da. Sie hörte, wie er aufstand und in der Suite umherging.

Schließlich kam er zurück und sagte: »Steh auf, Regina.«

Mit wackeligen Beinen kam sie auf die Füße, obwohl sie sich an ihm festhalten musste. Als sie stand, bückte er sich und öffnete ihr die Schuhe. Erleichtert stieg sie heraus und sah, dass er ihr das Kleid mitgebracht hatte, in dem sie gekommen war. Er befreite sie aus dem Korsett und hielt ihr das Kleid hin. Schnell zog sie es über den Kopf, und als die weiche Baumwolle ihren Körper umhüllte, fühlte es sich an wie eine Kuscheldecke.

Sebastian legte einen Arm um sie und führte sie zurück zum Sofa. Sie setzte sich, und er setzte sich neben sie.

»Ich habe etwas für dich«, sagte er und reichte ihr eine türkisblaue Schachtel mit weißer Schleife. Eine Tiffany-Schachtel, erkannte sie.

Behutsam löste sie die Schleife und hob den Deckel an. Drinnen fand sie eine goldene Halskette mit einem kleinen goldenen Vorhängeschloss als Anhänger, auf dem die Buchstaben T & Co. und die Jahreszahl 1837 eingraviert waren. Sie war chic und cool und hätte gut zu Carly gepasst, aber Regina hätte sich so etwas nie gekauft.

»Sie ist wirklich schön«, flüsterte sie und traute sich kaum, sie zu berühren.

Sebastian nahm sie aus der Schachtel und legte sie ihr um den Hals.

»Schau dich an«, sagte er und nahm sie bei der Hand, um sie zum Spiegel zu führen.

Er stand hinter ihr, die Hände auf ihren Schultern. Ihre Augen trafen sich im Spiegel, und sie war erstaunt über seinen ernsten Blick.

»Weißt du, was das bedeutet?«, fragte er.

Sie war drauf und dran zu gestehen, dass sie es nicht

wusste, da erinnerte sie sich an Carlys Worte: *Sie trug ein Lederhalsband – wie für einen Hund. Aber mit einem kleinen Schloss dran. Sie hat mir erklärt, daran könnten die anderen Mitglieder der Community sehen, dass sie jemandem ›gehörte‹.*

»Ja, ich weiß es«, hauchte sie.

»Sag es mir«, sagte er.

»Es bedeutet, dass ich dir gehöre«, antwortete sie.

»Ja«, sagte er leise. »Deine Möse gehört mir und dein Arsch und deine Brüste … und ich kann damit tun, was ich will, wann ich es will und wo ich es will.« Wie um seine Worte zu bekräftigen, umfasste er sie und berührte ihre Brüste, dann strich seine Hand nach unten und ließ sie erschauern. »Dein Körper gehört mir jetzt mehr als dir, verstehst du?«

Sie nickte, die Augen fest auf ihr Spiegelbild, auf die Halskette gerichtet.

Er drehte sie sanft zu sich herum und küsste sie auf die Stirn. »Ich habe noch etwas für dich«, flüsterte er. »Warte hier.«

Er verschwand in den Flur und kam mit einer kleinen schwarzen Schachtel mit schwarzer Schleife zurück. Er gab sie ihr, und sie öffnete sie, ohne eine Frage zu stellen.

In der Schachtel lag ein kleiner Gegenstand aus Stahl in Form einer großen Träne, mit einem kurzen Stiel und einem flachen Sockel. Verwirrt sah sie ihn an.

»Es ist ein Butt-Plug für deinen Po.«

Sie errötete und klappte die Schachtel zu.

»Trage ihn immer bei dir. Irgendwann schicke ich dir eine SMS, dass du ihn einführen sollst. Und dann musst du es auch tun. Außerdem musst du ihn zu jedem Meeting in der Bibliothek tragen. Ich werde nach den Meetings überprüfen, ob du diesen Anweisungen Folge leistest. Wenn nicht, wirst du schwer dafür bestraft.« Er lächelte sie an und glättete ihr Haar. Es schockierte sie, aber seine Worte hatten sie feucht gemacht.

»Der Wagen wartet unten auf dich und bringt dich heim.«

24

Am nächsten Morgen galt Reginas erster Gedanken der Halskette.

Sie langte sich an den Hals und fragte sich, ob das alles nur ein verrückter, erotischer Traum gewesen war.

Aber nein, die Kette war noch da und ruhte schwer auf ihrem Schlüsselbein. Ihr Gewicht hatte etwas Tröstliches. Die Kette war die Manifestation ihrer sexuellen Hörigkeit gegenüber Sebastian und ein Symbol dafür, dass sie das Objekt seiner Begierde war.

Auch die Außenwelt schien das wahrzunehmen. Zum ersten Mal in ihrem Leben sahen ihr Männer ungeniert nach, wenn sie die Straße entlangging. Sie glaubte nicht, dass sie sich äußerlich verändert hatte. Es war mehr, als witterten sie die Leidenschaft, die sie innerlich aufwühlte. Als würden sie die Lust erschnuppern, die in ihr pulsierte.

Sie stieg aus dem Bett, erfüllt vom Nachhall sexueller Befriedigung.

Und dann fiel ihr ein, dass sie heute Geburtstag hatte – und dass ihre Mutter zu Besuch kam.

***

Am späten Vormittag, nachdem sie stundenlang zurückgegangene Bücher nach dem Alphabet geordnet hatte, wurde Regina durch einen Besuch von Margaret unterbrochen.

»Ich wollte Sie an der Ausleihe besuchen, aber dort erfuhr ich, dass Sie hierher versetzt worden sind«, erzählte Margaret. Heute trug sie eine so dicke Brille, dass ihre Augen riesenhaft wirkten. »Was haben Sie angestellt, dass man Sie ins Exil geschickt hat?«

Regina lächelte. »Ich habe es mir irgendwie mit Sloan verscherzt.«

Margaret seufzte. »Diese Frau ist eine Tyrannin. Haben Sie eine Brotzeit dabei? Ich dachte, wir könnten uns draußen auf die Stufen setzen. Heute ist es nicht zu heiß.«

Sie hatte recht – mit ihrem Geburtstag war irgendwie der Frühling zurückgekehrt. Der Himmel war wolkenlos, und es war angenehm warm.

»Gerne«, sagte sie mit einem Lächeln. Sie langte unter ihren Tisch und zog ihre braune Papiertüte mit dem Erdnussbutter-Marmeladen-Sandwich heraus. Als sie sich bückte, stieß der Schlossanhänger an ihren Hals. Unter der Bluse versteckt hatte sie ihn fast vergessen.

Sie fanden ein Fleckchen ziemlich weit oben auf den Stufen. Regina drehte das Gesicht in die Sonne. Sie dachte an den ersten Tag, als sie auch hier gesessen hatte – den Tag, an dem sie Sebastian zum ersten Mal begegnet war.

Hätte ihr an diesem Abend nicht das Essen mit ihrer Mutter bevorgestanden, hätte sie fast glücklich sein können. Sie fragte sich, ob sie wohl zur Speisekarte greifen konnte, bevor ihre Mutter damit anfing, ihr Schulgefühle einzuimpfen.

»Wie lange werden Sie noch bei der Rückgabe arbeiten?«, erkundigte sich Margaret.

»Das weiß ich nicht«, sagte Regina und wickelte ihr Sandwich aus. Sie hatte an diesem Morgen zu viel Marmelade erwischt, und die quoll gerade aus dem Toast. Margaret schüttelte den Kopf.

»Es ist ein Jammer, dass Sie zu so einem ungünstigen Zeitpunkt angefangen haben. Ich merke Ihnen an, dass Sie eine Leidenschaft für Bibliotheken haben.«

»Ach, na ja, Sloan ist eben gerade auf einem Machttrip. Ich rege mich nicht allzu sehr darüber auf. Ich kann warten.«

Margaret schüttelte den Kopf und pickte eine Traube aus ihrem Obstsalat.

»Es ist nicht nur Sloan Caldwell – obwohl eine Frau wie sie zu meiner Zeit niemals in eine leitende Position gekommen wäre. Aber heutzutage dreht sich alles nur noch ums Geld. Das ganze System geht vor die Hunde. Alle Bibliotheken verlieren ihre Förderung und die Unterstützung der Politiker, die nicht verstehen, was wir tun – Louisiana wurde gerade die staatliche Förderung gestrichen. Bibliotheken schließen, stellen aus, verkürzen die Öffnungszeiten. Ich hätte nie gedacht, dass ich das noch erleben würde.«

»Was meinen Sie damit, dass Sloan niemals in eine leitende Position gekommen wäre?«

»Sie hat sich ihre Stellung nicht verdient. Ihre Eltern haben früher den Vorstand geleitet – und sie sind noch immer wichtige Förderer. Sie haben ihr den Job *gekauft*.«

Interessant, dachte Regina. »Aber wenn sie den Job nur macht, weil sie leicht drangekommen ist, wird sie vermutlich nicht lange bleiben. Sie scheint ziemlich beschäftigt mit ihrer Hochzeitsplanung zu sein. Vielleicht hört sie auf, wenn sie unter der Haube ist.«

»Wie gesagt, Leute wie Sloan Caldwell sind nur ein Teil des Problems. Die gesamte Zukunft der Bibliotheken in diesem Land steht auf dem Spiel.«

»Das ist nicht Ihr Ernst.«

Margaret nickte wehmütig. »Leider doch.«

Regina spürte ein Vibrieren in ihrer Tasche. Sie holte ihr Handy heraus. *Ich werde Dich nach dem Lions-Meeting um 13:00 überprüfen. Ich hoffe, Du folgst meinen Anweisungen und hast die schwarze Schachtel bei Dir.*

Regina ließ das Handy zurück in ihre Tasche fallen. Warum hatte ihr Sloan nichts von dem Meeting gesagt? Oder hatte sie selbst es vergessen? Es wäre untypisch für sie, etwas Derartiges zu vergessen, aber in letzter Zeit war sie so abgelenkt, dass sie es für möglich hielt. Jetzt wusste sie nicht, was sie tun sollte. Wenn sie bei dem Meeting erschien, obwohl sie das nicht sollte, wäre Sloan sauer. Aber wenn sie eingeplant war und es verpasste, wäre das noch schlimmer.

»Ich muss zurück an meinen Schalter«, erklärte Regina. Sie ließ den Rest ihres Sandwichs zurück in die Tüte fallen und wischte sich die Hände ab.

»Ich wollte Ihnen keine Angst einjagen«, sagte Margaret.

»Nein, das ist es nicht. Ich habe nur gerade von einem Meeting erfahren, von dem mir Sloan nichts erzählt hat. Ich weiß nicht, was da los ist.«

Margaret schnaubte verächtlich und schüttelte den Kopf, als wollte sie sagen *habe ich es nicht gesagt.*

Als Regina die Stufen zur Bibliothek wieder hochstieg, fiel ihr ein, dass es in Sebastians SMS nicht nur um das Meeting ging – sondern darum, wie sie sich darauf vorbereiten sollte. Sie blieb auf der obersten Stufe stehen, öffnete ihre Tasche und tastete nach der kleinen schwarzen Schachtel. Sie war sich ziemlich sicher, sie dabei zu haben, aber einen kurzen Moment lang klopfte ihr Herz. Doch dann schlossen sich ihre Finger darum, und sie atmete erleichtert auf.

Sie betrat die kühle, klimatisierte Eingangshalle und bekam eine Gänsehaut. Mit einem Frösteln dachte sie an das Geheimnis, das sie in dem Meeting haben würde, ein unaussprechliches Geheimnis, von dem nur sie und Sebastian wussten. Ihre Hand schloss sich fester um die Schachtel, und sie lächelte.

***

Regina kam in den Vorstandssaal, und als Sloan mit unverhohlenem Ärger aufsah, wusste sie, dass es die falsche Entscheidung gewesen war.

Doch jetzt war es zu spät, um wieder zu gehen. Unsicher, wo sie sich hinsetzen sollte, wählte Regina einen freien Platz zwei Stühle entfernt von Sloan. Sie sah sich um, sah aber keinen Sebastian.

Unbehaglich rutschte Regina auf ihrem Stuhl umher. Es war unwahrscheinlich, dass sie mit diesem Metallstopfen ein ganzes Meeting lang sitzen konnte.

Sie konnte immer noch kaum glauben, was sie gerade getan hatte. Sie hatte sich auf einer Toilette eingesperrt, den Slip runtergezogen und sich das merkwürdige Objekt langsam in den Po geschoben. Doch abgesehen von ihrer Scheu war der physische Akt überraschend einfach gewesen.

»Sloan möchte, dass Sie neben ihr sitzen«, sagte Lesley Byrd, eines der älteren Gremiumsmitglieder.

»Oh, okay«, sagte Regina, stand auf und setzte sich um.

Sloan warf ihr einen vernichtenden Blick zu. Als Regina saß, beugte sie sich zu ihr und zischte: »Ich habe Sie nicht zu diesem Meeting eingeladen.«

»Es tut mir leid – ich habe von dem Meeting erfahren und dachte, ich hätte es vergessen. Ich wusste nicht, was ich tun sollte. Ich hielt es für besser, irrtümlich zu kommen als irrtümlich fernzubleiben.«

In diesem Moment kam Sebastian herein, und Reginas Anus zog sich reflexartig um den Plug zusammen. Er sah sie an, und zu wissen, dass er wusste, was unter ihrem Slip los war, machte sie unheimlich an. Sloan war vergessen, das körperliche Unbehagen war vergessen – jetzt war sie ganz in ihrem kleinen Spielchen mit Sebastian gefangen. Sie war in eine andere Welt eingetaucht, ihre Schattenwelt mit ihm.

»Unser heutiges Treffen wird kurz ausfallen«, erklärte Sebastian, der am Kopf des Tisches stand. »Wie Sie alle wissen, bleiben Ihnen ungefähr zehn Tage, bis Sie Ihre Stimme für die Literaturpreiskandidaten bei mir abgeben müssen, also gibt es hier im Moment nichts zu besprechen. Aber Lesley möchte über die Benefizveranstaltung im Winter reden. Lesley, ich übergebe.«

Lesley Byrd strahlte ihn an. »Danke, Sebastian.« Sie blickte auf ihren Schreibblock, bevor sie eine Liste der offenen Punkte zur Winterveranstaltung durchging. Ihre Worte verschwammen zu einem Hintergrundgeräusch. Alles, woran Regina denken konnte, war der Druck in ihrem Po – das und die kolossale Anstrengung, die es sie kostete, Sebastian nicht anzusehen, während sie Sloans wachsamen Blick auf sich fühlte.

Und als wäre ihr Geist versklavt von diesem kleinen

Metallgegenstand in ihrem Körper, versank er immer wieder in Tagträumereien über die vergangene Nacht. Regina stellte sich Sebastians Finger auf ihrer Klitoris vor: Zusammen mit dem harten Pfropfen in ihrem Po hatten sie sie in einen Zustand köstlichster Empfindsamkeit versetzt. Sie dachte an das Gefühl, als er das Ding entfernt hatte, und dass sie jetzt, wie sie hier so saß, vielleicht nur Minuten von dieser süßen Erlösung entfernt war.

Als schließlich die Worte »Und zum Letzten ...« zu ihr durchdrangen, erlaubte sie sich einen Seitenblick auf Sebastian, aber er schien Lesley mit voller Konzentration zuzuhören. Sie sah auf seine Hände, die gefaltet auf einem Block lagen, und wand sich innerlich.

Alle standen auf und sammelten ihre Notizen ein. Das Meeting war überstanden. Als Regina aufstand, verlagerte sich der Druck in ihrem Hintern.

»Gehen Sie zum Rückgabeschalter«, sagte Sloan. »Genug Zeit verschwendet.«

Regina erschrak. »Was?« Sie verstummte, als sie in Sebastians Richtung blickte.

»Ich muss mir Regina für ein paar Minuten borgen«, sagte er, und Regina wurde bewusst, dass er direkt hinter ihnen war, während der Rest der Versammlung auf die Tür zustrebte.

»Ausgeschlossen«, sagte Sloan energisch. »Du hast ihre Zeit genug in Anspruch genommen. Sie ist eine bezahlte Angestellte, keine Praktikantin.«

»Das ist keine Bitte«, sagte er, so leise, dass es fast geflüstert war. Regina sah etwas über Sloans Gesicht huschen, etwas Kompliziertes und Unergründliches.

Sie bedachte Regina mit einem tödlichen Blick und ging.

Regina sah Sebastian fragend an, doch er war damit beschäftigt, die letzten Nachzügler aus dem Raum zu geleiten. Dann verschloss er die Tür.

»Vielleicht sollte ich gehen …«

Ohne ein Wort kam er zu ihr und beugte sie über den Tisch. Dann knöpfte er ihren Rock auf, zog ihn herunter bis zum Boden und schob ihren Slip bis zu den Knöcheln.

»Beine spreizen«, sagte er, und seine Stimme war belegt vor Verlangen. In diesem Moment waren Sloan und alles andere vergessen. Regina tat wie geheißen und wurde mit der heißen Empfindung belohnt, als der Plug langsam entfernt wurde. Aber als er weg war, blieb ein Sehnen, aufs Neue ausgefüllt zu werden. Sebastian hielt sie in Position, eine Hand glitt zwischen ihre Beine und sein Daumen strich über ihre Klitoris. Sie biss sich auf die Lippe, um nicht aufzustöhnen, und dann hörte er auf, sie zu berühren und hielt sie mit einer Hand zwischen den Schultern fest. Sie wand sich, unfähig, still zu halten. Sie hörte ein Rascheln, doch ihr Verlangen nach dem Druck seiner Hände auf ihr, in ihr, beraubte sie jeder Orientierung. Gerade als sie glaubte, es nicht länger zu ertragen, schoben seine Hände ihre Schenkel auseinander, und mit einem schnellen Stoß füllte er sie mit seinem Schwanz aus.

»Oh!«, rief sie aus und versuchte, sich am Tisch festzuhalten. Er stand einen Moment lang still, während sein Umfang sie dehnte. Dann begann er mit langsamen Beckenschwüngen, während er sie an den Hüften festhielt. Regina verlor sich ganz in seinem Rhythmus, vergaß, wo sie war, konnte an nichts anderes mehr denken, als an den Druck, der sich in ihrem Inneren aufbaute. Sie fing an, unkontrolliert zu stöhnen, und hätte sie auch nur einen Funken Verstand übrig behalten, hätte sie sich Sorgen gemacht, dass sie jemand hörte. Aber ihr Körper war bis in die letzte Faser auf Genuss ausgerichtet. Als ihr Orgasmus kam, wurde sie wie von einem Krampf geschüttelt.

Seine starken Hände hielten sie, bis sie fertig war, und dann zog er sich zu ihrer Überraschung langsam aus ihr heraus. Er drehte sie herum.

»Lutsch meinen Schwanz«, befahl er. Die Worte waren schockierend und aufregend, und sie zögerte nicht, in die Knie zu gehen. Sie nahm ihn in den Mund, überrascht vom herben Geschmack ihres eigenen Saftes. Doch sie ließ sich nicht abbringen. Sie umspielte seinen Schaft mit der Zunge, ließ sie auf und ab gleiten, leckte die Spitze, dann umschloss sie ihn mit dem Mund und wiederholte die Prozedur, bis sie ihm ein Stöhnen entlockte.

Er zog sich zurück.

»Steh auf«, sagte er mit heiserer Stimme. Er half ihr auf die Füße, hob sie auf den Tisch und legte sie auf den Rücken. Dann spreizte er ihre Beine mit dem Knie, während er auf sie kletterte. Fast wütend stieß er zu und steigerte sich in ein frenetisches Pumpen, das fast gewalttätig war. Überrascht bemerkte Regina, dass auch ihre Lust sich wieder steigerte, und ihre Vagina erwachte zu neuem Leben. Als er aufschrie und sie die Zuckungen seines Orgasmus fühlte, erfasste sie ein erneutes verzücktes Erbeben.

Sie spürte, wie er sich aus ihr zurückzog, doch sie bewegte sich nicht, bis er sie sanft in eine sitzende Haltung zog. Sein Gesicht war gerötet, und er sah auf so jungenhafte Weise gut aus, dass ihr fast die Tränen kamen. Die Flut der Emotionen war stärker als jede körperliche Erfahrung – stärker als alles, was sie je in ihrem Leben empfunden hatte. Das Geben und Nehmen, es schien keine Grenzen zu kennen. *Was war das?*, fragte sie sich. *War das etwa Liebe?*

Der Gedanke machte ihr Angst.

25

»Ich weiß nicht, wann ich das letzte Mal eine anständige Mahlzeit zu mir genommen habe«, bemerkte Reginas Mutter und musterte sie über den Rand ihrer Speisekarte hinweg. Das Kellari war ein griechisches Restaurant, nur zwei Blocks entfernt von der Bibliothek. »Für mich allein zu kochen lohnt einfach nicht. Es ist immer noch schwer für mich, dass du nicht mehr da bist, Regina.«

Regina lächelte verkniffen und sah sich im Restaurant um. Es war ein wunderschöner, einladender Raum mit hölzerner Kathedralendecke und offener Küche. Sie rief sich in Erinnerung, dass heute ihr Geburtstag war und ihre Mutter hier war, um mit ihr zu feiern.

»Du solltest nicht aufhören zu kochen, nur weil ich nicht da bin, Ma. Nimm einfach die Hälfte und koch das Übliche.«

»Es ist aber nicht das Gleiche«, sagte ihre Mutter.

Sie verfielen in ein Schweigen, das erst durch den Kellner unterbrochen wurde, der ihre Bestellung aufnehmen wollte.

»Als Vorspeise nehme ich den Bauernsalat«, sagte Regina. »Und dann die gegrillte Jumbo-Garnele.« Sie gab ihre Speisekarte zurück.

Der Kellner lächelte und blickte erwartungsvoll auf ihre Mutter.

»Die Fische sind alle gegrillt?«, fragte ihre Mutter und deutete auf die Seite mit den Fischgerichten.

»Ja, das ist richtig, Madam. Und wir empfehlen, ein Pfund pro Person zu bestellen.«

»Ich kann mich nicht entscheiden. Was soll ich nehmen, Regina? Was ist der Unterschied zwischen diesen Fischen? Wolfsbarsch ... Butterfisch ... das sind alles Weißfische, oder?«

»Wenn Sie einen Fisch mit mildem Geschmack bevorzugen ...«, sagte der Kellner und fing an, die einzelnen Fische auf der Karte zu beschreiben. Regina wusste, dass er damit seine Zeit vergeudete.

»Lass mich für dich bestellen, Ma«, erklärte sie. »Sie nimmt auch den Bauernsalat als Vorspeise und dann die Seezunge.«

»Sehr gern, Madam.« Er nahm ihre Speisekarten und verschwand.

»Ich dachte, du könntest mich vor dem Essen noch durch die Bibliothek führen. War das nicht der Grund, weshalb wir ein Restaurant in dieser Gegend ausgesucht haben?«

Regina hatte ursprünglich wirklich geplant, ihre Mutter in der Bibliothek zu empfangen und sie herumzuführen. Aber der Gedanke, dabei Sloan zu begegnen – oder schlimmer noch, Sebastian – hatte sie abgeschreckt.

»Na ja, Ma, weißt du, ich arbeite den ganzen Tag dort, um sechs bin ich wirklich froh, wenn ich gehen kann.«

Ihre Mutter nickte. »Es ist eben auch nur ein Job, nicht wahr? Egal, wie eindrucksvoll das Gebäude ist. Siehst du, dann hättest du also doch in Philadelphia bleiben können. New York hat nichts Magisches.«

Regina musste sofort an Sebastian denken und errötete. Ihre Mutter bekam es zum Glück nicht mit.

»Ich mag New York. Es tut mir leid, dass ich dich nicht in der Bibliothek herumgeführt habe. Aber warum disponierst du nicht um? Du könntest hier übernachten, anstatt nach dem Essen nach Philadelphia zurückzufahren, und dann machen wir morgen früh eine Führung.«

»Du weißt doch, dass ich hier niemals schlafen könnte, Regina. Der Lärm, die vielen Leute …«

»Ma, in einem Hotelzimmer wäre es nicht laut und auch nicht voller Leute.« Wieder dachte sie an Sebastian und das Four Seasons. Sie schüttelte leicht den Kopf, um die Gedanken zu vertreiben. »Ich würde dir anbieten, bei mir zu übernachten, aber mein Zimmer ist ziemlich klein und meine Mitbewohnerin –«

»Ist schon in Ordnung, Regina. Dann zeigst du mir die Bibliothek eben ein andermal.«

Aber es war nicht in Ordnung. Wie immer hatte Regina das Gefühl, ihre Mutter zu enttäuschen. Ihre Mutter war einfach extrem abhängig von ihr. Ihretwegen hatte Regina nie in Erwägung gezogen, sich an einem College außerhalb von Philadelphia zu bewerben oder in die Stadt zu ziehen, als sie an der Drexel University studierte. Stattdessen hatte sie bei ihrer Mutter in der Vorstadt gewohnt und war jeden Tag zu den Vorlesungen gependelt. Und hätte es in Philadelphia eine Bibliothek gegeben, die sich mit der NYPL messen könnte, wäre sie wahrscheinlich immer noch dort. Sie vermutete, die Dinge wären anders gestanden, hätte ihr Vater noch gelebt, oder wenn ihre Mutter die Fühler ausgestreckt und sich auf eine neue Beziehung eingelassen hätte. Doch es war, als hätte sie mit dem Tod ihres Mannes aufgehört, ein eigenes Leben zu leben. Das Problem war, dass sie von Regina dasselbe erwartete. Ihr war nicht aufgefallen, in welchem Maße sie selber dabei mitgespielt hatte – bis jetzt, wo sie ein wenig Abstand gewonnen hatte. Wenn ihre Mutter gekommen war, um ihr ein schlechtes Gewissen zu machen und sie nach Hause zu holen, verschwendete sie ihre Zeit.

Reginas Handy vibrierte. Unauffällig versuchte sie nachzusehen.

»Was ist das? Ein Handy? Du hast mir gar nicht erzählt, dass du ein neues hast. Warum telefoniere ich dir zu Hause und in der Bibliothek hinterher, wenn ich dich auf deinem Handy erreichen könnte? Wie ist deine Nummer?«

Regina las die SMS. *Ich schicke jetzt den Wagen nach Dir los.*

Oje.

Sie schrieb zurück: *Ich bin nicht zu Hause.*

»Regina, ich rede mit dir. Wie ist deine Handynummer?«

»Was? Oh, es ist … nur ein Firmenhandy. Ich darf die Nummer nicht weitergeben.«

»Die Bibliothek zahlt das?«

»Ja, genau.«

Muss ich Dich schon wieder retten?

Regina antwortete: *Das wäre schön, aber nicht einmal Du kannst mich vor einem Abendessen mit meiner Mutter bewahren.*

Der Kellner brachte den Salat.

Du hast mir nicht gesagt, dass Du heute Abend nicht verfügbar bist. Das kann ich nicht hinnehmen. Ich werde Dich entsprechend behandeln.

Sie schlug die Beine übereinander.

»Du bist sehr unhöflich, Regina.«

»Entschuldige.« Sie legte das Handy auf die Stoffserviette, die auf ihrem Schoß lag.

Ihre Mutter musterte sie argwöhnisch. »Gibt es da etwas, das du mir verschweigst? Ich kenne dich, Regina. Da ist doch was.«

»Da ist nichts«, sagte Regina schnell.

»Triffst du dich mit jemandem? Lass dich nicht ablenken von diesem Quatsch. Du bist wegen der Arbeit bei mir ausgezogen, also hoffe ich auch, dass du dich auf die Arbeit konzentrierst.«

Regina stocherte in ihrem Salat herum. »Irgendwann muss ich meinen ersten Freund haben, Ma. Du hast Dad auch ungefähr in meinem Alter kennengelernt.«

»Und schau, wohin es mich gebracht hat.«

Regina hatte keine Ahnung, was ihre Mutter damit meinte, und sie wollte es auch gar nicht wissen.

»Ihr zwei habt immer glücklich gewirkt, Ma«, sagte Regina wehmütig.

»Bis er mich verlassen hat.«

»Er hat dich nicht *verlassen*. Er ist gestorben. Also wirklich.«

»Aber letztlich läuft es auf dasselbe hinaus, Regina. Ich will dir ja nur sagen, dass du dein Leben selbst in die Hand nehmen musst. Jetzt verdrehst du die Augen, aber später wirst du mir einmal danken. Lass dich nicht ablenken.«

***

Regina war nackt.

Sobald sie in seinem Loft angekommen war, hatte Sebastian ihr befohlen, sich auszuziehen. Jetzt stand sie vor ihm, nackt bis auf die goldene Kette mit dem Schloss. Er führte sie zu einem Zimmer – oder besser, zu dem RAUM – und verband ihr wieder die Augen, bevor er sie hineinschob.

Im RAUM war es kühl, und ihre Brustwarzen wurden hart. Sie fragte sich, ob es Sebastian auffiel und ob er es für ein Zeichen ihrer Erregung hielt.

Doch sie war nicht erregt. Sie war nervös. Sebastian hatte sie kaum angesehen, als sie zur Tür hereingekommen war, und seit seiner knappen Anweisung »Zieh dich komplett aus« hatte er kein Wort gesprochen. Und obwohl sie ihn jetzt nicht sehen konnte, spürte sie seine Verärgerung.

»Hier steht eine lange Bank, Regina.« Seine Stimme erschreckte sie. »Leg dich auf den Bauch.«

Sie tastete herum und berührte ein Möbelstück, das hart aber anscheinend mit Leder bezogen war. Ungelenk streckte sie sich darauf aus, mit dem Gesicht nach unten.

»Lass die Arme runterhängen«, wies er sie an. »Jetzt mach Fäuste und führe sie unter der Bank zusammen.«

Sie tat wie geheißen, und sogleich fesselte er ihre Hände mit einem festen Material, das jedoch nicht scheuerte.

»Halte die Beine gerade, sonst werde ich auch die zusammenbinden. Und glaube mir, das willst du nicht.«

Ihr Herz begann zu rasen. Sebastian umkreiste die Bank mit schweren, langsamen Schritten. Sie versuchte sich ins Gedächtnis zu rufen, dass dies der Mann war, der ihr so intensiven Genuss verschafft hatte – dass er sie, egal was unmittelbar bevorstand, mit Lust belohnen würde. Und dann kam ihr ein seltsamer Gedanke: Was würde sie tun, wenn ihr jemand anböte, diesen Teil zu überspringen und direkt zur Lusterfüllung zu kommen? Würde sie einwilligen?

»Du hast gesagt, du würdest verstehen, was die Kette bedeutet«, sagte er.

»Das tue ich …«

»Schweig. Rede nicht, wenn ich es dir nicht befehle. Du hast gesagt, du wüsstest, was die Kette bedeutet, nämlich dass du mir gehörst und gehorchst. Dass du nicht verfügbar warst, kann ich nicht hinnehmen. Hast du mich verstanden?«

Sie schwieg.

»Gut. Hier kommt deine Strafe.«

26

Sie versteifte sich von Kopf bis Fuß. Es war klar, dass dieses bange Warten schlimmer war als das, was ihr bevorstand, doch es war quälend, so nackt vor ihm zu liegen, und sie kniff den Hintern zusammen.

Ein lauter Knall, wie von einem Kracher, schreckte sie auf. Dann ein zweiter. Sie erkannte, dass etwas mit hoher Geschwindigkeit auf den Boden schlagen musste.

Und dann sauste ein Hieb auf ihre Pobacken und hinterließ einen brennenden, heißen, völlig neuartigen Schmerz. Sie schnappte nach Luft, da kam schon der zweite – so schnell, dass sie sich noch kaum vom ersten erholt hatte. Und noch einer.

»Muss ich aufhören, Regina? Dir ist erlaubt zu sprechen.«

»Nein«, sagte sie.

»Braves Mädchen.« Und wieder. Fieberhaft überlegte Regina, was da vor sich ging, und kam zu dem Schluss, dass er irgendeine Form von Peitsche verwenden musste. Der Gedanke machte den Schmerz noch schlimmer.

Zwei weitere Male schlug er zu.

»Au!«, keuchte sie, unfähig, noch länger still zu halten. Sie machte sich auf weitere Schläge gefasst. Nichts geschah. Sie wartete angespannt, während ihr Hintern und die Rückseite ihrer Oberschenkel brannten.

»Ich gebe dir Zeit, darüber nachzudenken, was du falsch gemacht hast.«

Dann hörte sie, wie er den Raum verließ.

Das Wissen, dass er fort war und sie nicht mehr schlagen konnte, löste ihre Anspannung nicht im Geringsten. Die Einsamkeit und die Ungewissheit, wann er zurückkommen würde, waren genauso schlimm wie der körperliche Schmerz – vielleicht sogar schlimmer.

Das Brennen ließ etwas nach. Sie wusste, dass es neu auflodern würde, sobald sie sich bewegte. Doch im Moment plagten sie mehr die gedehnten Muskeln in Schultern und Armen. Sie drehte den Kopf auf die andere Seite, damit sich ihr Hals nicht versteifte. Zu gerne hätte sie gesehen, was sie in diesem Raum umgab. Das Mobiliar, oder wie man es auch nennen wollte, hätte Rückschlüsse darauf erlaubt, was ihr in Zukunft noch bevorstand. Aber eben das wollte er wahrscheinlich verhindern.

Sie drehte den Kopf zurück in die ursprüngliche Position. Bewegte die Beine. Ihre Gedanken schweiften ab, und sie malte sich aus, was er wohl später mit ihr anstellen würde, nach dem Raum. Würde er sie mit der Zunge liebkosen? Mit den Händen? Würde er sie necken, bevor er ihr seinen Schwanz gab?

Die Tür ging auf. Sie spannte sich an. Würde sie noch mehr von diesem Raum über sich ergehen lassen müssen? Hätte er vorhin einfach weitergemacht, wäre es zu ertragen gewesen. Aber jetzt, nach der Pause, würde es schwer sein, sich wieder in die Gemütslage zu versetzen, während ihr Körper bereits danach schrie, von ihm gefickt zu werden. Es war beschämend, aber wahr: Wenn er die Hände zwischen ihre Beine legte, würde er spüren, dass sie unbestreitbar feucht war.

Und dann spürte sie seine Hände, aber nicht auf ihrer Scheide. Stattdessen streichelte er zärtlich die schmerzenden Stellen, wo er sie misshandelt hatte. Er band ihre Handgelenke los.

Schließlich half er ihr auf die Beine, doch sie schwankte. Auf ihn gestützt stolperte sie mit immer noch verbundenen Augen neben ihm her in den Flur. Sie hörte, wie er die Tür hinter ihnen schloss.

Er langte hinter ihren Kopf und löste ihre Augenbinde.

Regina wandte den Kopf und sah ihn an. Seine dunklen Augen leuchteten, seine Wangen waren gerötet. Zärtlich umfasste er ihr Gesicht und küsste sie auf die Lippen. Regina öffnete den Mund für ihn und drückte sich an ihn. Entschlossen nahm sie seine Hand und drückte sie zwischen ihre Beine.

»Warte«, flüsterte er und führte sie zum Schlafzimmer, wo er ihr behutsam aufs Bett half. Sie streckte die Hände nach ihm aus.

»Entspann dich einfach«, meinte er. Sie sah zu, wie er sich entkleidete, und ihre Erregung wuchs. Der Anblick seines Schwanzes weckte den Wunsch in ihr, ihn mit dem Mund zu bearbeiten. Sie überlegte, ob sie es ihm sagen sollte, brachte es aber nicht über sich.

Er kletterte neben sie und strich mit der Hand von ihrem Gesicht bis zu den Brüsten. Er nahm eine Brustwarze in den Mund und saugte zärtlich daran. Regina wand sich und spürte das vertraute Pulsieren zwischen ihren Beinen. Er wanderte mit dem Mund zu ihrem Nabel und küsste sich seinen Weg nach unten, bis sein Mund über ihrer Scheide schwebte. Sie spürte seinen warmen Atem und dann die willkommene Berührung seiner Zunge an ihrer Klitoris.

»Sebastian«, stöhnte sie und vergrub die Hände in seinem Haar. Sie spreizte die Beine noch weiter und neigte ihm das Becken entgegen. Sie war schamlos, doch es war ihr egal. Seine Zunge schnalzte gegen sie, neckte sie, leicht wie Schmetterlingsflügel. Sie zerrte ihn an sich, und ihre Hacken gruben sich in das Bett. Gerade, als sie glaubte, es nicht länger zu ertragen, drang er tief mit seiner Zunge in sie ein. »Ja«, stieß sie aus, rieb sich an seinem Mund und wiegte sich im Einklang mit ihm, während er sie mit der Zunge fickte. Er streifte ihre Klitoris mit dem Daumen, und heiße Schauer durchströmten sie, so intensiv, dass sie es mit dem Schmerz der Peitschenhiebe aufnehmen konnten. Dann verspannte sich ihr ganzer Leib, bevor sie von einem explosionsartigen Orgasmus hinweggefegt wurde und wie warmes Wachs zerfloss.

»Dreh dich um«, sagte er, und als sie auf dem Bauch lag, zog er sie hoch, bis sie auf Händen und Knien stand. Dann umfasste er ihre Pobacken und zog sie auseinander. Sie widerstand dem Drang zu fragen, was er da machte, und dann sprach er: »Diesmal werde ich dich auf diese Art ficken.«

»Auf welche Art?«, fragte sie.

Doch er griff schon nach dem Kondom und noch etwas anderem. Das Kondom war angelegt, und dann schmierte er ihr etwas Kaltes, Geleeartiges auf den Anus. Sie wollte ihm sagen, dass sie das für keine gute Idee hielt, dass es nicht funktionieren würde, aber wie bei allem, was er bisher mit ihr angestellt hatte, ermahnte sie sich, so lange mitzumachen, bis sie es wirklich nicht mehr aushielt.

»Ganz locker«, meinte er, und sie wiederholte den Befehl im Geiste. Einen Moment später spürte sie, wie sein Schwanz an einen Ort vordrang, sich seinen Weg nahezu freiboxte, an dem er ihrer Meinung nach ganz bestimmt nichts zu suchen hatte. Doch irgendwie erwies sich ihr Körper, der sich noch kaum von den orgiastischen Zuckungen erholt hatte, als erschreckend gefügig. Er war eingedrungen, und es war ein Schock, aber nicht unerträglich. Sie wusste nicht, wie tief drin er schon war und wollte nicht fragen, für den Fall, dass die Antwort »noch nicht ganz« lauten würde. Denn sie glaubte, nicht mehr verkraften zu können. Und doch, während sich sein Schwanz ganz langsam weiterschob, schlich seine Hand nach vorne, um ihre Vagina zu streicheln, und schon nahm sie ihn weiter auf.

»Alles okay?«, erkundigte er sich.

»Ja.« Und dann begann er mit sanften Stößen. Das Gefühl war so merkwürdig – nicht gut, nicht schlecht. Ihr Körper reagierte mit Verwirrung auf die widersprüchlichen Signale von Wohltat und Schmerz. Und sie spürte, dass es mit jedem Stoß, mit jeder Sekunde in die eine oder andere Richtung ausschlagen konnte.

Doch irgendwie hielten sie Sebastians maßvolle Bewegungen in der Schwebe, genau in der Mitte zwischen den zwei gegensätzlichen Empfindungen. Wohltat, Schmerz, Wohltat … seine Hand streifte ihre Scheide und sorgte dafür, dass sich die Waagschale auf der richtigen Seite senkte.

»Regina«, hauchte er und gab dann einen Laut von sich, den sie noch nie von ihm gehört hatte, und dann stieß er fester zu. Sie biss sich auf die Lippe und sagte sich, dass er nicht schneller werden würde. Doch genau das wurde er, und gerade, als ihre Grenze erreicht war, schrie er auf, und obwohl sie seinen Orgasmus nicht auf die gewohnte Art spürte, ahnte sie doch die Intensität seines Ergusses.

Langsam zog er sich aus ihr zurück, und dann lagen sie beide auf dem Rücken, Seite an Seite, und atmeten schwer.

»Das hatte ich nicht geplant«, sagte er. »Aber dein Anblick – ich will dich so sehr. Ich will dich ganz, auf jede erdenkliche Art. Aber ich habe nie das Gefühl, das zu bekommen. Es ist einfach nie genug.«

»Das klingt, als ob es etwas Schlechtes wäre«, sagte sie und dachte, dass auch sie das Gefühl hatte, nie genug von ihm zu bekommen.

»Das ist nichts Schlechtes«, meinte er. »Ich bin es nur nicht gewohnt.«

Und damit zog er sie erneut an sich und drückte sie so fest, dass sie glaubte, er würde sie nie mehr loslassen.

***

»Warum hast du mir nicht gesagt, dass deine Mutter zu Besuch war?«, wollte Sebastian wissen. Sie lag unter seiner dicken Decke, an ihn geschmiegt, den Kopf an seiner Schulter.

Es war tiefste Nacht – früher Morgen, um genau zu sein. Nach dem Sex war Regina kurzzeitig eingeschlafen und dann wieder aufgewacht, um festzustellen, dass sie in seinen Armen lag. Er ermunterte sie weiterzuschlafen, aber sie erklärte, dass sie hellwach war. »Wenn ich nach dem Einschlafen wieder aufwache, bin ich mindestens eine Stunde wach.«

In diesem Fall, sagte er, würde auch er aufbleiben. Sie war überrascht von dieser Geste der Intimität und wusste nicht recht, was sie davon halten sollte. Sie hatte das Gefühl, dass sie der intensive Sex einander nähergebracht hatte, und sei es nur für diese Nacht.

»Ich bin nicht einmal auf die Idee gekommen, dir vom Besuch meiner Mutter zu erzählen«, erklärte sie ehrlich. »Das hat einfach … so gar nichts mit diesem Teil meines Lebens zu tun.«

»Was ich gesagt habe, war ernst gemeint: Ich will alles über dich wissen.«

Regina konnte sich ein Lächeln nicht verkneifen, obwohl sie nicht wusste, was sie davon halten sollte. War das nun eine weitere Art, Kontrolle auszuüben? Oder war es ein Zeichen, dass er die Beziehung vertiefen wollte?

»Wie zum Beispiel?«

»Fang mit deiner Mutter an. Wie ist sie? Was hast du heute Abend mit ihr unternommen?«

Regina wusste, dass sie den Grund für den Besuch ihrer Mutter verraten musste. Wenn sie ihm nicht gestand, dass sie Geburtstag hatte und er es später herausfand, würde er an die Decke gehen. Es war ihr nur äußerst unangenehm, damit herauszurücken, so als wäre es eine große Sache oder als müsse er deswegen Aufwand betreiben.

»Wir waren beim Essen, weil ich Geburtstag hatte.«

»Du hast heute Geburtstag?«

»Na ja, streng genommen hatte ich gestern.«

»Hätte ich gewusst, dass du mir *diese* Information vorenthältst, hättest du zehn Hiebe mehr bekommen«, schimpfte er, aber er lächelte dabei.

»Es ist keine große Sache«, sagte sie.

»Das zu entscheiden überlässt du mir. Aber mitten in der Nacht kann ich nicht viel tun – oder morgens. Dann ist deine Mutter also zu einem Geburtstagsbesuch in die Stadt gekommen. Steht ihr euch nahe?«

Regina zögerte einen Moment. »Wir stehen uns nahe«, sagte sie. »Schätze ich.«

»Was heißt das?«

»Na ja, ich bin mit ihr alleine groß geworden. Mein Vater ist an einem Herzinfarkt gestorben, als ich acht war. Deshalb stehen meine Mutter und ich uns natürlich nahe. Aber jetzt, wo ich nicht mehr bei ihr wohne – und ich die Sache langsam mit etwas Abstand betrachte –, glaube ich, dass sie sich zu stark von mir abhängig gemacht hat.«

»Ist das immer noch so?«

»Ich bin nach New York gezogen, deshalb hat es sich verändert. Ich bin nicht mehr so verfügbar für sie, wie ich es früher immer war. Aber glaube mir, ich habe Schuldgefühle deswegen. Jeden Tag.«

»Spar sie dir«, sagte er mit einer Vehemenz, die sie überraschte.

»Ich komme nicht dagegen an. Weißt du noch, wie du mich gefragt hast, warum ich kein Handy habe? Ich sagte, dass ich keines will, oder so etwas in die Richtung. Doch der wahre Grund ist, dass ich nicht jederzeit für sie erreichbar sein will. Ich habe mir eingeredet, dass ich das Handy aus Geldgründen abgeschafft habe, aber in Wirklichkeit habe ich versucht, sie loszuwerden.«

Sie spürte, wie sie zu zittern begann.

»Regina«, sagte er und küsste sie auf die Stirn. »Es ist

okay. Eltern sind manchmal … Ich meine, ich habe seit über zehn Jahren nicht mit meinem Vater gesprochen.«

Sie löste sich etwas von ihm, um ihn anzusehen. Sein Blick schien abwesend.

»Nein? Warum nicht?«

»Wir hatten ein Zerwürfnis«, sagte er in einem Ton, der jegliche weitere Diskussion unterband.

»Und was ist mit deiner Mutter?«

Er zögerte fast unmerklich. Aber Regina fiel es auf.

»Sie starb, als ich auf dem College war«, erklärte er. Regina spürte, wie er sich versteifte, und bereute ihre Frage sofort. Nach einem kurzen Schweigen küsste er sie auf den Kopf und sagte: »Also, von wem hast du nun diese großen blauen Augen?«

Ihr war klar, dass er demonstrativ das Thema wechselte, und sie billigte es mit einem kleinen Lächeln. »Von meinem Vater.«

»Ich wünschte, ich dürfte dich fotografieren. Es bringt mich fast um den Verstand, dass du es nicht zulässt.«

Jetzt war sie es, die sich abwandte. »Ich hab dir doch gesagt, dass ich es hasse, fotografiert zu werden. Und überhaupt, seit wann fragst du mich um Erlaubnis?«

»Jemanden zu fotografieren ist ziemlich ähnlich wie jemanden zu dominieren: Wenn der andere nicht will, kommt nichts dabei heraus.«

Regina nickte. Sie wünschte, sie könnte ihm sagen, dass sie es auf einen Versuch ankommen lassen wollte, aber sie konnte es nicht. Jetzt war es an ihr, das Thema zu wechseln. »Und nach wem kommst *du*?«, fragte sie.

»Nach mir selbst«, sagte er und küsste sie.

»Im Ernst«, sagte sie und löste sich von ihm. »Zwing mich nicht, dich zu googlen«, scherzte sie.

Sein Gesicht verfinsterte sich. »Wenn du etwas in Erfahrung bringen möchtest, kann ich dich nicht davon abhalten, Klatsch und Tratsch zu lesen. Aber wirklich wissen musst du über mich nur eines: Ich bin verrückt nach dir.«

Er umarmte sie erneut. Und sie schwieg. Dass er nach ihr verrückt war, war tatsächlich alles, was sie wissen musste. Zumindest für den Moment.

27

Regina sah die tätowierte Frau vom Kurierdienst schon vom anderen Ende des Raums. Kaugummi kauend kam sie direkt auf den Rückgabeschalter zu. »Sie sind an einem anderen Schalter«, stellte sie fest.

»Ja«, nickte Regina.

»Aber ich habe Sie trotzdem gefunden.«

»Offensichtlich.«

»Das ist für Sie. Und Sie müssen hier unterschreiben.«

Regina nahm die große schwarze Schachtel mit dem breiten weißen Satinband entgegen und stellte sie auf den Boden. Dann unterschrieb sie den Wisch auf dem Klemmbrett der jungen Frau und wartete, dass sie wieder ging.

»Ist noch etwas?«, erkundigte sich Regina.

»Ich soll etwas von Ihnen bekommen und ihm bringen.«

»Wovon sprechen Sie?«

»Keine Ahnung«, sagte die junge Frau und ließ ihre Kaugummiblase so laut platzen, dass ein paar Bibliotheksbesucher zu ihnen herübersahen. »Der Typ hat gemeint, Sie sollen die Schachtel öffnen, dann würden Sie verstehen.«

»Oh, Gott. Sie müssen gehen. Ich will nicht, dass meine Chefin das mitbekommt.«

»Dieser Typ gibt ein gutes Trinkgeld – *ein sehr gutes.* Ich gehe nicht.«

»Na gut«, seufzte Regina, löste das Band und öffnete den Deckel der Schachtel.

Unter einer Wolke von Seidenpapier fand sie eine glänzende schwarze Tragetasche aus gestepptem Leder mit dem großen Doppel-C auf jeder Seite. Die goldenen Ketten, an denen man sie trug, waren mit Leder versehen, wo sie über der Schulter hingen. Auf der Tasche lag eine Nachricht.

Meine liebste R.,
alles Gute zum Geburtstag. Ich bedaure die Verspätung, aber in diesem Fall hatte ich, wie wir beide wissen, keine Wahl. Ich hoffe, dass Du das Geschenk gebrauchen kannst. Und um sicherzugehen, habe ich die Zustellerin angewiesen, mir diesen schrecklichen alten Stoffsack, den Du mit Dir herumträgst, auszuliefern. Chanel hat mir versichert, dass diese Tasche all Deine Bücher mit Leichtigkeit aufnehmen kann.
In der Innentasche befindet sich Dein Zimmerschlüssel für das Four Seasons. Deine Kleidung für heute Nacht – und Dein richtiges Geburtstagsgeschenk – warten dort auf Dich, wenn Du mit der Arbeit fertig bist.
Bis dann,
– S.

»Können Sie mir das Teil, oder was immer es ist, jetzt geben?«, fragte die Frau vom Kurierdienst. Regina hatte sie ganz vergessen.

»Ähm, ja …«, stotterte sie, griff nach ihrer abgetragenen Old-Navy-Tasche und leerte den Inhalt auf den Boden, sodass die Zustellerin ihr nicht zusehen konnte. Dann übergab sie ihr die Tasche. Einen Moment lang flammte etwas wie Nostalgie für ihre alte Tasche auf, aber das war sicherlich keinen Verweigerungsakt wert.

»Das soll ich ihm bringen?«, fragte die junge Frau und nahm die Tasche mit spitzen Fingern entgegen.

»Ja«, sagte Regina. »Ganz genau.«

***

Regina und Margaret setzten sich an einen freien Tisch im Bryant Park, einer dreieinhalb Hektar großen Anlage mit viel Grün, Imbissständen, Tischen, Stühlen und sogar einem Karussell. Der Park lag zwischen der Fifth und Sixth Avenue und grenzte an der östlichen Seite an die Bibliothek.

»Es ist so schön hier. Warum sind wir nicht schon früher zum Mittagessen hergekommen?«, fragte Regina. Es war wirklich schön – und es wäre noch schöner gewesen, wenn ihr immer noch empfindlicher Hintern nicht so sehr auf dem Metallstuhl geschmerzt hätte.

»Früher war das hier eine Oase. Aber jetzt ist der Park voller Touristen, wegen dem ganzen Quatsch, den sie hier regelmäßig veranstalten: Filmfestivals, die Fashion Week mehrere Jahre in Folge, alles Mögliche. Für mich hat der Park immer zur Bibliothek gehört, aber das ist vorbei. Obwohl seine gesamte Fläche über den unterirdischen Archiven liegt.«

»Über den Archiven der Bibliothek? Das glaube ich nicht!«

»Doch«, Margaret nickte und nahm den Deckel von ihrem Obstsalat. »In den 1980ern ging uns langsam der Platz für die Regale aus – selbst nachdem wir viele Sammlungen in anderen Häusern untergebracht hatten. Also blieb nur, Hunderte Quadratmeter neuen Lagerraums unter diesem Park zu schaffen. Ein zwanzig Meter langer Tunnel verbindet ihn mit der Bibliothek.«

»Unglaublich!«, staunte Regina und schaute sich um. »Und das Karussell ist auch so bezaubernd.«

»Finden Sie? Ich kann mich immer noch nicht daran gewöhnen.«

»Ist es denn neu?«

»Es steht seit ungefähr zehn Jahren hier.« Maragarets Augen verengten sich. »Interessante Kette«, meinte sie mit Blick auf Reginas Schloss-Anhänger.

»Oh, danke.« Reginas Hand schnellte empor, um ihn verlegen zu bedecken.

»Genauso eine hat Sloan früher auch einmal getragen«, stellte Margaret fest.

Regina sah sie fassungslos an. Als sie ihre Stimme wiederfand, musste sie sich Mühe geben nicht zu stottern. »Ich habe nie so etwas bei ihr gesehen.«

»Ich auch schon eine Weile nicht mehr, aber eine Zeit lang trug sie diese Kette täglich. Dann nicht mehr.«

Regina machte sich am Deckel ihrer Wasserflasche zu schaffen, den Kopf gesenkt, sodass ihr Haar nach vorne fiel und ihr feuerrotes Gesicht verdeckte.

»Ist alles in Ordnung?«, erkundigte sich Margaret.

»Ja … es ist nur so heiß hier draußen. Vielleicht hätte ich kein Thunfisch-Sandwich nehmen sollen. Entschuldigen Sie.«

»Regina, sagen Sie mir, was los ist.«

Regina zögerte einen Augenblick, aber was ihr durch den

Kopf ging war zu schmerzlich, als dass sie es für sich behalten konnte.

»Ich ... habe jemanden kennengelernt«, sagte sie zögerlich. Margarte nickte ihr ermunternd zu. »Und er hat mir diese Kette geschenkt. Sie hat eine besondere Bedeutung für ihn – für uns. Aber er kennt auch Sloan, also kann es kein Zufall sein, dass sie die gleiche Kette getragen hat.«

»Aber Sloan will bald heiraten. Glauben Sie denn, dass sie gleichzeitig etwas mit Ihrem Freund hat?«

Bei diesem Gedanken zog sich Reginas Magen zusammen. »Nein, nicht jetzt. Lieber Gott, nein. Aber früher vielleicht.« Sie stand auf, und die plötzliche Bewegung, verbunden mit der Hitze und den unerträglichen Bildern in ihrem Kopf, machten sie schwindelig. »Ich muss mit ihm reden«, erklärte sie.

»Regina, jeder Mensch hat eine Vergangenheit. In Ihrem Alter mag das schwer zu verstehen sein, aber Sie dürfen es nicht überbewerten. Wenn es überhaupt stimmt.«

»Mag sein. Aber ich sollte es nicht auf diese Weise erfahren. Er hätte es mir sagen müssen. Ist das nicht die Grundlage einer Beziehung? Dass man über alles redet?«

Margaret nickte nachgiebig. »Aber Regina, darf ich Ihnen einen Rat geben? Bringen Sie erst die Fakten in Erfahrung, bevor Sie impulsiv handeln. Wir Frauen vergessen oft, wie wichtig das ist. Und dann tun und sagen wir Dinge, die wir später bereuen.«

»Wenn meine Vermutung stimmt – und es fühlt sich ganz so an –, dann bereue ich einzig, mich je auf diese Sache eingelassen zu haben«, sagte Regina.

28

Um achtzehn Uhr dreißig öffnete Regina die Tür zu Zimmer 2020 im Four Seasons. Doch heute Abend wäre das die einzige Anweisung von Sebastian, die sie befolgen würde.

Drinnen ließ sie die kühle Luft aus der Klimaanlage frösteln. Sie schloss die Tür hinter sich.

»Hallo?«, rief sie fragend und ging ins Wohnzimmer. Blumen bedeckten jeden freien Flecken – Rosen, Orchideen, Zantedeschien – alle in Kristallvasen.

Und diesmal lauerte ihr keine Garderobiere auf, was eine Erleichterung war. Vielleicht ging Sebastian davon aus, dass sie sich mittlerweile selbst anziehen konnte.

Sie warf ihre Chanel-Tasche auf die Kirschkommode neben dem Eingang und spähte ins Schlafzimmer. Das große Bett war beladen mit Tüten und Schachteln mit Schleifen in jeder erdenklichen Farbe. Regina machte kehrt und ging zurück ins Wohnzimmer.

Sie setzte sich auf einen Wildledersessel und tippte ungeduldig mit dem Fuß.

Mehr und mehr fügte sich das Bild zusammen. Warum ihr Sloan die Einladung zur Vernissage entrissen hatte. Warum sie Sebastian bei den Meetings so ansah und es immer weniger billigen konnte, dass er sich für Regina interessierte.

Es war offensichtlich, dass da nicht nur etwas zwischen den beiden gewesen war, sondern dass Sloan eindeutig, ob nun verlobt oder nicht, immer noch Gefühle für ihn hegte.

Die Tür ging auf.

Sebastian kam herein und war offenkundig überrascht, sie mitten im Raum sitzend vorzufinden. Der perplexe Ausdruck in seinem Gesicht hätte unter anderen Voraussetzungen ihr Herz noch mehr für ihn erwärmt. Doch nicht jetzt.

»Warum bist du nicht angezogen?«, fragte er, mehr erschrocken als verärgert. Offensichtlich war er schlau genug zu merken, dass hier etwas nicht stimmte.

»Ich *bin* angezogen«, sagte sie spitz, stand auf, ging auf ihn zu und blieb vor ihm stehen. »Und ich gehe. Ich wollte dir nur noch das hier geben.«

Sie drückte ihm die Kette in die Hand. Er blickte auf sie herab, als sähe er sie zum ersten Mal.

»Ich verstehe nicht«, sagte er.

»Nein. Ich war es, die nicht verstanden hatte. Mir war nicht bewusst, dass diese Kette nur Teil der Arbeitskluft für weibliche Bibliotheksangestellte ist.«

In seinen Augen blitzte die Erkenntnis auf, doch gleich darauf war sein Blick wieder cool und neutral.

»Ich bezweifle, dass irgendeine deiner Kolleginnen an der Ausleihe eine solche Kette trägt«, sagte er.

»Ach, hast du es noch nicht gehört? Ich arbeite nicht mehr an der Ausleihe. Ich wurde zurückgestuft und sitze jetzt am Rückgabeschalter. Meine Chefin ist in letzter Zeit anscheinend nicht mehr zufrieden mit mir. Hast du eine Idee, warum das so sein könnte?«

»Es scheint, *du* hast eine. Also warum sagst du mir nicht einfach, was du denkst?«

»Warum hast du mir nicht gesagt, dass du mit meiner Chefin geschlafen hast?«

»Ich rede nicht über verflossene Liebschaften. Und es ist lange her.«

»Verdammt, Sebastian! Ich fasse es nicht. Ich komme mir so blöd vor.« Tränen schossen ihr in die Augen, und sie wandte sich ab. »Gestern Nacht haben wir uns stundenlang im Bett unterhalten – und doch ist dir nie in den Sinn gekommen, das zu erwähnen?«

»Es hat absolut nichts mit dir zu tun, Regina«, beteuerte er und legte ihr die Hand auf die Schulter. Sie drehte sich nicht um, sondern blickte weiter stur auf die Fenster, vor denen sich die Stadt ausbreitete.

»Es fühlt sich aber nicht so an.«

»Es ist lange her, Regina. Und es war nur von kurzer Dauer.«

»Hast du sie geliebt?«

»Ich habe noch nie jemanden geliebt, Regina. Darum geht es bei dieser ganzen Sache nicht.«

Die Tränen kamen jetzt ganz plötzlich, so schnell, dass sie nicht mehr alle fortwischen konnte. Vor Anstrengung, das Weinen zu unterdrücken, zitterte sie am ganzen Leib.

Sie schnappte ihre Tasche und ging an ihm vorbei zur Tür hinaus.

***

Carlys Sofa war mit feuchten, zerknüllten Taschentüchern übersät.

»Tut mir leid«, schluchzte Regina, »dass ich hier ein solches Chaos anrichte.« Sie rupfte das letzte Tempo aus der Schachtel.

Carly ging zum Flurschrank und kam mit einer neuen Packung zurück. »Nimm es nicht so tragisch. Was habe ich dir von Anfang an gesagt? Gönn dir etwas Spaß und nimm mit, was du kriegen kannst. Schau, für dich sind ein paar super Klamotten rausgesprungen. Und Schmuck. Ich kann nicht glauben, dass du ihm diese Kette zurückgegeben hast!«

Regina schüttelte den Kopf. »Mir macht es aber keinen ›Spaß‹, wenn es keine Bedeutung hat. Kann ich dich etwas fragen? Was war bei dir und diesem Kerl los, den du wirklich gern hattest? Rob?«

»Ach, das.« Carly nahm die Spange aus ihrem Haar, drehte es ein und steckte es wieder fest, bevor sie antwortete. »Er wollte eine offene Beziehung. Okay, dachte ich, wie er meint. Es hat mich natürlich verletzt, aber dann dachte ich, am besten komme ich damit klar, wenn ich mich beschäftige.«

»Mir anderen Kerlen.«

»Ja. Es hat mich von ihm abgelenkt. Und dafür gesorgt, dass ich ihm nicht nachlief. Solange ich mit anderen Kerlen zusammen war, habe ich mir nicht den Kopf zerbrochen, wo er steckt und was er treibt. Zumindest nicht so sehr, wie wenn ich allein zu Hause gehockt wäre. Aber dann hat er von Derek erfahren und von diesem anderen Typen und war echt angefressen.«

»Aber er wusste doch, dass du dich mit anderen Jungs getroffen hast?« Regina drückte es harmlos aus, statt zu sagen, er wusste, dass Carly jede Woche einen anderen Kerl im Bett hatte.

»Er wusste, dass ich mich theoretisch mit anderen Jungs treffen konnte – so hatte er es vorgesehen. Aber als er erkannte, dass ich es tatsächlich getan habe, ist er ausgetickt. Obwohl er mit Amanda Donovan geschlafen hat, die meine Freundin Sherry aus der Schule kennt.«

»Das ist heuchlerisch«, räumte Regina ein.

»Total! Männer sind gut im Austeilen, aber einstecken können sie nicht. Also ist er ausgeflippt und hat Schluss gemacht.«

Es klingelte.

»Hast du was zu essen bestellt? Ich bin nämlich am Verhungern«, fragte Carly hoffnungsvoll.

»Nein«, sagte Regina, »Ich habe nichts bestellt.« Und dann kam ihr, dass es wahrscheinlich Sebastian war, und sie sagte hastig: »Ignorier es einfach.«

Carly verstand und nickte langsam.

»Dann … bist du also nicht zu Hause?«, fragte sie und ging zur Gegensprechanlage.

»Vollkommen richtig: Ich bin nicht zu Hause«, bestätigte Regina. »Und um genau zu sein, sind wir beide nicht da.«

Carly streckte die Daumen in die Höhe und wandte sich von der Gegensprechanlage ab. Dann setzte sie sich zurück aufs Sofa.

Nach kurzer Zeit klopfte es an der Wohnungstür.

Regina und Carly sahen sich an.

»Was geht hier ab?«, formte Carly mit den Lippen.

»Jemand hat ihn ins Haus gelassen«, flüsterte Regina.

»Ich weiß, dass du da drin bist, Regina«, rief Sebastian aus dem Flur. Seine Stimme war laut, aber gefasst.

Regina duckte sich unter den Esstisch.

»Was soll denn das? Kann er etwa durch Wände sehen? Geh einfach in dein Zimmer. Ich sage ihm, dass du schläfst.«

Regina huschte in ihr Zimmer und schloss die Tür. Dann lehnte sie den Kopf dagegen und presste das Ohr gegen das Holz.

Leider hörte sie kaum etwas aus dem vorderen Teil der Wohnung. Das war die Krux mit diesen soliden Bauten aus der Vorkriegszeit.

Ein energisches Klopfen an der Tür ließ sie zurückspringen.

»Regina, ich gehe nicht, bevor du mit mir geredet hast.«

Zum Teufel mit dieser nichtsnutzigen Mitbewohnerin!

Regina machte auf. Sebastian spazierte in ihr Zimmer, als wäre er schon hundertmal dagewesen. Anscheinend verblüffte es nur sie, ihn in ihrer Wohnung zu sehen. Für sie fühlte es sich seltsam unwirklich an.

Er schloss die Tür hinter sich, und sie suchte Halt, indem sie sich aufs Bett setzte.

»Dein Zimmer ist winzig«, stellte er fest.

Sie nickte.

»Regina, hör mir zu: Die Sache mit Sloan ist schon ewig her. Mittlerweile ist sie verlobt und wird bald heiraten – das weißt du.«

Sie nickte. »Ich schätze, ich dachte … für mich ist das alles so intensiv. Ich dachte wohl, es wäre etwas Besonderes. Ich wusste nicht, dass du es mit jeder machst.«

Der Gedanke an Sloan in seinem Loft, daran, wie er ihr die Augen verband, wie er ihren nackten Körper berührte … wie *sie ihn* berührte … ihr war schlecht.

Sie stand auf und wandte sich von ihm ab, doch er legte die Hände auf ihre Schultern und steuerte sie sanft zurück zum Bett, sodass sie Seite an Seite saßen. Den Arm behielt er um ihre Schulter.

»Regina, was wir beide machen – was ich dir gezeigt habe –, das machen nicht nur wir. Es ist meine sexuelle Veranlagung. Und ich bin anderen begegnet … Frauen, die genauso veranlagt sind. Es gibt da so etwas wie eine Community«, erklärte er.

»Eine Community«, wiederholte sie.

»Ja, eine bessere Bezeichnung fällt mir nicht ein. Und ich habe Sloan über eine Freundin kennengelernt, die wusste, dass sie darauf steht.«

»Wie meinst du das?«

»Ich meine, nicht alle Frauen, mit denen ich zu tun bekomme, führe ich in diese Welt ein. Ich habe Frauen getroffen, die ihre Rolle als Sub kennen, sie haben ihre festen Grenzen, und wir fallen in ein zwangloses Schema, von dem beide Seiten profitieren.«

»Sloan?« Regina versuchte sich ihre arrogante, fiese Chefin vorzustellen, wie sie die Unterworfene im Schlafzimmer spielte. Regina konnte sie sich nur die Peitsche schwingend vorstellen, nicht vornübergebeugt, um sich auspeitschen zu lassen.

»Ja. Wir haben uns über eine gemeinsame Bekannte kennengelernt, wir hatten Spaß miteinander, und danach sind wir Freunde geblieben.«

»Freunde«, wiederholte Regina benommen.

»Ja. Ich glaube, der Umgang mit mir, mein Interesse an der Bibliothek, war der Auslöser für sie, sich für den Job zu bewerben.«

Regina schwirrte der Kopf von all diesen neuen Informationen. Es war, als würde sie ihr ganzes Leben in New York durch ein Kaleidoskop betrachten, das alles in Millionen Farbpartikel auflöste.

»Sie hat den Job wegen dir angenommen«, sagte Regina.

»Nein, nicht wegen mir. Sie wollte irgendetwas machen, nachdem ihre Stelle bei Ralph Lauren gekürzt worden war. Ich wusste, dass sie in der Bibliothek jemand suchten ...«

»Tja, das erklärt so einiges«, bemerkte Regina. Sebastian ging nicht darauf ein, doch hätte er es getan, hätte Regina erklärt, dass Sloans Gleichgültigkeit gegenüber Büchern oder der Bibliothek offensichtlich war – dass sie nur die Zeit überbrückte, bis sie heiratete oder etwas anderes fand.

Und dann kam ihr noch ein anderer Gedanke, ein schmerzlicher, der eine Frage aufwarf, obwohl sie die Antwort gar nicht hören wollte.

»Hast du sie je fotografiert?«, fragte Regina leise. Sebastian sah ihr fest in die Augen.

»Ja«, sagte er. Regina zuckte zusammen wie unter einem Schlag. Dann hatten sie also etwas getan, das sie, Regina, nicht mit ihm tat – tun konnte. Ihre körperliche Beziehung mochte der Vergangenheit angehören, doch das würde ihr Sloan immer voraushaben. Schon in dem Moment, als sich dieser Gedanke in ihr formte, als er sie quälte, wusste sie, dass es Unsinn war. Aber das änderte nichts an ihrem Gefühl.

»Hast du sie in den Arsch gefickt?«, fragte sie.

»Sag nicht solche Sachen. Aus deinem Mund klingt das nicht richtig.«

»Hast du?«

»Nein«, sagte er.

Sie war erleichtert. Und das war der Moment, in dem sie begriff, dass sie dergleichen niemals »einfach zum Spaß« machen konnte. Dazu war sie nicht in der Lage.

»Regina, hör mir zu. Ich fotografiere seit meinem siebzehnten Lebensjahr Frauen. Ich schlafe mit Frauen, seit ich fünfzehn war. Ich hatte zahllose Bettgefährtinnen – manche ganz normal, andere, die ich über die BDSM-Szene kennengelernt habe, wo es … um mehr geht. Aber bei keiner habe ich das empfunden, was ich für dich empfinde. Ich habe noch nie jemanden in diese Welt eingeführt.«

»Warum nicht?«

»Ich wollte nicht. Und als ich dich gesehen habe, wollte ich es zuerst auch nicht. Du sahst bezaubernd aus und schienst ein wenig verloren und, um es platt zu sagen, hast meinen Eroberungsgeist geweckt. Aber als ich dann an dem Tag nach dem Young-Lions-Meeting mit dir gesprochen habe, wusste ich, dass mir das nicht reichen würde.«

Sie atmete schnell und hatte das Gefühl, dass ihr schon wieder gleich die Tränen kämen.

»Und jetzt?«, flüsterte sie.

»Jetzt kommst du mit mir zurück ins Four Seasons, und wir machen weiter, wo wir aufgehört haben.«

Sie stand auf, ging zu ihrer Kommode und spielte mit einer Haarspange herum.

»Ich meine, wo wird das Ganze hinführen? Meine Chefin kann mich immer weniger ausstehen, in der Arbeit geht es also den Bach runter. Okay, und du und ich gehen körperlich immer weiter, bis dir die nächste Eroberung ins Auge fällt – und dann bin ich – am Ende.«

»Regina, warum sagst du das? Ist es in der Arbeit wirklich so schlimm? Ich rede mit Sloan.«

»Nein!«, rief sie und drehte sich um. »Tu das nicht. Halte dich da raus.«

»Sloan ist nur eine Freundin. Ich hatte nichts mit einer anderen Frau seit unserer ersten gemeinsamen Nacht.«

»Nein?« Tatsächlich war Regina in ihrer Naivität gar nicht auf den Gedanken gekommen, er könnte neben ihr noch eine andere Frau gehabt haben.

»Nein«, betonte er, als könnte er es selbst kaum fassen. »Ich kann nicht – ich will niemand anderen. Und das ist mir noch nie passiert«, sagte er. »Merkst du denn nicht, wie fixiert ich auf dich bin? Okay, die Praktiken, die wir in meiner Wohnung – in diesem Raum – betreiben, sind nicht einzigartig. Aber meine Gefühle für dich sind es.«

Regina nickte und versuchte, alles zu verarbeiten, was er sagte, und es mit ihren eigenen Zweifeln und Ängsten in Einklang zu bringen. Und so gerne sie seinem Vorschlag folgen wollte – einfach mit ihm zu gehen und dort fortzufahren, wo sie aufgehört hatten –, sie konnte es nicht.

»Ich glaube, du musst jetzt gehen«, sagte sie.

»Warum?«

»Ich kann so nicht weitermachen«, erklärte sie und fing leise an zu weinen.

»Regina«, sagte er, »du musst gar nichts ›machen‹. Aber ich werde nicht gehen.«

Sie sah ihn fassungslos an. Sein Mund war fest verschlossen, aber seine Augen blickten sie voll Zärtlichkeit an.

»Ich lade dich aber nicht zum Bleiben ein«, sagte sie.

»Okay, dann *bitte* ich dich, bleiben zu dürfen. Wir müssen nicht einmal reden, wenn du nicht willst.« Er lächelte sie zögerlich an. Sie widerstand dem Impuls zurückzulächeln.

»Ich will reden«, sagte sie. »Aber über wirkliche Dinge. Diese Sache mit Sloan – ich frage mich langsam, was ich sonst noch alles nicht über dich weiß.«

»Regina, ich sage dir, was du über mich wissen musst: Ich bin komplett in dich vernarrt.«

Sie konnte nicht anders als zu lächeln – *ganz* leicht. »Vernarrt? Ich glaube, ich habe noch nie jemand dieses Wort benutzen hören.«

»Ich weiß nicht, wie ich es sonst ausdrücken soll«, sagte er. »Normalerweise kann ich die verschiedenen Bereiche in meinem Leben sehr gut trennen. Ich habe meine Arbeit, meine Freunde und mein Sexleben. Sex ist nicht mehr als Sex. Aber mit dir ist es anders. Ich denke ständig an dich. Neulich habe ich versucht, eine Frau für einen Auftrag zu fotografieren, und musste die ganze Zeit denken, wenn das Regina wäre, würde ich sie in Schwarz-Weiß fotografieren, und ich würde ihr Haar zurückbinden lassen, sodass ihre großen Augen das Bild beherrschen. Ich kann die Meetings in der Bibliothek kaum erwarten, nur um dich am anderen Ende des Konferenztisches zu sehen. Du begleitest mich die ganze Zeit, Regina. Und immer denke ich, wenn ich dich noch einmal ficke, oder noch eine Sache mit dir mache, werde ich zufrieden sein. Aber ich bekomme nie genug von dir.«

»Du sagst das, als ob das etwas Schlimmes sei.«

»Es ist nicht schlimm, es ist nur einfach nicht, was ich will.«

Plötzlich wurde ihr ganz flau. »Was willst du denn?«

»Ehrlich? Nur den Teil mit dem Sex. Einfach nur … unkomplizierten Sex.«

Regina nickte langsam und versuchte, Ruhe zu bewahren. »Das wird für mich nicht funktionieren«, sagte sie.

Er schloss sie in die Arme, und diese Zärtlichkeit machte es ihr unmöglich, ihre Gefühle zurückzuhalten. Sie weinte, und er drückte sie noch fester an sich.

»Lass mich heute bei dir bleiben«, bat er nach einer Weile.

Sie nickte an seiner Schulter, sein Hemd war durchweicht von ihren Tränen.

29

Wie jeden Morgen erwachte Regina um halb acht vom Summen ihres Weckers.

Aber heute Morgen lag ein schlafender Sebastian Barnes neben ihr.

Sie blieb reglos liegen, während ihr das Gespräch des Vorabends wieder durch den Kopf schoss.

Sie hatten ihr Zimmer nicht mehr verlassen. Emotional ausgelaugt schlüpfte sie irgendwann in ein Tanktop und einen Slip und kroch unter ihre Bettdecke. Sebastian zog sich aus und hängte seine Kleider sorgfältig in ihren vollgestopften Kleiderschrank. Nur mit Boxershorts bekleidet kletterte er neben ihr ins Bett. Sie nahm ihre gewohnte Position mit dem Gesicht zur Wand ein, und er schmiegte sich von hinten an sie. Sogar als seine Hand unter ihr Tanktop schlüpfte und auf ihrer kühlen Haut ruhte, wusste sie, dass diese Berührung zum ersten Mal nicht zum Sex führen würde.

Sie wusste, dass sie den ganzen Vormittag im Bett bleiben und das Gespräch analysieren könnte, um Hinweise oder Zeichen dahingehend zu finden, was sie tun sollte. Aber sie würde nichts finden.

Widerwillig richtet sie sich auf und kletterte behutsam über ihn, bis sie erst mit dem einen, dann mit dem anderen Fuß den Boden berührte.

Er streckte die Hand aus und berührte sie am Arm, sodass sie erschrak.

»Tut mir leid, dass ich dich geweckt habe«, flüsterte sie.

»Wohin gehst du?«, fragte er.

»Zur Arbeit.«

»Geh nicht«, bat er.

»Ich muss«, entgegnete sie. »Manche von uns müssen arbeiten.«

»Ich muss heute auch noch arbeiten«, murmelte er und drehte sich um. Sein Kinn war leicht stoppelig, und sie hätte gern die Lippen darüber streichen lassen.

»Ach ja?«

»Ja. Ich fotografiere heute für das *W*. Ich wünschte, ich müsste nicht.«

Eine Welle der Eifersucht brandete in ihr auf, als sie sich eine Parade von Models vor seiner Kamera vorstellte, die er mit Blicken verschlang, ganz darauf konzentriert, ihre Schönheit in Kunst zu verwandeln. *Aber nein*, dachte sie. *Er hat gesagt, wenn er sie anschaut, denkt er nur an mich*. Aber das war jetzt egal, rief sie sich ins Gedächtnis. Sie wollten unterschiedliche Dinge. Er würde ihr niemals geben, was sie brauchte. Diese Beziehung würde ihr am Ende nur wehtun. Wahrscheinlich war es das Beste, sie jetzt zu beenden.

»Ich bin mir sicher, du wirst dich erholen«, sagte sie und nahm das Handtuch vom Haken an ihrer Schranktür. »Ich gehe jetzt duschen«, erklärte sie. »Wenn ich zurückkomme, möchte ich, dass du nicht mehr hier bist.« Sie gab ihm ihr iPhone, warf sich das Handtuch um die Schulter und ging hinaus.

***

»Du hast mir gefehlt, Finch. Die gute alte Ausleihe ist einfach nicht dasselbe ohne dich und deine erfrischende technische Unbedarftheit«, erklärte Alex.

»Sehr freundlich … glaube ich«, sagte Regina.

Sie standen im Foyer, wohin man die gesamte Belegschaft beordert hatte, um die Literaturpreisverleihung der Young Lions durchzugehen. Einzig Margaret fehlte. Sie hatte Regina schon erzählt, dass sie nicht die Absicht hatte, der Feier beizuwohnen. »Nach halb acht gehe ich nicht mehr aus dem Haus«, hatte sie gemeint. »Und die Gala hat keinen Schwung mehr, seit wir Mrs. Astor verloren haben.«

»Und hier zwischen den Balustraden wird der Tisch für die Anwerbung neuer Mitglieder stehen«, erklärte Sloan. Sie trug ein marineblaues Leinenkleid, in der Taille geschnürt, dazu Perlenschmuck. Ihr Haar fiel offen auf ihre Schultern, und nie hatte sie Respekt einflößender und schöner gewirkt als vor der Kulisse des großen Foyers. Regina stellte sie sich nackt und in Fesseln vor, und Sebastians Hand schlug auf ihren entblößten Hintern …

»Regina, langweile ich Sie etwa?«, fragte Sloan, die Hände in die Hüften gestemmt. Regina bemerkte, dass alle sie ansahen.

»Was? Oh, tut mir leid. Ich habe den letzten Teil nicht gehört.«

»Ich sagte, dass Sie und Alex den Stand für die neuen Mitglieder besetzten. Ich weiß ja, wie wählerisch Sie bei Ihren Aufgaben sind, Regina, aber ich möchte Sie – und alle anderen hier – daran erinnern, dass die Gewinnung neuer Mitglieder eines der obersten Ziele dieser Veranstaltung ist. Geld, Geld, Geld! Leute, nur die Liebe zu Büchern allein wird uns nicht durch diese Finanzkrise bringen.«

Als ob du irgendetwas von der Liebe zu Büchern verstehen würdest, dachte Regina.

Und dann sah sie das tätowierte Mädchen vom Kurierdienst durch den Eingang kommen.

O nein, dachte Regina. Sie wandte sich ab, in der Hoffnung, nicht entdeckt zu werden. Vielleicht würde das Mädchen die heutige Lieferung ja am Rückgabeschalter hinterlegen. Vielleicht konnte einer der Praktikanten für sie unterschreiben.

Sie verbarg das Gesicht hinter der Hand, aber Alex tippte ihr auf die Schulter.

»Ich glaube, du bekommst Besuch«, kommentierte er.

»Pst«, zischte sie. Aber er schnippte mit den Fingern und winkte das Kuriermädchen zu ihnen herüber.

Sloan hörte mitten im Satz auf zu reden, funkelte sie an und fragte: »Was machen Sie da?«

»Oh, hi – da sind Sie ja. Heute machen Sie es mir ja einfach«, freute sich die junge Frau und kam auf Regina zu.

Regina spürte, wie sich alle zwanzig anwesenden Angestellten – plus einer Handvoll Komiteemitglieder – zu ihr umdrehten, als ihr die junge Frau ein Kuvert übergab.

Vor Entsetzen konnte Regina kaum den Stift halten, um auf dem Klemmbrett zu unterschreiben.

»Gibt wohl heute nichts zurückzubringen, oder?«, kommentierte das Mädchen vom Kurierdienst.

Regina schüttelte den Kopf und wünschte, Sloan würde weitersprechen, anstatt sie anzustarren und die ganze Sache zu einem Spektakel zu machen.

»Alles klar. Machen Sie's gut.« Regina war sich nicht sicher, aber sie hatte den Eindruck, die junge Frau hätte Alex einen flirtenden Blick zugeworfen. Sie fragte sich, ob er irgendwann doch den Mut aufgebracht hatte, sie anzusprechen.

Regina steckte das Kuvert unter den Arm. Sie hatte Angst, Sloan würde sie zwingen, es zu öffnen, so wie eine strenge Lehrerin, die ein Exempel gegen Störer im Unterricht statuieren wollte. Glücklicherweise warf sie Regina nur einen vernichtenden Blick zu.

»Mit dir ist es wirklich nie langweilig, Finch«, kommentierte Alex.

* * *

Regina schloss sich in einer Toilettenkabine ein und lehnte sich gegen die Tür. Bevor sie das Kuvert öffnen konnte, hörte sie noch jemand anderen hereinkommen. Also drückte sie die Spülung, um das Aufreißen des Kuverts zu übertönen.

Ich möchte Dich treffen. Bitte komm um sechs in die
Barnes Collection. Ich nehme an, Du weißt noch, wo
sie sich befindet?
– S.

Regina riss den Zettel in kleine Stücke und spülte ihn die Toilette hinunter.

Verdammt.

Sie hatte sieben Stunden Zeit, diese Nachricht zu vergessen. Um sechs, sagte sie sich, werde ich nicht einmal versucht sein, ihn zu treffen. *Ich werde die Bibliothek allein verlassen.*

30

Der gesamte dritte Stock war still. Sie stand vor der dunklen, bronzefarbenen Tür von Zimmer 402 und sammelte sich. Nach stundenlangem quälenden Hin- und Herüberlegen, was nun zu tun sei, war ihr klar, dass sie nicht einfach gehen konnte, wenn sie wusste, dass er auf sie wartete. Vielleicht war sie schwach. Oder vielleicht war sie auch nur neugierig, was er tun würde.

Oder vielleicht liebte sie ihn.

Sie hatte nicht gewusst, was dieses Wort bedeutet: *Verliebt*. Jetzt wusste sie, dass es ein Codewort war für: »Ich habe eine Entschuldigung, völlig unsinnige Entscheidungen zu fällen.«

Sie erinnerte sich, wie sie das letzte Mal in diesen Raum gekommen war, nur um dort auf eine nackte Frau zu stoßen, die sich in Ekstase vornüberbeugte, Sebastian hinter ihr, die Hände auf ihren Hüften, den Mund leicht geöffnet. Sein Blick hatte sich direkt in sie gebohrt. Sie erkannte die Regina von damals fast nicht mehr. Und sie wollte nicht zurück.

Langsam drückte sie die Klinke hinunter.

Die Luft war stickig. Das war ihr beim letzten Mal nicht aufgefallen, aber es roch muffig und nicht gerade angenehm in diesem Raum. Dennoch sah er noch genauso ansprechend aus wie in ihrer Erinnerung: das klassisch englische Dekor, die deckenhohen Bücherregale und natürlich der wuchtige Holztisch.

Sebastian saß diesmal und war voll bekleidet.

»Mach die Tür zu«, bat er.

Sie drehte sich um und schloss die Tür. Dann verharrte sie mit der Hand auf der Klinke und ermahnte sich, nicht von ihrem Entschluss abzuweichen. Sie würde ihm erklären, dass sie nur gekommen war, um ihm zu sagen, dass es für sie aus war – keine Geschenke mehr, kein Simsen, keine Kuriere.

Kein Sex.

Er stand auf und kam zu ihr. Als seine Schritte verstummten, drehte sie sich um.

Sie blickte starr auf seine Brust, denn sie fürchtete, ihre Entschlusskraft würde schwinden, sollte sie in sein Gesicht sehen.

»Erinnerst du dich, wie du das letzte Mal hier reingekommen bist?«, fragte er.

»Ja«, flüsterte sie und sah noch immer nicht auf. Obwohl er eine Armeslänge von ihr entfernt stand, roch sie seinen ganz speziellen Duft, und das weckte den Impuls in ihr, das Gesicht an seiner Brust zu vergraben und diese Kuhle an seinem Halsansatz zu küssen.

»Was hast du gesehen?«, fragte er.

»Ich, äh, … sah dich beim Sex mit einer Frau.«

»Ich habe eine Frau gevögelt«, sagte er. »Und weißt du, was passiert ist, als du wieder weg warst?«

»Nein«, hauchte sie.

»Ich habe sie weitergevögelt. Aber ich habe mir vorgestellt, sie wäre du.«

Regina wäre fast in Ohnmacht gesunken. Er hielt sie mit beiden Händen an den Oberarmen.

»Schau mich an«, befahl er. Sie tat wie geheißen und gestand sich ihre Niederlage ein. Er sah so gut aus. Sein Blick war auf sie geheftet, seine Augen suchten ihre, gaben ihr alles und verlangten im Gegenzug das Gleiche von ihr.

»Ich habe mir ausgemalt, *du* wärst diese nackte Frau vor mir, in *dich* würde ich meinen Schwanz stoßen, und von *deinen* Lippen käme das Gebettel um mehr. Und dann bin ich gekommen.«

Regina löste sich von ihm und machte ein paar Schritte in den Raum. Ihr Atem ging stoßweise. Sie lehnte sich an den großen Tisch und spürte, wie er sich hinter ihr bewegte.

»Seit jenem Tag wollte ich dich über diese Bank beugen – um meine Fantasie wahr werden zu lassen.«

Sie spürte, wie seine Finger an den kleinen Knöpfen hinten an ihrem Kleid nestelten, und umfasste die Tischkante. Sie wusste, dass sie ihn aufhalten sollte, dass jede Sekunde, die sie hier stand, alles untergrub, was sie ihm am Vorabend und Morgen gesagt hatte. Aber sie redete sich ein, dass sie nur noch einmal nachgeben würde. Nur dieses eine letzte Mal.

Ihr Kleid glitt zu Boden.

»Zieh die Unterwäsche aus und geh zu dieser Marmorbank, sodass du Richtung Tür blickst.«

Mit zitternden Händen löste sie das Häkchen an ihrem BH, streifte ihr Höschen ab und ließ beides auf einem Häufchen zu ihren Füßen liegen. Und dann ging sie langsam und beschämt zu der Marmorbank neben dem Tisch. Sie stellte sich vor, jemand würde in diesem Moment hereinkommen, so wie sie damals, als sie Sebastian überrascht hatte. Tja, damit würde sich der Kreis dann schließen, dachte sie. Das wäre dann ein Zeichen des Universums, dass es enden sollte.

Sie wollte ihn bitten, die Tür abzuschließen, aber etwas hielt sie davon ab. Und sie wusste, dass sie niemand unterbrechen würde. Es würde kein Zeichen geben, kein Signal, nichts, und niemand würde sie zum Aufhören bewegen. Sie war ganz allein auf sich gestellt.

»Beug dich vornüber«, wies er sie an. »So wie sie. Ich hatte ihren Arsch praktisch im Gesicht. Ich weiß, dass du dich daran erinnerst, Regina.«

O ja, das stimmte. Sie erinnerte sich – sie erinnerte sich an das lange Haar der Frau, das über den Boden fegte, das wilde Peitschen von Sebastians Hüften.

Sie stützte sich mit den Armen auf der Bank ab und beugte sich vornüber. Sie spürte, wie ihr das Blut in die Wangen schoss. Sebastian zog sich aus, und sein Gürtel klapperte geräuschvoll auf dem Boden. Und dann legten sich seine Hände auf ihre Hüften.

»Bist du feucht, Regina? Ich werde dich jetzt vögeln. Genauso wie sie damals. Kein Berühren, kein Vorspiel. Ich habe einfach meinen Schwanz in sie gestoßen, und sie hat ihn aufgenommen. Kannst du das für mich tun, Regina?«

Sie erwiderte nichts, aber tatsächlich machten sie seine Worte feucht. Und dann spürte sie, wie er mit seiner stumpfen Spitze ihre Schamlippen teilte. Es gab einen leichten Widerstand, doch er schob sich langsam voran und füllte sie aus, bis sie glaubte, vielleicht doch noch nicht bereit zu sein – es nicht mehr zu verkraften. Doch gerade, als sie das dachte, zog er sich zurück, und sie verzehrte sich danach, ihn wieder in sich zu haben. Und dann stieß er erneut zu, fest, und sie schnappte nach Luft.

Er zog sich fast vollständig zurück, dann glitt er langsam wieder hinein und verfiel in einen Rhythmus, der sie elektrisierte. Sie wiegte sich mit ihm, und obwohl sie sich etwas benommen fühlte und ihre Arme überdehnt wurden, wusste sie, dass sie diese Welle bis zum Orgasmus reiten musste.

Sebastians Stöße wurden immer fester, und sie erinnerte sich, wie es ausgesehen hatte, als sie ihn damals dabei überrascht hatte – dass es ihr geschienen hatte, als gäbe es nur eine feine Trennlinie zwischen Lust und Schmerz. Und in diesem Moment erkannte sie, dass das für ihre gesamte Beziehung galt. Es war ein schmaler Grat, und sie musste lernen, darauf zu gehen und nicht davor wegzurennen.

»O Gott«, stöhnte sie und fühlte Vibrationen in ihrer Scheide, die sich über ihren ganzen Körper ausbreiteten, bis selbst ihr Mund zu summen schien. Und sie wusste, dass diese Vibrationen von ihm kamen, und als sie das nächste Mal aufschrie, schrie auch er, im gleichen Moment, und ihre Körper vereinten sich in einem Strudel der Ekstase.

Sie kleidete sich an, und er saß auf der Bank und sah zu. Er machte keine Anstalten, sich selbst anzuziehen, und seine Nacktheit lenkte sie ab. Wie er da auf der Kante der Marmorbank saß mit diesen muskulösen Armen und der wie in Stein gehauenen Brust, das Gesicht mit den aristokratischen Zügen zu ihr gewandt, konnte sie sich kaum auf ihre Tätigkeit konzentrieren. Immer wieder schielte sie zu ihm hinüber und dachte, dass er wie ein Kunstwerk aussah. Er gehörte vor, nicht hinter die Kamera.

Als sie nach hinten langte, um ihr Kleid zuzuknöpfen, stellte er sich hinter sie und half ihr.

»Danke«, sagte sie.

»Warte, ich bin noch nicht fertig.«

Er holte sich die schwarze Jeans, die er über einen Stuhl geworfen hatte, und fischte etwas aus der vorderen Tasche. Und dann spürte sie, wie er etwas Kaltes, Schweres um ihren Hals legte. »Viel besser«, bemerkte er. Noch bevor sie danach tastete, wusste sie schon, dass das Vorhängeschloss wieder da war.

Und dass es dort hingehörte.

31

Margaret erschien gleich zu Arbeitsbeginn am Rückgabeschalter.

Seit der Enthüllung über Sloan zwei Tage zuvor in der Mittagspause hatte Regina sie kaum gesehen.

»Wie geht es Ihnen?«, erkundigte sich Margaret.

»Nicht schlecht«, lächelte Regina. »Wollen wir heute wieder gemeinsam Mittagspause machen?«

»Ich esse heute nicht«, sagte Margaret. Und dann erinnerte sich Regina wieder an ihre Worte, dass sie nur an manchen Tagen mittags etwas aß. »Aber ich wollte Sie kurz sprechen.«

»Ähm, okay.« Regina hatte keine Ahnung, um was es gehen konnte. Sie sah sich um.

»Ich habe Sie gestern Abend aus der Barnes Collection kommen sehen«, erklärte Margaret leise. Regina erstarrte. »Mit Sebastian.«

Regina erschrak und versuchte sich zu erinnern, wie sie ausgesehen hatte. Hatten sie sich berührt? Hatte sie ihre Kleidung zurechtgerückt und damit jedem zufälligen Beobachter gezeigt, dass sie kürzlich abgelegt worden war?

»Er ist der Mann, von dem Sie redeten«, folgerte Margaret.

Regina nickte.

»Sie sind verliebt«, stellte sie fest.

Margaret kam wirklich schnell zum Wesentlichen. Vielleicht verstand sie aufgrund ihrer größeren Reife, dass Sex der geringste Teil daran war.

»Ach Margaret«, seufzte Regina.

»Ist es wirklich so schlimm?«

Regina nickte ohne aufzublicken.

»Ich kannte seine Mutter«, sagte Margaret.

»Im Ernst?«

»Ja. Lillian war eine der wichtigsten Sponsorinnen. Aber sie hat nicht nur Geld gespendet, obwohl sie das sehr großzügig tat. Sie hat sich auch sehr engagiert. Eine interessante, liebenswerte Frau. Sie fehlt mir.«

»Sebastian hat mir erzählt, dass sie gestorben ist, als er an der Uni war.«

»Sie hat ihn vergöttert. Er war der Mittepunkt ihres Universums. Was für eine Tragödie. Es war ein Schock.«

»Eine Tragödie?« Regina spürte ein Ziehen im Magen, ein ungutes Gefühl, als wäre ein Sturm im Anmarsch, auf den sie nicht vorbereitet war.

»Ja. Hat er Ihnen das nicht erzählt? Sie hat sich das Leben genommen.«

Regina war sprachlos. Nein, das hatte er aus irgendeinem Grund nicht erwähnt.

»Was ist passiert?«

Margaret schüttelte traurig den Kopf. »Sie hat sich nie ganz davon erholt, dass ihr Mann sie verlassen hat. Er fing etwas mit einem sehr jungen Model an, das er auf einem Kostümball im Metropolitan getroffen hatte. Es war ein ziemlicher Skandal. Aber wie dem auch sei, ich erzähle

Ihnen das nicht, weil ich so gerne tratsche, sondern weil ich Sebastian Barnes seit früher Kindheit kenne. Er stand Lillian extrem nah, und von allem, was ich gehört und gesehen habe, kann ich Ihnen sagen, dass er nie über ihren Verlust hinwegkam und vielleicht nicht die beste Wahl für eine Beziehung ist.«

Regina nickte. Es schmerzte sie, dass Sebastian so etwas durchmachen musste, aber ebenso schmerzte es, dass er ihr nichts davon erzählt hatte. In der Nacht nach ihrem Geburtstag hatte es geschienen, als würde er sich ihr wirklich anvertrauen, dabei hatte er den entscheidenden Teil ausgelassen. Den schmerzhaften Teil. Genauso, wie er ihr verschwiegen hatte, dass er eine Beziehung mit ihrer Vorgesetzten gehabt hatte.

»Soll das eine Warnung sein?«, fragte sie.

»Das wäre wohl übertrieben«, meinte Margaret. »Aber ich würde mir wünschen, dass Sie gut informiert sind, wenn Sie Ihre Entscheidungen treffen.«

»Ich weiß nicht, ob es da etwas zu entscheiden gibt.«

»Ich glaube schon«, widersprach Margaret. »Wie gesagt, ich kenne Sebastian sein gesamtes Erwachsenenleben lang. Ich glaube, er ist ein anständiger Kerl – und ein vielseitiger junger Mann. Aber ich habe ihn bei all den Benefizveranstaltungen gesehen. Ich habe über ihn in Zeitschriften gelesen – hier ein Techtelmechtel, da eine Affäre. Er ist einer der begehrtesten Junggesellen von New York. Doch seine Beziehungen halten nie lang. Um ehrlich zu sein, seine Mutter wäre entsetzt. Aber ich bin sicher, die meisten Frauen sind glücklich damit, sie haben eine schöne Zeit, genießen die Aufmerksamkeit der Presse und können sich damit brüsten, etwas mit Sebastian Barnes gehabt zu haben. Allerdings habe ich nicht den Eindruck, dass Sie zu dieser Sorte Frau gehören. Also werden Sie entscheiden müssen, ob Ihnen diese Beziehung gibt, was Sie wollen. Wenn nicht, stellen Sie sich darauf ein, ihn zu verlassen – oder verlassen zu werden.«

Regina spürte ein vertrautes flaues Gefühl im Magen. Das war nicht, was sie hatte hören wollen.

»Ich wollte gestern Abend Schluss machen, aber ich habe es nicht geschafft«, gab sie zu. »Ich konnte einfach nicht.«

»Seien Sie nicht zu streng mit sich selbst«, sagte Margaret. »Vielleicht war es nicht der richtige Zeitpunkt. Ich habe da meine eigene Philosophie – wenn man nicht weiß, was man tun soll, tut man am besten nichts.«

»Okay«, sagte Regina und fühlte sich erleichtert, als hätte Margaret sie noch mal davonkommen lassen.

»*Aber*«, mahnte Margaret und hob einen Finger, »eines Tages *werden* Sie es wissen. Die Gewissheit kommt aus dem Bauch. Und dann müssen Sie danach handeln.«

***

Als Regina am Samstagmorgen erwachte, wartete schon eine SMS von ihm auf sie.

Ich komme heute Mittag.

Die Sonne schien in ihr kleines Zimmer und spähte durch die dünnen Vorhänge. Der Ventilator auf dem Nachttisch kam kaum gegen die Hitze an, aber Regina schlief nicht gern bei laufender Klimaanlage, weil es dann immer zu kalt wurde.

Sie sah auf die Uhr. Elf. *Ruf nicht bei ihm an*, ermahnte sie sich.

Sie streifte die Decke ab und wählte seine Nummer.

Sebastian nahm beim ersten Klingeln ab. »Erzähl mir nicht, dass du gerade erst aufgewacht bist.«

»Na ja … doch«, sagte Regina lächelnd. Sie liebte den Klang seiner Stimme, selbst wenn er andeutete, dass sie für seine Begriffe zu lange geschlafen hatte.

»Du scheinst nicht gerade unternehmungslustig zu sein.«

»Es ist *Samstag*.«

»Ganz genau. Zieh dich an. Wir gehen einkaufen.«

»Warum?«

»Du brauchst etwas für heute Abend.«

»Seit wann beziehst du mich in die Bekleidungsfrage mit ein?«, fragte sie.

»Seit ich erkannt habe, dass dir nicht bewusst ist, wie sehr mir an deinem Glück liegt, Regina.«

Sie schwieg.

»Kannst du uns nicht noch eine Chance geben?«, fragte er.

»Ich weiß nicht, was du darunter verstehst«, gestand sie.

»Gib mir den heutigen Tag – und die Nacht. Kannst du zumindest so weit zustimmen?«

»Okay«, sagte sie und dachte an Margarets Worte *Eines Tages werden Sie es wissen. Die Gewissheit kommt aus dem Bauch.* »Auf heute können wir uns einigen.«

32

Der Boutique lag versteckt in einer Seitenstraße in Greenwich Village, nicht weit von ihrer Wohnung entfernt. Trotz der Nähe zu ihrem Zuhause wäre sie Regina niemals aufgefallen.

Sie nannte sich Guinevere, und anders als in anderen Geschäften im Einkaufsviertel gab es hier keine Schaufensterpuppen oder Kleider im Fenster, sondern nur rote Samtvorhänge, die das Innere verbargen.

Sebastian hielt ihr die Tür auf, und Regina trat ein. Und staunte.

Der Laden war ausgestattet, mit einem Intererieur, das eine Stilmischung aus Rokoko und Barock, Steampunk und *Alice im Wunderland* war. Fehlte eigentlich nur, dass man von Feenstaub umweht wurde, wenn man zur Tür hereinkam.

An den Wänden prangten lebensechte Darstellungen von gespenstisch blassen Frauen mit fließendem weißblonden oder rosaroten Haar, einem Hauch Rouge auf den Wangen und gekleidet im Rokokostil mit Punk- oder Märchenelementen: Springerstiefel, Korsagen, Schmetterlingsflügel. Das Mobiliar – Sessel mit Zierschnitzereien, in Messing gerahmte Spiegel, die an den Wänden lehnten, und ein fünfstöckiger Kristalllüster – hätte aus dem Filmset von *Marie Antoinette* stammen können.

An den Ständern zwischen den verschnörkelten Möbelstücken hingen keine Vintage-Kleider, sondern moderne Interpretationen aller romantischen Phasen im Design seit dem Elisabethanischen Zeitalter.

»Ist Pamela da?«, fragte Sebastian eine der Verkäuferinnen. Sie war sehr zierlich, ganz in Weiß gekleidet und hatte schmale Augen unter einem üppigen Pony, nicht unähnlich dem von Regina.

Regina lehnte sich an ein Regal und hätte dabei fast eine goldgerandete Porzellantasse umgestoßen.

»Hinten«, meinte die Verkäuferin.

Sebastian nahm Regina bei der Hand und führte sie durch das Labyrinth aus Kleidern, Tischen und Hutständern in den hinteren Teil des Ladens. Durch einen weiteren Samtvorhang ging es in einen kleineren Raum, der kahl war bis auf ein halbes Dutzend Glasvitrinen.

»Hallo Sebastian«, begrüßte ihn eine große Frau mit rotem Haar und erhob sich aus einem gepolsterten Ohrensessel in Jagdgrün und Gold.

»Hallo Pamela«, grüßte er zurück und küsste sie auf die Wange. Regina musste einen Anflug von Eifersucht unterdrücken und fragte sich, ob Pamela auch Teil dieser sogenannten Community war. Es gefiel ihr gar nicht, wie sie begann, alles in Bezug auf Sebastian zu betrachten. »Das ist Regina, eine Freundin von mir.«

Regina sah ihn an und fand, dass »eine Freundin« eine merkwürdige Art war, ihre Beziehung zu beschreiben. Aber eben darin lag das Problem. Denn was waren sie? Ein Liebespaar? Oder nur Bekannte, die gewisse Vorlieben teilten?

»Freut mich«, sagte Pamela mit einem herzlichen Lächeln

und schüttelte ihr die Hand. »Und wonach sucht ihr heute?«

»Sie braucht eine Maske«, erklärte Sebastian. Regina sah ihn fragend an. Das Erste, was ihr in den Kopf kam, waren diese cartoonhaften Halloweenmasken, die es in jedem Schreibwarenladen gab. Aber Pamela führte sie zu einer der Vitrinen, und darin lag eine farbenfrohe Auslage reich verzierter Augenmasken wie für einen formellen Maskenball. Gold, Lavendel, Schwarz, mit Pailletten, Federn, Fransen, eingefasst in Brokat und baumelnde Bänder.

»Diese hier ist mit zweihundert Swarovski-Kristallen besetzt«, erklärte Pamela, als sie Reginas Interesse an einer goldenen Maske in der Mitte bemerkte. Sie holte einen Schlüsselbund hervor und sperrte die Vitrine auf. Dann reichte sie Regina die Maske.

»Probiere sie an«, ermunterte Sebastian sie, als er ihr Zögern bemerkte, und streifte sie ihr über den Kopf. Er half ihr, sie zurechtzurücken, sodass sie auf dem Nasenbein saß. Regina war überrascht, wie klar sie durch die Augenlöcher sehen konnte. Erstaunlich war auch, wie solide sich die Maske anfühlte, ganz anders als die Pappdinger, die auf Silvesterpartys ausgeteilt wurden.

Pamela reichte ihr einen Spiegel. Regina sah sich an und lächelte.

»Schön«, meinte sie.

»Das war ja einfach«, kommentierte Sebastian. »Es gibt doch nichts Schöneres als eine entschlussfreudige Frau.« Er lächelte sie anerkennend an, und Regina spürte ein Gefühl der Befriedigung in ihrem Bauch anschwellen. Sie war nicht gewohnt, ihm außerhalb des Schlafzimmers zu gefallen. Es war ein gutes Gefühl. Es weckte Hoffnung in ihr, dass sich ihre Beziehung vielleicht doch noch auf eine weitere Ebene ausweiten konnte.

Regina nahm die Maske ab und reichte sie Pamela.

»Sonst noch etwas heute?«, erkundigte sie sich und ging auf die Kasse im vorderen Ladenteil zu.

»Im Moment nicht«, meinte Sebastian. »Aber wenn wir in der Stadt nicht fündig werden, kommen wir vielleicht zurück.«

Der Wagen wartete draußen auf sie.

»Wozu sollte das gerade gut sein?«, fragte Regina und nahm die schwarze Einkaufstasche von ihm entgegen.

»Wir gehe heute Abend auf den Bondage-Ball«, sagte er und hielt ihr die Tür zum Mercedes auf. Heute fuhr er selbst, und Regina saß auf dem Beifahrersitz. Das gefiel ihr besser, als wie üblich von einem Chauffeur herumkutschiert zu werden.

»Großer Gott, was ist denn das?«

»Es ist kein richtiger Ball – nur eine große Party«, erklärte Sebastian. »Aber Bondage ist ein Teil davon.«

Regina musste schlucken. »Hältst du das wirklich für eine gute Idee? Ich meine, ich finde okay, was wir machen. Aber ich kann mir nicht vorstellen, irgendwo in der Öffentlichkeit …«

»Es ist nicht öffentlich. Es ist eine Privatparty. Ursprünglich hatte ich nicht vor hinzugehen. Aber nach unserem Streit wegen Sloan dachte ich, wir könnten vielleicht eine kleine Übung in Vertrauen brauchen.«

»Das war kein richtiger Streit …«, wandte Regina ein.

»Dann eben ein Missverständnis. Wie immer du es nennen willst.« Er drückte ihre Hand. »Da habe ich noch einmal über den Ball nachgedacht. Ich glaube, er wird uns guttun.«

»Wird Sloan auch da sein?«

»Nein«, sagte er. »Warum sollte sie?«

»Du hast gesagt, sie wäre in der Szene … oder ›Community‹, oder wie du es genannt hast.«

»Ach ja. Aber nicht mehr so sehr seit ihrer Verlobung. Ihr Zukünftiger ist mehr der Blümchentyp.«

Regina hatte keine Ahnung, was das bedeuten sollte. Dass er romantisch war?

»Bin ich denn kein Blümchentyp?«

Er lachte. »*Du* bist hinreißend.«

»Mach dich nicht über mich lustig«, schimpfte sie und kam sich dumm vor.

»Das tue ich nicht! Siehst du denn nicht, dass ich vollkommen verrückt nach dir bin? Du wachst morgens auf, und ich habe bereits unseren ganzen Tag geplant … und die Nacht. Ich kann an nichts anderes mehr denken, Regina. Ich stehe vollkommen unter deinem Bann. Ich bin besessen. Ich komme mir vor wie verzaubert von einer dieser Feen an der Wand im Guinevere.«

Regina wandte den Blick ab und sah aus dem Seitenfenster. »Und wo fahren wir jetzt hin?«

»Zu Louboutin. Du kannst doch nicht zu einem Ball gehen ohne den passenden Aschenputtel-Schuh«, sagte er mit einem Augenzwinkern.

***

Das Jane Hotel war ein hundert Jahre altes georgianisches Gebäude an der West Side. Die ehemalige Zwischenstation für reisemüde Seeleute, die man kürzlich wiederbelebt und in ein ultrahippes Boutique-Hotel umgewandelt hatte, war Veranstaltungsort für den Bondage-Ball.

»Dieses Haus hat Geschichte«, erklärte Sebastian. Regina klammerte sich an seinen Arm bei ihren Bemühungen, in den neuen High Heels über das Kopfsteinpflaster des Meat Packing District zu stöckeln. Dabei galt ihre Sorge weniger einem Sturz als der Unversehrtheit ihrer Schuhe. Es waren die reinsten Kunstwerke. Acht Zentimeter hoch, schwarzer Satin mit den typischen roten Sohlen und besetzt mit Kristallen in Form von Schneeflocken.

»Um die Vergangenheit mache ich mir im Moment weniger Sorgen«, bemerkte Regina. »Eher um die Gegenwart.« Die Bezeichnung »Bondage-Ball« hallte noch immer in ihren Ohren nach. Und sie konnte nicht sagen, dass ihr der Klang gefiel.

»Hierher haben sie Überlebende der *Titanic* gebracht. Und sie hierbehalten, bis die amerikanische Untersuchung abgeschlossen war«, sagte Sebastian.

»Wahnsinn«, musste Regina zugeben. Aber eigentlich war sie mehr mit ihrer eigenen dräuenden Katastrophe beschäftigt.

Sebastian kannte sie gut genug, um ihre Anspannung zu bemerken. Er tätschelte ihre Hand, die auf seinem Arm lag. »Entspann dich. Heute Abend musst du dir nur eines merken: Niemand wird dich berühren außer mir. Verstanden?«

Sie nickte, fühlte sich aber alles andere als beruhigt. Sie wusste nicht genau, was ihr Sorgen bereitete. Vielleicht war die Vorstellung »berührt« zu werden zu konkret. Sie kämpfte mehr mit einem allgemeinen Unbehagen bei dem Gedanken, in der Öffentlichkeit zu sein, teilzuhaben an einer Veranstaltung, deren Aufhänger eine spezielle sexuelle Vorliebe war. Selbst wenn sie nur rumstanden, Wein tranken und Käsehäppchen von Tabletts aßen, *wüssten alle Bescheid.* Das hier war keine kleine private Spielerei zwischen Sebastian und ihr. Heute Nacht war es anders.

Außerdem grübelte sie noch immer über ihr Gespräch mit Margaret nach.

Hand in Hand stiegen sie die Stufen zum Hotel hoch. Vor der Tür blieben sie kurz stehen.

»Setz deine Maske auf«, wies er sie an. Regina hatte sie fast vergessen, obwohl sie unter ihrem Arm klemmte, weil sie zu groß für ihr Abendtäschchen war.

Sebastian half ihr, sie über das Haar zu ziehen, dann streifte er seine eigene über, eine einfache schwarze. Dazu trug er einen schwarzen Smoking. Auch Regina trug schwarz, ein ausgefallenes Stück von Morgane Le Fay, das mehr Kostüm als Kleid war. Das raffiniert geschnittene Oberteil bestand aus Seidenorganza und Satin, und es war um die Taille eng mit einem schwarzen Band gebunden. Der Rock war eine Art Reifrock mit einem blickdichten Mittelteil aus Tüll, unter dem man einen kurzen Seidenunterrock tragen musste. Wenn es an diesem Abend einen Trost für Regina gab, dann bestand er darin, dass sie sich gar nicht wie sie selbst fühlte. Was auch geschehen mochte, sie konnte so tun, als würde sie nur eine Rolle spielen.

Regina hakte sich bei Sebastian unter, und sie gingen hinein.

Das Foyer war schmal und hoch und üppig ausstaffiert mit großen Farngewächsen in Töpfen, einem Elchkopf an der Wand und einem Kandelaber-Lüster. Hinter einer altmodischen Rezeption stand ein Page in der traditionellen Uniform aus bordeauxroter Jacke und passender Kappe. Regina kam sich vor, als wäre sie geradewegs in einen Stan-Kubrick-Film gelaufen.

»Guten Abend«, begrüßte sie der Page.

Sebastian reichte ihm eine schwarze Karte – ähnlich einer Kreditkarte. Sie wurde mit einer Liste abgeglichen und zurückgegeben.

»Die Spielregeln finden Sie im Ballsaal. Einen angenehmen Abend, Mr. Barnes.«

Sebastian führte Regina durch den Flur in eine schmale Bar, ganz in dunklem Holz gehalten, spärlich beleuchtet und mit einer langen Sitzbank ausgestattet.

Eine große Frau in schimmernder Silberrobe kam ihnen in der Mitte entgegen. Ihre Maske war violett, verziert mit grünen Federn und mit den passenden Pailletten eingefasst. Ihr blondes Haar hatte sie zu einem komplizierten Gebilde auf dem Kopf zusammengebunden, und ihr Lippenstift war violett und wächsern. »Willkommen, Freunde«, sagte sie. »Geht weiter zum Ballsaal. Und nur zur Erinnerung: Alle Hotelzimmer stehen den Gästen zur Benutzung offen. In jedem Zimmer findet ihr Requisiten und Toilettenartikel zur freien Verfügung. Aber die Türen müssen zu jeder Zeit offen bleiben. Jeder Verstoß gegen diese Regel führt zum Verweis von dieser Party.«

Sebastian nickte, und Regina sah ihn fragend an. Sollte er ihren Blick bemerkt haben, ließ er es sich nicht anmerken. Stattdessen nahm er ihre Hand und führte sie in den Ballsaal.

33

Der Ballsaal – wenn man ihn so nennen konnte – wirkte mehr wie das Gesellschaftszimmer eines verfallenden Herrenhauses, das sich im Besitz einer sagenhaft reichen Familie mit einem verschwenderischen und exzentrischen Geschmack befand. Hätte Regina die Atmosphäre mit einem Wort beschreiben sollen, sie hätte es mit viktorianisch versucht, obwohl das nicht ganz stimmte. Die Decke war getäfelt, überall gab es altmodische Gesimse, verblichene Perserteppiche bedeckten den Boden, und ein mächtiger Kamin beherrschte die Stirnseite. Von der Decke hing eine gigantische Spiegelkugel. Reginas Blick glitt über samtbezogene Sofas in Gold und Bordeaux, alte Holztische, zebragemusterte Sessel, große Topfpflanzen, ausgestopfte Tiere, Lüster und hohe Fenster mit Samtvorhängen.

Und in diesem sorgsam konstruierten Ambiente von verblasster Grandesse drängten sich Männer und Frauen in Schwarz und tanzten zu »A Girl like you« von Edwyne Collins, das der DJ aufgelegt hatte.

Es gab auch ein Zwischengeschoss, und als Regina es entdeckte, verspürte sie kurz den Drang, die Treppe hochzusteigen und sich das Ganze von oben anzusehen.

Ein Mann in rotem Samtanzug kam auf sie zu. Er hatte

sein schwarzes Haar zurückgegelt und trug eine schnabelförmige Maske.

»Wollt ihr zwei an der mitternächtlichen Schnitzeljagd teilnehmen?«, erkundigte er sich. »Wer will, kann sich auf der Liste gleich neben dem DJ-Pult eintragen.«

»Nein, danke«, sagte Sebastian.

Regina war eigentlich ein Freund der Schnitzeljagd und fand die Vorstellung einer Mitternachtsjagd im Kostüm durchaus reizvoll.

»Willst du sicher nicht?«, fragte sie.

»Ja. Das ist nur eine Übung, um den Leuten beim Kontakteknüpfen zu helfen, damit sie dann später zu … intimeren Aktivitäten übergehen können. Das brauchen wir nicht.«

Regina wurde abgelenkt durch einen Mann im Smoking. Sein Gefolge – ob Mann oder Frau, war nicht zu erkennen – krabbelte auf Händen und Knien und steckte von Kopf bis Fuß in einem schwarzen Gummianzug.

»Wie kann man denn in so einem Ding atmen?«, fragte Regina erschauernd. Es sah unnatürlich und unbequem aus und erfüllte sie mit Unbehagen.

»Ich bin mir sicher, es hat Luftlöcher. Keine Ahnung. Latex ist nicht mein Ding.«

Unwillkürlich musste sie diesem merkwürdigen Duo nachsehen.

»Gehen wir hoch«, meinte Sebastian.

Regina folgte ihm durch eine ledergepolsterte Tür mit Messingnieten. Sie nahmen den Aufzug in den ersten Stock und gingen einen schmalen, holzgetäfelten Flur entlang. Und wie angekündigt standen die Türen der Hotelzimmer alle weit offen.

Regina schielte in eines hinein und wandte sich dann hastig ab.

Hinter der offenen Tür lag eine nackte Frau gefesselt auf einem schmalen Bett. Sie lag auf dem Bauch, Hände und Füße waren zusammengebunden, und im Mund steckte ein Ballknebel. Ihr nackter Hintern war mit roten Striemen überzogen.

»Ach du meine Güte«, murmelte Regina und griff nach Sebastians Hand. »Meinst du, sie ist in Ordnung?«

»Natürlich ist sie das«, sagte er.

»Irgendjemand hat sie einfach dort liegen gelassen ...« Der Anblick verstörte sie, aber sie tröstete sich damit, dass es sicher nur gestellt war – so wie die Bondage-Bilder in ihrem Bettie-Page-Buch.

»Regina«, sagte er, »versuche im Kopf zu behalten, wo du bist. Und vor allen Dingen: Vertraue mir.«

Ein anderes Pärchen kam ihnen entgegen und ging an ihnen vorbei. Die Frau hatte ein bodenlanges weißes Kleid an. Der Mann trug eine Smokinghose ohne Hemd, dafür hatte er ein Lederhalsband mit Leine um den Hals. Seine Hände schienen auf irgendeine Art hinter dem Rücken gefesselt. Obwohl sie beide Masken trugen, kamen sie Regina irgendwie bekannt vor. Sie hatte das deutliche Gefühl, sie schon einmal gesehen zu haben – dass es irgendwelche Prominente waren.

Sebastian entdeckte ein leeres Zimmer und winkte sie hinein.

Der Raum war winzig, wie eine Kajüte auf einem Schiff. Es gab ein Einzelbett, einen Plasmafernseher und ein Tischchen vollgestellt mit einer Furcht einflößenden Auswahl an

Bondage-Bedarf: Peitschen, Klemmen, Handschellen, Knebel, Augenbinden, Kartons mit ungeöffneten Sexspielzeugen und eine Schale voller Kondome.

»Das halte ich für keine gute Idee«, sagte sie.

»Vertrau mir, Regina. Jetzt zieh deinen Rock aus.«

Sie sah ihn an, aber sein Blick war kalt und herrisch. Er war im Kommandiermodus, und sie wusste, dass man ihm nicht widersprechen konnte. Es war okay für sie, den Reifrock abzulegen, weil sie den kurzen Seidenunterrock darunter trug. Aber weiter würde sie nicht gehen.

Regina öffnete den Rock und stieg heraus. Er schob ihn zur Seite.

»Knie dich vor das Bett«, befahl er.

Sie ging in die Knie, und er zog ihr die Maske ab und ersetzte sie durch eine Augenbinde. Ihr Herz schlug schneller.

»Hände hinter den Rücken.« Sie spürte ein Seil um ihre Handgelenke, das er festzurrte. Es war unbequemer als die Handschellen, die er in seiner Wohnung benutzt hatte.

»Steh auf«, sagte er und half ihr auf die Füße. »Jetzt leg dich aufs Bett, in Bauchlage.« Er half ihr in die richtige Stellung, den Kopf zur Seite gedreht, sodass sie atmen konnte.

»Das ist keine gute Ide–«

»Sprich nicht mehr, bis wir diesen Raum verlassen«, sagte er. Er zupfte an dem Seidenrock und sie hob gehorsam die Hüften, sodass er ihn über ihre Oberschenkel ziehen konnte, dann über die Knie und an den Füßen vorbei. Jetzt war sie von der Hüfte abwärts entblößt und trug nur noch ein schwarzes Spitzenunterhöschen.

Sie hörte, wie sich Sebastians Schritte entfernten.

»Wo gehst du hin?«, fragte sie. Die Antwort war ein schmerzhafter Peitschenhieb auf ihre Oberschenkel.

»Ich sagte: Nicht sprechen. Vertrau mir, Regina.«

Sie winselte vor Schmerz und verlor sich in der Fantasie, dass seine Finger sie spreizten. Nur der süße Druck seiner Finger oder seiner Zunge auf ihrer Klitoris konnte dem Schmerz ein Ende setzen.

Jetzt war es still im Zimmer. Sie hörte Schritte auf dem Flur und wand sich innerlich vor Scham, weil sie wusste, dass Leute zu ihr hereinblickten und sie sahen, so wie sie die gefesselte Frau im ersten Zimmer gesehen hatte. Ihr einziger Trost war, dass sie anonym blieb und nicht nackt war.

Noch nicht.

Sie wusste nicht, ob Sebastian noch da war und wartete, um sie gleich noch weiter zu entblättern, oder ob er vielleicht zu der Party im Erdgeschoss zurückgekehrt war. Nur mit größter Willensanstrengung unterdrückte sie den Impuls, nach ihm zu rufen. Ihre Arme begannen zu schmerzen, die Fesseln schnitten schon jetzt in ihre Handgelenke ein. Ihr fiel auf, dass sie sich hin und her wand und dass es weniger wehtat, wenn sie sich ganz reglos verhielt.

Regina kämpfte gegen die aufkommende Panik an. Sie klammerte sich an das eine, das er mehrfach in Bezug auf diese Nacht gesagt hatte: Vertrauen. Er würde sie nicht einfach hier liegen lassen – wenigstens nicht zu lang.

Von unten drang Musik in ihr Zimmer. Florence and the Machine. Regina versuchte, sich darin zu verlieren, sich gedanklich an einen anderen Ort zu versetzen. Doch all ihre Gedanken rutschten ins Erotische ab. Sie stellte sich vor, die Augenbinde würde abgenommen, und sie hätte Sebastians harten Schwanz vor sich, direkt vor den Lippen. Sie konnte die Zunge ausstrecken und die salzige Wärme spüren, das Blut, das für sie pulsierte …

Sie hörte Schritte in den Raum kommen. Ihr Herz begann zu rasen. Sie wollte seinen Namen rufen, um sicherzugehen, dass es auch Sebastian war, aber das durfte sie nicht.

Und dann streichelten Hände ihren Hintern und tänzelten leicht über ihr Spitzenhöschen. Waren das Sebastians Hände? Sie konnte es nicht mit Sicherheit sagen, und das machte ihr Angst. Und dann erinnerte sie sich an seine Worte, kurz bevor sie das Hotel betreten hatten: *Heute Abend musst du dir nur eines merken: Niemand wird dich berühren außer mir.*

Sie klammerte sich an diese Aussage, um nicht zu schreien, als die Hand zwischen ihre Beine wanderte, unter ihr Höschen glitt und ein Finger sanft über ihre Schamlippen strich. Ihr Herz schlug so wild, dass sie fürchtete, sie würde aufhören zu atmen.

Und vor allen Dingen: Vertrau mir.

Vertrauen, Regina.

Der Finger drang in sie ein. Die Berührung war schön, das ließ sich nicht leugnen, aber von wem sie stammte, konnte sich nicht eindeutig identifizieren. Der Finger drang ein und zog sich zurück. Regina wurde den Gedanken nicht los, dass es vielleicht ein Fremder war, obwohl sich ihr treuloser Körper an diesem Finger rieb, begierig auf einen Orgasmus. Doch über einen gewissen Punkt kam sie nicht hinaus. Sie wartete auf einen Hinweis, dass es wirklich

Sebastian war, und als er ausblieb, siegte ihr Geist und ihr Körper erstarrte.

Die Hand verschwand. Ihr Höschen schnalzte zurück in Position, während sie innerlich pulsierte und sich nach Befriedigung sehnte.

Jetzt packte sie die Angst, dass dieser Jemand ging und sie allein zurückblieb, ohne zu wissen, wer sie da gerade berührt hatte. Es war nicht zu ertragen. Sie biss sich auf die Lippen, um nicht nach ihm zu rufen.

Als sie es nicht länger ertrug und sie kurz davor stand, ihr Schweigen zu brechen und damit ihr fehlendes Vertrauen zu demonstrieren, wurde ihre Augenbinde gelöst und abgenommen.

Sie öffnete die Augen. Sebastian kniete neben dem Bett und sah sie eindringlich an.

Reginas Erleichterung war so groß, die Auflösung der Anspannung so intensiv, dass sie zu weinen begann.

»Beruhige dich, Regina. Ich sagte dir doch, dass dich niemand außer mir anfassen würde. Hast du mir denn nicht geglaubt?«

Er band ihre Arme los, und sie richtete sich langsam auf und rieb sich die Handgelenke. »Doch … aber ich konnte doch nicht sicher sein. Und allein der Gedanke, dass Leute vorbeikamen … und mich ansahen.« Sie saß jetzt und schielte argwöhnisch zur Tür. Sebastian stand auf und schloss sie.

»Wir bekommen Probleme«, sagte sie.

»Ganz ruhig … du musst dich beruhigen.« Sebastian setzte sich neben sie und legte ihr den Arm um die Schulter. »Ich wollte dich nicht aus der Fassung bringen. Ich experimentiere gern mit Grenzen. Es … kann Leute einander näherbringen. Eine Beziehung intensivieren.«

»Es ist okay«, sagte sie. Und so empfand sie es auch.

»Willst du gehen?«, wollte er wissen.

»Ja.« Und auch das entsprach der Wahrheit.

34

Regina fuhr mit dem Fuß am Badewannenrand entlang.

Das Schaumbad reichte fast bis zum Rand. Sie atmete tief ein und inhalierte den wohltuend warmen Lavendelduft des Wassers.

Sebastian hatte genau gewusst, was zu tun war, als sie in seine Wohnung zurückgekommen waren. Er hatte ihr aus dem Morgane-Le-Fay-Kleid geholfen, sie in ein großes, weiches Badetuch gewickelt und auf direktem Weg ins Bad gebracht.

Und sie allein gelassen, damit sie sich entspannen konnte.

Sie wusste nicht, wie lange sie schon in dieser Wanne lag. Ihre Finger und Zehen waren bereits schrumpelig. Sie war entspannt und überdreht zugleich. Und sie wollte nicht mehr allein sein.

Mit dem Fuß betätigte sie den Hebel, um das Wasser abzulassen. Sie stand auf, fühlte sich vorübergehend etwas schwindelig und hüllte sich in ein weißes Handtuch. Dann trocknete sie sich den Nacken und nahm die Spange aus dem Haar, sodass es um ihre Schultern fiel. Als sie in den Spiegel blickte, sah sie, dass ihre Augen ganz schwarz vor verschmiertem Kajal und Mascara waren. Mit einem Taschentuch säuberte sie sich, so gut es ging.

Dann tappte sie leise ins Schlafzimmer.

»Ich dachte schon, du kommst gar nicht mehr.« Sebastian grinste. Er hatte sich umgezogen und trug jetzt weiße Boxershorts und ein hellblaues Buttondown-Hemd, das er offen gelassen hatte, mit hochgekrempelten Ärmeln. Sie liebte ihn in Hemden, wenn sich die dunklen Nackenhaare leicht auf dem Kragen kräuselten. Er sah so hinreißend gut aus, dass ihr alles, was sie sich in der Badewanne überlegt hatte, sehr viel schwerer fallen würde.

Sie entdeckte zwei Gläser Weißwein auf dem Nachttisch. Er folgte ihrem Blick, langte nach einem und reichte es ihr.

»Danke«, sagte sie. Der Wein war kalt und frisch und schien ihr in diesem Moment das Beste zu sein, das sie je gekostet hatte.

Er saß auf der Bettkante, und sie setzte sich neben ihn, leicht schräg, sodass sie ihn anschauen konnte. Er lächelte sie an, und beim Anblick seiner Grübchen wäre sie fast eingeknickt. Aber sie erlaubte sich keinen Rückzieher.

»Sebastian, ich weiß es zu würdigen, dass du diese ganze Nacht inszeniert hast, weil du über das fehlende Vertrauen in unserer Beziehung nachgedacht hast. Aber durch solche Aktionen werden wir kein Vertrauen aufbauen. Oder uns kennenlernen. Zumindest nicht so, wie ich es will.«

»An was hattest du denn gedacht?«, fragte er mit seinem typischen schelmischen Unterton.

»Du hast dich über mich geärgert, weil ich dir meine Jungfräulichkeit verschwiegen habe – weil ich nichts von meiner sexuellen Unerfahrenheit gesagt habe. Aber du erzählst mir nichts von wichtigen Ereignissen in deiner Vergangenheit, aus deinem Leben.«

»Aber natürlich tue ich das«, widersprach er. »Und ich habe dir gesagt, dass mir die Sache mit Sloan leid tut …«

»Es geht nicht um Sloan. Zumindest nicht nur. Kennst du Margaret aus der Bibliothek? Sie hat mir von deiner Mutter erzählt.«

Sebastians Lächeln erstarb. »Ist sie nicht ein bisschen zu alt für Tratsch?«

»Sie hat nicht getratscht. Sie hat uns neulich aus dem Zimmer im dritten Stock kommen sehen. Ich schätze, sie wollte, dass ich etwas über den Mann weiß, mit dem ich … zusammen bin.«

»Aber sie hat dir nichts über mich erzählt, oder? Sie hat dir nur von meiner Mutter erzählt.«

»Komm schon. Tu nicht so, als wüstest du nicht, was ich sagen will. Warum hast du mir nicht die ganze Geschichte über deine Mutter erzählt? An meinem Geburtstag haben wir auch über unsere Eltern geredet, und du hast die Sache mit keinem Wort erwähnt. Warum nicht?«

»Weil es – wie schon bei Sloan – nichts mit uns zu tun hat.«

»Aber das stimmt doch nicht. Wie können wir uns vertrauen, wenn wir nicht über reale Dinge reden? Eine Beziehung besteht doch nicht nur aus aufregendem Sex.«

»Woher willst du das wissen?«

»Wie meinst du das?«

»Na ja, bis vor ein paar Wochen warst du noch Jungfrau. Daraus schließe ich, dass du nicht viele – wenn überhaupt – ernsthafte Beziehungen hattest. Weder sexuell noch anderweitig. Habe ich recht?«

»Keine echten«, musste sie zugeben.

»Na ja, ich schon. Und meine Beziehungen sind eigentlich immer so. Sexuell oder andersartig. Und genauso will ich es auch.«

»Du hast gesagt, mit mir wäre es anders.«

Er seufzte. »Für dich empfinde ich anders.«

»Wie?«

»Ich weiß auch nicht, Regina!«, sagte er gereizt. »Manchmal denke ich, dass ich dich lieber *mag* als meine früheren Freundinnen. Deine Unerfahrenheit ist spannend. Ich glaube, du bist gutherzig. Es ist erstaunlich, dass du so unverdorben bist. Man kann dich leicht überraschen und dir Freude machen. Aber das ändert nichts daran, was ich von einer Beziehung erwarte.«

»Und das wäre?«

»Genau das, was wir haben. Nur, dass ich dich fotografieren will.«

Jetzt war Regina entnervt. »Nicht das schon wieder.«

»Für mich ist *das* Intimität. Das ist Teilen.«

Regina sprang vom Bett auf, sodass Wein auf ihr Handtuch schwappte. »Ich fasse es nicht. Ich erzähle dir, was meinem Gefühl nach fehlt in dieser Beziehung – oder wie immer du es auch nennen willst –, und du bittest *mich* um mehr? Warum sollte ich dir etwas geben, wenn du nicht einmal versuchen willst, mir zu geben, was ich will?«

»Ich dachte, das würde ich«, sagte er mit versteinerter Miene.

»Nein«, widersprach sie, »das tust du nicht.«

Er schien darüber nachzudenken und nickte dann langsam, als würde er eine Frage beantworten. »Ich bringe dich heim«, sagte er leise.

***

»Was du brauchst, ist ein netter, ganz normaler Kerl«, erklärte Carly.

Es war später Morgen nach einer endlosen Nacht, in der Regina schlaflos im Dunkeln gelegen hatte, bis ihr die Sonne endlich sagte, dass sie sich aus dem Bett erheben durfte.

Bei Bagels und Kaffee kam Regina nicht umhin, vor ihrer Mitbewohnerin zusammenzubrechen. Sie erzählte ihr vom Jane Hotel, wobei sie vermutete, dass diese Ereignisse selbst die abgebrühte Carly schockieren würden. Aber Carly hatte nur ganz große Augen bekommen und »Ich liebe das *Jane*« geseufzt.

Dann, als wäre ihr plötzlich eingefallen, dass man von einer Freundin wohl etwas mehr Mitgefühl erwartete, hatte sie Regina die Hand auf den Arm gelegt und gesagt: »Schau, was habe ich dir von Anfang an gesagt? Amüsiere dich, aber erwarte nichts. Dann war es eine schöne Zeit, und du kannst es als verrückte New Yorker Beziehungskiste verbuchen, von der du irgendwann deinen Enkeln erzählst.«

Regina sah sie an. »Du meinst, das wäre eine Geschichte für meine Enkel?«

»Na ja, vielleicht nicht für deine. Aber meine würden sie bestimmt gern hören.« Sie prustete los und schlug sich auf den Schenkel.

Regina zog die Knie an die Brust und schlang die Arme um die Beine. Am liebsten wäre sie mitsamt dem Sofa vom Erdboden verschluckt worden. »Freut mich, dass dich das erheitert.«

»Ich lache dich nicht aus, Regina. Du *weißt*, dass ich das gerade selbst durchgemacht habe.«

Ja, Carly hatte diesen Kummer durchlitten, nachdem mit Rob Schluss war. Diesen Schmerz, der fast körperlich war, die Unfähigkeit zu essen oder zu schlafen. Es war wie der Energieschub, den Regina zu Beginn ihrer Begegnung mit Sebastian gefühlt hatte, nur in schmerzhafter Umkehr.

Und Carly hatte recht. Sie *hatte* sie gewarnt.

»Du weißt, dass ich nach der Sache mit Rob völlig am Boden war«, sagte Carly, als würde sie ihre Gedanken lesen. »Aber was habe ich getan?«

»Hm, das weiß ich nicht«, sagte Regina.

»Ich hab mich wieder in den Sattel geschwungen, wie meine Mutter sagen würde.«

Davon wusste Regina nichts. Soweit sie mitbekommen hatte, hatte es seit der Trennung in dieser Wohnung nicht viele Ritte gegeben. Aber vielleicht war sie zu sehr mit ihrer eigenen Misere beschäftigt gewesen, um mitzubekommen, was in letzter Zeit bei ihrer Mitbewohnerin los war.

»Also, was meinst du?«, fragte Regina, mehr aus Höflichkeit, denn aus ehrlichem Interesse. Carly konnte nichts sagen, was sie trösten würde, denn es gab nichts. Sie hatte sich bis über beide Ohren in einen unerreichbaren, einigermaßen kaputten Typ verliebt, und die Chancen, mit einem anderen Mann glücklich zu werden, schienen ihr so groß wie einen Sechser im Lotto zu haben.

»Ich verkupple dich mit jemandem«, sagte Carly.

»Äh, nein, danke«, wehrte Regina ab, die immer noch erschauderte, wenn sie an Nick und seinen Kumpel im Nurse Bettie dachte.

»Ich weiß, es wird nicht leicht sein, sich nach Sebastian Barnes mit einem normalen Sterblichen abzufinden, aber du musst mir vertrauen, Regina«, erklärte sie.

»Ja«, meinte Regina resigniert. »Das hat mir schon mal jemand gesagt.«

Sie ging zurück in ihr Zimmer und schloss die Tür.

* * *

Am Montagmorgen hastete Regina zum Rückgabeschalter, in der Hand einen verbotenen Starbuckskaffee. Da bemerkte sie Sloan, die in die gleiche Richtung lief, gerade mal einen Meter vor ihr. Ihre Vorgesetzte lief schnellen Schrittes, und ihr hellblonder Pferdeschwanz flatterte wie eine feindliche Flagge.

Regina versenkte ihren Kaffee im nächsten Abfalleimer und verlangsamte ihre Schritte. Aber es gab keine Möglichkeit, Sloan aus dem Weg zu gehen. Sie erwartete Regina an ihrem Tisch.

Ein Wagen voller Bücher stand bereits neben ihrem Platz und wartete darauf, dass man sich um ihn kümmerte.

»Guten Morgen, Regina«, sagte Sloan. »Heute ist Ihr Glückstag.«

Regina konnte Sloan kaum ansehen. Sie verstand die Eifersucht und den Argwohn nicht, die in ihrem Bauch wie Säure schäumten. Sie rief sich ins Gedächtnis, dass Sebastian Barnes seit ein paar Tagen keine Bedeutung mehr für sie hatte – weder seine Vergangenheit noch sein jetziges Treiben. Dennoch, irgendetwas an Sloan ging ihr gegen den Strich.

»Ach ja? Wie das?« Sie ließ ihre Tasche zu Boden fallen.

»Sie kehren zurück an die Ausleihe«, erklärte Sloan.

Das waren gute Neuigkeiten. Aber Regina reagierte nicht darauf, sondern erkundigte sich nur: »Soll ich gleich gehen?«

»In einer Minute«, sagte Sloan. »Aber halten Sie sich mittags zur Verfügung. Ich habe ein paar Besorgungen zu erledigen und brauche Hilfe.«

»Tut mir leid«, sagte Regina. »Ich esse heute mit Margaret zu Mittag.«

Sloan zuckte leicht zusammen, als Regina ihr die Abfuhr erteilte, erholte sich jedoch rasch. »Nun, wenn es denn sein muss. Tun Sie es, so lange sie es noch können.«

»Was soll denn das heißen?«

»Hat sie es Ihnen nicht gesagt? Aufgrund von Kosteneinsparungen wurde ihre Stelle gestrichen.«

»Sie können doch nicht die Archiv-Bibliothekarin wegrationalisieren.«

»Ich habe ihr einen Posten am Rückgabeschalter angeboten«, sagte Sloan geflissentlich, als hätte sie den Einwand nicht gehört. »Leider zog sie es vor, aus dem Dienst zu scheiden. Aber ich schätze, das kann sie Ihnen alles beim Mittagessen erzählen.«

Regina fegte an Sloan vorbei in Richtung Stufen. Während sie auf Margarets Zimmer zulief, fragte sie sich, warum ihr die ältere Kollegin nicht selbst davon erzählt hatte. Doch dann fiel ihr ein, dass Margaret vor zwei Tagen an ihrem Schalter vorbeigeschaut hatte. Doch Regina war so in ihrem Kummer über Sebastian versunken gewesen, dass sie die Einladung zur Kaffeepause abgelehnt hatte.

Die Sonne schien hell in das Archiv, und in den Strahlen sah man den Staub, der in der Luft lag.

»Warum haben Sie mir nichts gesagt?«, sprudelte Regina los. Margaret saß am Tisch über ein großes, leinengebundenes Buch gebeugt, das sie mit einer Lupe betrachtete.

Margaret blickte langsam auf.

»Ihnen auch einen guten Morgen«, sagte sie lächelnd.

»Ich verstehe nicht, wie Sie so gut gelaunt sein können. Sloan hat mir gerade erzählt, was passiert ist.«

Margaret ließ die schwere Lupe sinken und legte sie oben auf die Seite.

»Es war unausweichlich, Regina«, sagte sie. »Jetzt sehen Sie mich nicht so an. Ich bin kein Opfer. Und ich habe das Rentenalter längst überschritten.«

»Gut, trotzdem finde ich den Zeitpunkt wirklich beschissen. Und die Umstände.«

»Ich hatte eine gute Zeit«, sagte Margaret. »Und ich habe es Ihnen doch schon oft gesagt, hier ist nichts mehr so, wie es einmal war. Wissen Sie, dass der letzte Präsident dieser Bibliothek den Plan entworfen hat, Millionen von Büchern auszulagern und in New Jersey unterzubringen? Dann dauert es mindestens einen Tag, bis ein angefordertes Buch zur Hauptausleihe kommt.«

»Das können sie doch nicht machen«, rief Regina.

»O doch, das können sie, und das werden sie auch. Glauben Sie mir, wir haben protestiert. Vor ein paar Monaten – kurz bevor Sie hier angefangen haben – haben wir einen Brief geschrieben, den Hunderte von Autoren und Akademikern unterzeichnet haben. Und das ist nur ein Problem. In den letzten vier Jahren ist das Budget für Neuanschaffungen um sechsundzwanzig Prozent gesunken. Dieser Zug ist abgefahren, Regina.«

Zu ihrem eigenen Schrecken begann Regina zu weinen.

»Ach Regina. Sie nehmen es viel schlechter auf als ich.«

Margaret kam um den kleinen Tisch herum und umarmte sie. Regina ließ es zu und schluchzte wie ein Kind in ihren Armen. Irgendwie zauberte Margaret ein Stofftaschentuch hervor und drückte es ihr in die Hand. Regina wischte sich die Augen.

»Danke. Es tut mir leid. Ich weiß nicht, was mit mir los ist.«

Margaret trat einen Schritt zurück und lächelte sie an. »Alles wird gut, Regina. Die Bibliothek wird überleben. Ich suche mir eine Arbeit in einem Buchladen. Oder vielleicht starte ich auch so einen Blog …«

Regina lachte.

»Aber vor allen Dingen wird bei *Ihnen* alles gut.«

Regina nickte ohne Überzeugung. »Danke, dass Sie mir das mit Sebastian gesagt haben. Ich habe versucht, mit ihm über seine Mutter zu reden, aber er wollte nicht.«

»Ich muss Ihnen sagen, Regina, ich behaupte nicht, sehr viel von Männern zu verstehen. Ich habe nie geheiratet, und das hat seinen Grund. Aber eines der wenigen Dinge, die ich in meiner Zeit gelernt habe, ist, dass man einen Mann nicht ändern kann. Und retten kann man ihn auch nicht.«

»Ich bin mir sicher, da haben Sie recht«, schniefte Regina.

»Finden Sie heraus, was Sie wollen und was Sie glücklich macht. Und dann können Sie entscheiden, welchen Mann Sie in Ihr Leben aufnehmen.«

»Dann haben Sie nie einen Mann gefunden, den Sie heiraten wollten?«, fragte Regina.

»Ach, es gab viele Männer, die ich wollte«, sagte Margaret mit einem verschmitzten Lächeln. »Und wenn ich sie irgendwann nicht mehr wollte, habe ich mich dem nächsten zugewandt.«

»Margaret!«, rief Regina.

»Was?«, fragte die alte Frau. »Mit verstaubten alten Büchern komme ich zurecht. Aber nicht mit verstaubten Liebesaffären.«

35

Regina hatte es nicht eilig, mit der Arbeit aufzuhören. Sie blickte zur Uhr, sah, dass es zehn nach sechs war, und brachte kaum die Energie auf, sich zu bewegen.

»Tja, es ist toll, dich wieder hier zu haben, Finch, aber ich mach Schluss für heute«, meinte Alex und warf ein letztes großes Buch auf ihren Tisch.

»Dann wünsche ich dir einen schönen Abend«, sagte Regina.

»Den werde ich haben«, sagte er mit einem breiten Grinsen.

»Ach ja? Ein heißes Date?«

»Das kann man wohl sagen. Weswegen bleibst du noch hier? Hilfst du beim Schnelldurchlauf?«

»Bei welchem Schnelldurchlauf?«

»Sloan richtet den Veranstaltungsort für die Gala her. Eine Art Übungsdurchlauf. Ich dachte, vielleicht hat sie dich miteingespannt.«

»O Gott – noch nicht. Aber danke für die Warnung.« Regina warf ihre Sachen in ihre Tasche. »Ich gehe mit dir raus«, erklärte sie.

Gemeinsam gingen sie die große Treppe hinunter ins Foyer, wo man schon eine Andeutung der schwülen Hitze spürte, die draußen herrschte.

Auf den Stufen saßen Leute, jedoch nicht mehr so viele wie um die Mittagszeit herum. Auf dem Bürgersteig schoben sich die Massen in Richtung Grand Central Station, und Regina graute vor der stickigen Subway, die ihr bevorstand.

»Bis bald, Finch«, sagte Alex und bog in südliche Richtung auf die Fifth Avenue.

Regina wollte sich ebenfalls verabschieden, doch die Worte blieben ihr im Hals stecken, als sie den schwarzen Mercedes bemerkte, der auf der anderen Straßenseite parkte.

Du kannst einfach links abbiegen und zum Bahnhof gehen, sagte sie sich. Und das tat sie dann auch. Leider kannte Sebastian sie gut genug und wusste, in welche Richtung sie ging. Und mit seinen langen Beinen sprintete er los und schnitt ihr an der nächsten Kreuzung den Weg ab.

»Du gehst nicht ans Handy«, sagte er. Er hatte sich vor ihr aufgebaut und verstellte ihr den Weg.

Sie erlaubte sich nicht, ihm in die Augen zu blicken. Wenn sie das tat, wäre sie verloren.

»Meinst du das hier?«, fragte sie und zog das iPhone aus ihrer Tasche und reichte es ihm. Sie hatte es seit drei Tagen nicht angestellt. Er weigerte sich, es anzunehmen.

»Können wir bitte eine Minute reden?«, bat er.

Sie wusste, sie sollte einfach weitergehen, doch stattdessen sah sie zu ihm auf. Der Anblick seiner dunklen samtenen Augen und der markanten Mundpartie hatte eine verheerende Wirkung auf sie … sie blieb wie angewurzelt stehen.

Offensichtlich verstand er ihr Schweigen als ein Ja. »Im Auto?«, schlug er vor.

»Ich steige nicht ins Auto.«

Er blickte um sich, und ganz offensichtlich war ihm gar nicht wohl dabei.

»Es wird nicht leicht sein, hier auf der Straße zu reden.« Wie um seine Worte zu bestärken, rempelte ein Mann im Anzug Regina mit seiner Tasche an.

»Ich nehme das Risiko auf mich, von Pendlern niedergetrampelt zu werden«, erklärte sie.

»Du vielleicht schon.« Er lächelte leicht, und tief in ihrem Inneren zog sich etwas zusammen. Der Himmel stehe ihr bei, sie liebte ihn.

Doch sie bewahrte eine undurchdringliche Miene.

Er sah sich erneut um und fuhr sich durchs Haar. Sie folgte seinem Blick und sah, dass sein Fahrer um den Block gefahren war und nun zwischen Fifth Avenue und Madison in der Zweiundvierzigsten wartete. »In Ordnung«, sagte er. »Du hast gewonnen. Wir reden hier.«

Er fasste sie beim Ellbogen und steuerte mit ihr auf die Gebäudefront zu. Sie lehnte sich an ein Ladenfenster und sah erwartungsvoll zu ihm auf.

»Mein Vater hat meine Mutter wegen eines einundzwanzigjährigen Models verlassen – eines Mädchens, das gerade mal drei Jahre älter war als ich. Anfangs habe ich sie gehasst, doch irgendwann haben wir uns versöhnt, und dann wurden wir Freunde. Sie hat mich zu Shootings mitgenommen, und da fing ich an, mich für die Fotografie zu interessieren. Sie war super geduldig und hat mich an sich üben lassen. Doch letztlich hat sie meinen Vater verlassen – wegen einem Fotografen, welch Ironie. Doch zu diesem Zeitpunkt war der Schaden bereits angerichtet, und meine Mutter, die nie über seine Affäre und die Scheidung hinweggekommen war, hat sich umgebracht.«

»Wer war das Model?«, wollte Regina wissen. Bilder von Sebastians Ausstellung in der Galerie stürmten auf sie ein wie eine unwillkommene Flut, und sie kannte die Antwort, bevor er den Mund aufmachte.

»Astrid Lindall.«

Die Worte, die ihre schlimmsten Unsicherheiten bezüglich ihrer Beziehung bestätigten, trafen sie wie ein Donnerschlag. Sebastian kam aus einer völlig anderen Welt, und sein Interesse an ihr konnte nicht mehr als ein flüchtiges sein.

»Ich danke dir für die … äh … Information. Ehrlich. Ich wünschte, du hättest mir das gesagt, als wir noch stundenlang im Bett sitzen konnten und reden. Uns kennenlernen. Aber jetzt weiß ich nicht, was ich damit anfangen soll.«

Taxis hupten, Passanten drängten an ihnen vorbei und Hitze und Schwüle lasteten noch immer wie ein Mantel auf ihr. Aber sie wollte sich nicht bewegen. Sie wollte nicht, dass er ging. Und ganz bestimmt wollte sie nicht in die Subway und nach Hause fahren, um sich eine weitere Nacht nach ihm zu verzehren. Wem machte sie hier etwas vor? Glaubte sie ernsthaft, ihre Entschlossenheit und Eigenständigkeit würden nicht wie Dominosteine zusammenfallen, solange sie nur nicht in sein Auto stieg?

»Weiterreden. Mit mir zusammen Abend essen.«

Sie wollte kein Abendessen. Sie wollte das süße Brennen eines Seils an ihren Handgelenken spüren, die kalte Luft des Raums, den sie noch nie gesehen hatte, den brennenden Schmerz an den Schenkeln, die explosive Erlösung durch seinen Schwanz zwischen ihren Beinen.

Regina wandte sich ab und ging auf den Eingang der Subway zu.

»Warte!« Er fasste sie beim Arm, und sie ließ sich aufhalten. »Du willst es nicht weiterführen, in Ordnung. Das muss ich akzeptieren. Aber schieb mich nicht ab, als hätte ich etwas Falsches getan. Ich habe dich nie angelogen. Ich habe dich nicht sitzen gelassen. Du bist nur wütend, weil du glaubst, dass ich dir nicht geben kann, was du willst.«

»Kannst du das denn?«

»Ich weiß es nicht.« Bei diesem Geständnis sah er noch trauriger aus als sie. »Aber ich bin hier, um zu reden, weil ich es versuchen will.«

»Wie versuchen?«

»Ich weiß es nicht«, wiederholte er. »Sagtest du nicht, du wolltest reden?«

»So einfach ist das nicht«, erwiderte Regina. »Außerdem glaube ich, dass ich *dir* vielleicht nicht geben kann, was du willst.«

»Doch, das tust du.«

»Noch«, sagte sie.

»Redest du vom Fotografieren?«

Sie biss sich auf die Lippe. Sich das einzugestehen fiel ihr schwer. »Kannst du denn sagen, dass es dir egal ist? Dass du mit einer Frau zusammen sein kannst, die kein Interesse daran hat, deine Muse zu sein?«

»Aber du irrst dich, Regina. Du *bist* meine Muse. Ich denke jedes Mal an dich, wenn ich den Auslöser drücke. Ich sehe dich in jedem Gesicht – in jeder Frau –, die ich fotografiere. Die Oktoberausgabe von *W* hätte deinen Namen auf dem Cover tragen sollen. Ich bitte dich doch nur darum, mich sehen zu lassen, was passiert, wenn ich die Frau, die mich inspiriert, vor die Kamera stelle.«

Sie dachte an die Schwarz-Weiß-Aufnahmen in seiner Wohnung – Frauen in Fesseln, gepeitschte Frauen, nackt und verewigt durch Sebastians Objektiv.

»Ich kann nicht«, sagte sie.

»Du hast mir in jeder Hinsicht vertraut. Meistens ohne mit der Wimper zu zucken. Und dann läufst du davon, weil ich dich fotografieren will?«

»Es klingt fies, wenn du es so formulierst.« *Hard Limit*, dachte sie.

Sie drehte sich um und rannte in den Bahnhof.

* * *

Reginas Gesicht war aufgequollen und tränenverschmiert, als sie die Tür ihrer Wohnung aufsperrte. In der Bahn zu weinen war ein neuer Tiefpunkt gewesen. Aber vielleicht gehörte das zu ihrem Leben in New York dazu.

Sie ging in die Wohnung und tröstete sich damit, dass sie nur Sekunden vom Himmelreich ihres Schlafzimmers trennten.

»Wo hast du gesteckt?« Carly stand vor ihr und war perfekt gestylt. Sie trug ein gelbes Sommerkleid, das abgestimmt war auf ihren goldschimmernden Teint und das honigblonde Haar, das sie zu einem lässigen Knoten im Nacken geschlungen hatte. Außerdem hatte sie Lipgloss aufgelegt und gerade genug Rouge, um ihren Wangen ein rosiges Glühen zu verleihen. Doch das war nicht der eigentliche Grund, warum Carly schöner aussah denn je. Regina erkannte, dass es nicht an der Bräune lag, am perfekten

Make-up oder am Kleid: Zum ersten Mal, seit sie Carly Ronak kannte, sah sie richtig glücklich aus.

»Ähm, wo ich immer bis um sechs bin – in der Arbeit«, sagte sie.

Und in diesem Moment bemerkte sie, dass sie nicht allein in der Wohnung waren.

Ein junger Mann sprang vom Sofa auf. Er hatte sandbraunes Haar und Grübchen, trug ein Dartmouth-T-Shirt und eine khakifarbene Hose und begrüßte Regina mit einem warmherzigen Lächeln. Alles in allem war er eher süß als gut aussehend.

»Hallo Regina – schön, dich endlich kennenzulernen. Ich bin Rob Miller.«

»Du bist … Rob?«, staunte Regina. Das also war der Herzensbrecher? Der Kerl, der Carly in ein schluchzendes Häufchen Elend verwandelt hatte, das sich tagelang im Schlafzimmer verkroch?

»Wir haben auf dich gewartet«, erklärte Carly und nahm Robs Hand.

Regina verstand nicht, wie Rob im Laufe eines Nachmittags in Carlys Leben hatte zurücktreten können, um jetzt in ihrem Wohnzimmer zu stehen und sie anzusehen, als wäre er hier zu Hause und Regina die Besucherin. War sie so sehr mit ihrem Kummer beschäftigt gewesen, dass sie nicht mitbekommen hatte, wie Carly sich mit Rob versöhnt hatte? »Wir treffen uns mit Robs Freund Andy auf ein paar Drinks und wollen, dass du uns begleitest.«

Ach du liebes bisschen, ein Verkupplungsversuch? Carly musste blind vor Liebe sein, denn offensichtlich war ihr Reginas Zustand entgangen. Sie war kaum in der Lage, sich die Zähne zu putzen und ins Bett zu fallen, geschweige denn, zu einem Doppeldate zu gehen.

»Ein andermal«, entschuldigte sie sich. »Freut mich, dich kennenzulernen«, murmelte sie Rob zu.

Aber Carly ließ nicht so leicht locker. Sie folgte Regina ins Schlafzimmer.

»He«, sagte sie und schloss die Tür hinter sich. »Warum kommst du nicht mit?«

Regina warf ihre Chanel-Tasche aufs Bett. Sie wünschte, sie hätte ihr altes Ding von Old Navy zurück. Sie ertrug den Anblick des schwarz glänzenden Leders mit den verschlungenen goldenen Cs nicht. Es war, als trüge sie Sebastian um die Schulter. »Warum hast du mir nicht erzählt, dass du wieder mit Rob zusammen bist?«

»Ich wollte es dir ja erzählen, aber du warst in den letzten Tagen nicht sonderlich kommunikativ.«

Regina dachte an ihre Cornflakes-Mahlzeiten hinter verschlossener Tür in ihrem Zimmer, das frühzeitige Schlafengehen um neun, um ihrer Misere zu entrinnen, das späte Aufstehen am Morgen, um direkt zur Arbeit loszustürmen. »Du hast wahrscheinlich recht. Tut mir leid. Also, was ist passiert?«

Carly deutete auf die Tür zum Wohnzimmer, wo Rob auf sie wartete. »Es ist grad ein wenig ungünstig, dir alles zu erzählen, also fasse ich mich kurz: Wir haben nicht all unsere Probleme gelöst. Aber wir haben einen Weg gefunden, wie wir uns in der Mitte treffen können.«

Regina nickte. »Tja, ich freue mich für dich. Er scheint ein netter Kerl zu sein.«

»Komm doch mit. Andy ist auch sehr nett. Du kannst

doch nicht den Rest deines Lebens in diesem Zimmer sitzen und Sebastian Barnes nachtrauern. Du musst nach vorne blicken.«

Regina nickte. In Gedanken sah sie, wie er sie in der Zweiundvierzigsten Straße anblickte, erwartungsvoll und enttäuscht zugleich. An ein Nachvorneschauen zu denken war einfacher gewesen, solange sie ihm die Schuld gegeben hatte, solange sie sich in der Rolle der Gebenden sah und ihn als den Beziehungsunfähigen, der ihre Verbindung auf das rein Körperliche reduzieren wollte. Doch jetzt hatte er es versucht. In einem seltenen Moment der Unbeholfenheit hatte er ihr gezeigt, dass er sich bemühen würde, mehr zu geben. Jetzt war es an ihr zu erkennen, dass sie alles gegeben hatte, was in ihrer Macht stand. Und dass es nicht reichte, war eine schreckliche Erkenntnis. Aber jetzt war nicht der richtige Zeitpunkt, um Carly das zu erklären. Also sagte sie nur: »Ich bin noch nicht so weit.«

Carlys Gesicht wurde weicher. »Okay, ich verstehe. Ich hab das auch gerade durchgemacht. Aber das nächste Mal kommst du mir nicht mehr so leicht davon. Ich sage Andy, dass wir es aufschieben.«

»Viel Spaß«, sagte Regina und atmete erleichtert auf, als Carly sie alleine ließ und die Tür hinter sich schloss.

Sie stellte ihre Handtasche auf den Boden, legte sich aufs Bett und drehte sich auf die Seite. Ihr Blick fiel auf das Bettie-Page-Buch auf der Kommode. Sie wollte es nicht mehr in ihrem Zimmer haben, wusste aber nicht wohin damit. Es einfach wegzuwerfen brachte sie nicht übers Herz. Vielleicht sollte sie es am nächsten Morgen an ein Antiquariat verkaufen?

Regina setzte sich auf. Sie würde es ins Wohnzimmer legen, in den Stapel von Carlys Zeitschriften, wo sie es nicht mehr sehen musste.

Sie lauschte an der Tür. In der Wohnung war es still. Sie vergewisserte sich noch ein paar Momente, ob Carly und Rob wirklich weg waren, dann nahm sie das Buch und ging ins Wohnzimmer.

Vielleicht sollte sie es doch noch heute Abend zum Antiquariat bringen, überlegte sie. Es war gerade mal sieben. Und was hatte sie sonst schon zu tun?

Sie setzte sich aufs Sofa und beschloss, das Buch ein letztes Mal durchzublättern. Es war wunderschön – und sie hatte nun mal eine Schwäche für schöne Bücher.

Regina blätterte bis zur Mitte, zu dem Kapitel mit den Fetisch- und Fessel-Bildern von Irvin Klaw. Sie erinnerte sich, was Sebastian in ihrer ersten Nacht in seiner Wohnung gesagt hatte: Dass Bettie etwas hatte, das den Mädchen auf seinen Fotografien fehlte – »Vergnügen«. Regina sah sich die Seite genauer an, die sie aufgeschlagen hatte. Bettie trug einen Bikini mit Leopardenmuster, ihre Arme und Beine waren in Ketten, durch ihren Mund ging ein Seil. Dennoch lachten ihre Augen. *Sie sieht aus, als ob sie Spaß dabei hätte*, hatte er gesagt. Doch Regina musste daran denken, wie man sich in Wirklichkeit in dieser Position fühlte – ausgeliefert, erotisiert, denn schließlich war es das Vorspiel zum Sex. Sie wusste nicht, wie Bettie sich davon loslösen konnte. Vielleicht war sie in ihrem wirklichen Sexleben nicht unterwürfig und schlüpfte nur für die Kamera in diese Rolle. Ihr »Vergnügen«, das Verspielte, sprach aus den Bildern, weil es eben nicht mehr für sie war: ein Spiel. Sie gab nichts von sich selbst preis, denn sie offenbarte der Kamera nichts Reales.

Regina blätterte zum nächsten Kapitel: Bettie in weißen Stiefeln mit erhobener Reitgerte. Bettie in einer schwarzen Lederkorsage und ellbogenlangen schwarzen Handschuhen kauerte bedrohlich über einer Frau in Spitzenunterwäsche, die gefesselt und geknebelt auf dem Rücken lag. Bettie in Strapsen, Strumpfhaltern und schwarzen kniehohen Plateauschuhen, die vorne geschnürt waren. Sie funkelte in die Kamera, als würde sie den Fotografen gleich zum Dessert verspeisen. Bettie mit geschwungener Peitsche.

Regina blickte auf. Adrenalin schoss durch ihre Blutbahnen.

Wir haben nicht all unsere Probleme gelöst, hatte Carly gesagt. *Aber wir haben einen Weg gefunden, wie wir uns in der Mitte treffen können.*

Und auf einmal wusste Regina, was sie zu tun hatte.

36

»Das ist eine ziemlich lange Einkaufsliste«, bemerkte Carly mit Blick auf das große, pinke Post-it, auf dem Regina seit Tagen herumgekritzelt hatte.

Es war Samstagmorgen. Regina musste daran denken, wie sie vor einer Woche mit Sebastian für den Bondage-Ball beim Einkaufen gewesen war – der Tag hatte so vielversprechend begonnen, doch am Ende hatte sie alles infrage gestellt.

Sie hoffte, dass sie diese Shoppingtour zu einer Antwort führen würde.

Regina folgte Carly in Richtung Christopher Street.

»Deswegen brauche ich ja auch deine Hilfe. Ich dachte, entweder hole ich mir im Internet Tipps von irgendwelchen Leuten – oder ich engagiere meine private Modeexpertin.«

»Ich bin Designerin, nicht Personal Shopper«, murrte Carly, aber Regina wusste, dass sie Spaß an der heutigen Mission hatte. »Wenn wir Glück haben, finden wir alles in zwei Läden. Und Korsage und Strumpfhalter hast du wirklich schon?«

»Ja«, antwortete Regina errötend. Die Korsage hatte sie ganz hinten in ihre Kommode gestopft. Sie hatte das Ding nicht mehr angeschaut seit jener Nacht, als Greta sie hineingeschnürt hatte – in der Nacht, als Sebastian ihr den Butt-Plug verpasst hatte.

Der erste Laden hieß »My Cross to Bare«, und im Fenster standen gertenschlanke, weiße Plastikschaufensterpuppen in Korsagen mit Lederkappen, Plateauschuhen und Handschellen.

Carly drückte eine kleine weiße Klingel an der Tür, und sie wurden eingelassen.

Drinnen liefen ein paar Verkäuferinnen umher, aber keine machte Anstalten, sie zu bedienen. Vermutlich wusste ihre Kundschaft für gewöhnlich, was sie wollte und wo sie es fand.

Carly strich ihr Haar zurück, band es zu einem losen Pferdeschwanz, und blickte auf die Liste. Sie stemmte die Hände in die Hüfte, als würde sie sich auf eine Schlacht vorbereiten, dann ging sie im Laden umher und sammelte die benannten Gegenstände ein: lange Lederhandschuhe in Schwarz und ein Paar in Weiß, eine schwarze Samtkorsage mit langen, sichtbaren Haken am Rücken, einen Flogger mit schwarzem geflochtenem Griff und rot-schwarzen Riemen, eine lange, imposante, aber unpraktisch aussehende Peitsche und eine fünfunddreißig Zentimeter lange Reitgerte.

»Das war einfach«, sagte sie und überreichte Regina den Stapel. »Kannst du mir jetzt sagen, was das Ganze soll?«

»Das ist meine Version davon, mich mit Sebastian in der Mitte zu treffen.«

»Verstehe ich nicht«, meinte Carly.

»Ich weiß … es ist schwer zu erklären. Ich beginne selbst erst, das Ganze zu verstehen.«

Eine asiatische Verkäuferin erschien. »Braucht ihr eine Umkleidekabine?«

»Nein, danke. Wir nehmen das alles«, sagte Carly und lächelte Regina an.

***

Als Regina vor seiner Tür stand, war zur Abwechslung einmal Sebastian überrascht.

Lächelnd nahm er ihr die zwei großen Segeltuchtaschen ab.

»Eine Woche lang redest du nicht mit mir, und jetzt ziehst du hier ein?«, scherzte er. Er freute sich sichtlich, Regina zu sehen.

Und anders als vor ein paar Tagen auf der Straße blickte sie ihm diesmal sofort in die Augen. Und wusste auf der Stelle, dass sie das Richtige tat. Wenn es denn funktionierte.

»Na ja, die Sendepause hat uns nicht weitergebracht. Ich dachte, es wäre an der Zeit, es mit einer anderen Taktik zu versuchen.« Sie lächelte, obwohl sie innerlich zitterte. Was, wenn er Nein sagte? Was, wenn ihm ihr Vorschlag nicht gefiel? Was, wenn er so nicht arbeiten konnte?

Er nahm ihre Hand und führte sie in sein Wohnzimmer.

»Und was genau hätte uns die Sendepause bringen sollen?«, fragte er und ließ sich neben ihr nieder.

»Sie sollte mir beim Nachdenken helfen – denn in deiner Nähe kann ich einfach keinen klaren Gedanken fassen. Alles … verschwimmt.« Selbst jetzt war es irritierend, ihm so nah zu sein. »Ich musste mir darüber klarwerden, was ich will – und was ich bereit bin, zu geben.«

»Ich muss gestehen – und vielleicht liegt das daran, dass

ich eine totale Niete bin in Sachen emotionaler Nähe –, ich habe keine Ahnung, was das alles soll.«

Regina schluckte. »Na ja, letzte Woche, nach dem Abend im Jane Hotel, sagte ich doch, dass ich mehr von einer Beziehung erwarte. Dass ich dich kennenlernen will. Und du wurdest wütend, als ich erzählte, was ich von Margaret erfahren hatte. Und vielleicht war es meine Schuld – ein unbeholfener Versuch, in eine Unterhaltung einzusteigen. Aber dann hast du mir klipp und klar gesagt, dass du an einer derartigen Beziehung nicht interessiert bist. Und diese Barriere schien uns beiden unüberwindlich, habe ich recht?«

Er nickte. »Aber dann …«

»Ja, ich weiß«, fuhr sie eilig fort. »Dann bist du diese Woche nach der Arbeit zu mir gekommen und wolltest reden, und ich sagte … na ja, ich weiß nicht mehr genau, was ich gesagt habe.«

»Lass es mich kurz zusammenfassen: ›Zu wenig, zu spät‹«, sagte Sebastian, aber sein Blick war voller Zuneigung.«

»Ja … irgendetwas in der Richtung. Aber ich glaube, in Wirklichkeit hatte ich Angst. Denn wenn *du* es versuchst, hätte *ich* es auch versuchen müssen. Und du hast mich gebeten, für dich Modell zu stehen, und das musste *ich* dir ausschlagen, obwohl *du* mir gerade etwas zugestanden hattest … da fühlte ich mich in die Enge getrieben. Oder zum Scheitern verurteilt. Aber ich will nicht diejenige sein, die es kaputt macht.« Sie blinzelte heftig gegen die aufsteigenden Tränen an, doch sie liefen ihr trotzdem über die Wangen. Sebastian wischte sie fort.

»Du machst es nicht kaputt, Regina.«

»Vielleicht nicht kaputt. Aber ich *begrenze* es.«

»Jeder hat seine Grenzen. Haben wir darüber nicht von Anfang an geredet?«

Sie nickte.

Er legte ihr den Arm um die Schulter und eine Weile saßen sie schweigend da. »Regina?«, fragte er leise.

»Ja?«

»Was ist in den Taschen?«

»Ach das, ja. Deshalb bin ich ja hier. Ich habe es mir anders überlegt: Ich will, dass du mich fotografierst.«

Sebastian sah sie an, als wäre das Ganze ein Witz, und er würde noch auf die Pointe warten. Doch als er merkte, dass es ihr ernst war, schüttelte er langsam den Kopf.

»Ich weiß das zu würdigen, Regina. Aber auch ich habe viel nachgedacht seit unserer letzten Unterhaltung. Erinnerst du dich, was ich dir über BDSM und die Fotografie erzählt habe – was beide gemeinsam haben?«

»Ich denke schon«, sagte sie.

»Ich sagte dir, dass man niemanden zwingen kann, eine echte Sub zu sein, und genauso wenig kann man jemanden zwingen, sich vor der Kamera zu fügen. Die Ergebnisse sind schrecklich. Und sich selber zwingen kann man auch nicht.«

Sie erkannte, dass er sie aus der Verantwortung nahm. Sie hatte die Möglichkeit, einen Rückzieher zu machen, und sie konnten dennoch eine körperliche Beziehung haben, so lange es eben hielt, und damit hätte es sich. Er würde sie nicht mehr bitten, für ihn Modell zu stehen. Ihr stand es frei, ihre eigenen Grenzen zu setzen.

»Ich zwinge mich nicht. Ich will es.«

Er sah sie zweifelnd an. »Seit wann?«

Sie ging zu einer der Sporttaschen, holte das Bettie-Page-Buch heraus und brachte es zum Sofa.

»Du hast mir das hier gegeben«, sagte sie und schlug es auf.

»Ja, ich erinnere mich.«

Sie blätterte zum hinteren Teil des Buches und fand die Fotos, die ihr gefielen.

»Ich könnte mir etwas in dieser Art vorstellen.«

Sebastian nahm ihr das Buch ab und legte es auf seinen Schoß. Er blickte auf die Seite, schüttelte aber den Kopf.

»Ich kann keinen fremden Stil kopieren«, meinte er. »So funktioniert das nicht.«

»Ich meine nicht die Art der Fotos. Ich meine die Art, wie *sie* auf den Fotos ist.« Regina wusste nicht, warum sie es so schlecht erklären konnte. Sie blätterte schnell zu einem anderen Teil des Buches und zeigte ihm ein Foto, auf dem Bettie an Holzbalken gefesselt war. »Aber nicht solche Fotos. So etwas will ich nicht.«

»Du willst dich als Dom fotografieren lassen?«, fragte er. Sie nickte. Er schien es zu überdenken. »Aber so sehe ich dich nicht. Das bist du nicht. Es wäre nicht authentisch.«

»Hast du nicht gesagt, ich müsste mich – wie war das gleich – entfalten?«, fragte sie lächelnd.

Er sah sie an, ganz ernst. Eine Minute verstrich. Regina hielt seinem Blick Stand. Und dann noch eine Minute.

»Ich denke darüber nach«, sagte er. »Aber du musst mich davon überzeugen, dass du diese Rolle glaubwürdig darstellen kannst. Lass uns mal sehen, was du in diesen Taschen hast.«

37

Ein leichter Schlenker aus dem Handgelenk konnte darüber entscheiden, ob man jemanden antippte oder verletzte.

Sagte zumindest Sebastian.

Regina stand in seinem Schlafzimmer in ihren hohen schwarzen Stiefeln und der eng geschnürten Korsage, die Arme bis zu den Ellbogen in schwarzen Lederhandschuhen. Sie hielt die Reitgerte in der Hand und fühlte sich mächtig – obwohl sie nur ein Kissen auspeitschte.

Sie schlug erneut zu.

»Die Spitze sollte nicht zuerst aufkommen. Wenn du jemanden mit der Spitze schlägst, entstehen Striemen, selbst wenn die Haut unverletzt bleibt«, erklärte Sebastian. Er saß ihr gegenüber auf einem hohen Lehnstuhl und leitete sie an wie der Francis Ford Coppola des Sadomaso.

Er kam zu ihr und nahm ihr die Gerte ab. »Ist das Nylon oder Fiberglas?«, erkundigte er sich.

»Keine Ahnung.«

»Okay, versuch es noch einmal.« Er ging zurück zu seinem Stuhl.

Sie hob den Arm und schlug mit der Gerte auf das Kissen.

»Besser«, kommentierte er. »Und denk daran, dass die Wucht des Aufpralls mehr von der Geschwindigkeit und nicht so sehr vom Kraftaufwand bestimmt wird.«

»Ich hatte ja keine Ahnung, dass es so kompliziert ist«, gestand Regina.

»Es bedarf schon etwas Sorgfalt und Überlegung«, sagte er lächelnd. »Oder hast du vielleicht geglaubt, für mich wäre das Ganze nur Spaß?«

Sie schlug das Kissen noch einmal.

»Ich bin mir nicht so sicher, was ich von deiner Treffsicherheit halten soll – das waren vielleicht eher die Oberschenkel als der Arsch. Du musst aufpassen.«

Sie sah ihn an. »Es ist ein Kissen. Woher soll ich wissen, wo hier der Arsch anfängt?«

»Ich gebe zu – dieser kleine Versuchsaufbau hat seine Einschränkungen.« Er erhob sich von seinem Stuhl. »Ich glaube, es ist an der Zeit, dass wir unsere Übungen an einen anderen Ort verlegen.«

Regina spürte die Aufregung wachsen. Sie hoffte, dass er sie in den RAUM brachte, damit sie ihn endlich einmal zu Gesicht bekam. Doch dann bemerkte sie den Autoschlüssel in seiner Hand.

»Wo fahren wir hin?«

»Feldforschung betreiben.«

***

Wenn der Club einen Namen hatte, sah Regina ihn draußen nicht. Und drinnen war es zu dunkel, um viel zu erkennen.

Regina hatte sich wieder ihre Straßenklamotten angezogen, obwohl Sebastian sie gewarnt hatte, dass sie sie nicht lange anhaben würde. In dem Club galt eine strenge Kleiderordnung, die nur Unterwäsche oder weniger erlaubte und die am Eingang kontrolliert wurde. Regina war davor zurückgeschreckt, aber Sebastian hatte ihr versichert, dass sie in Kleidung mehr Aufmerksamkeit auf sich ziehen würde, als wenn sie sich einfach anpasste und es den anderen Gästen gleichtat. Das hatte zwar eine gewisse Logik, aber Regina hatte sich noch immer nicht ganz von ihrem Abenteuer im Jane Hotel erholt, und außerdem war sie nicht so recht in Anpassungsstimmung.

Aber die Frau an der Tür war Mitte vierzig und alles andere als Furcht einflößend, und als sie Regina so höflich und sachlich zur Kleiderkontrolle schickte, gab Regina nach.

Außerdem konnte sie sich ein Lächeln nicht verkneifen, als sich auch Sebastian bis auf die Boxershorts auszog.

»Ich hätte nicht gedacht, dass diese Kleiderordnung auch für dich gelten würde.«

»Ich bin ein großer Verfechter der Gleichberechtigung, Baby«, meinte er nur.

Obwohl die Nacht eine unerwartete Wendung genommen hatte, fühlte sie sich ihm schon jetzt irgendwie enger verbunden. Und sie konnte es kaum erwarten, endlich mit dem Fotoshooting anzufangen, bevor sie vielleicht doch wieder unsicher wurde oder schlicht die Nerven verlor.

Aber Sebastian bestand darauf, dass sie die Rolle, die sie auf den Fotos verkörpern wollte, erfuhr. Sie fragte sich, wie viel Bettie tatsächlich von dem gelebt hatte, was sie auf den Fotos darstellte, und wie viel einfach nur Schauspielerei gewesen war.

»Wenn ihr Peitschen, Handschellen, Ruten, Augenbinden oder anderes leihen wollt, findet ihr es die Treppe runter und rechts.«

Regina gab ihre Kleidung ab, und die Frau händigte ihr einen bunten Abschnitt aus, der wie ein Garderobenbillet aussah.

»Ich habe keine Tasche, in die ich es stecken könnte«, sagte sie zu Sebastian.

»Kannst du dir die Nummer merken?«

»Ja.«

Er nahm ihr das Kärtchen ab und gab es der Garderobiere zurück. »Lass uns gehen.« Und damit gab er ihr die Gerte.

Er führte sie an der Hand eine Treppe hinunter, wo sie ein Ambiente von hippem Dungeon erwartete. Licht aus Kandelabern fiel auf Käfige, Steinböden und holzgetäfelte Bogendurchgänge zwischen den Räumen. Die mittelalterlich anmutenden Einrichtungsgegenstände dienten offensichtlich als Folterinstrumente, und die Wände waren gespickt mit Stricken, Ketten, Haken und Flaschenzügen.

Sebastian behielt recht: Regina hatte nicht den Eindruck, sonderlich aufzufallen in ihrer Unterwäsche. Die anderen Clubbesucher schenkten ihr nicht mehr Aufmerksamkeit, als sie ein Neuankömmling eben erweckte, wenn er in einen vollen Raum oder auf eine bereits laufende Party kam.

Sebastian führte sie herum. Zu ihrem Erstaunen sah sie mehr angekettete oder gefesselte Männer als Frauen. Durch ihre Beziehung mit Sebastian hatte sie Frauen automatisch in der untergebenen Rolle gesehen, aber in diesem Club waren sie in der Minderheit.

»Du spielst mir nicht mit irgendwelchen Männern«, mahnte Sebastian, als sie an zwei an die Wand geketteten Männern vorbeikamen, einer dem Raum zugewandt, der andere mit dem Gesicht zur Wand. Der Penis des ihnen zugewandten Mannes steckte in einer Art Metallkäfig. Beide wurden von Frauen mit Gerten und anderen Züchtigungsinstrumenten behandelt.

»Kein Problem«, murmelte Regina hastig.

Eine Frau in einem roten Bademantel saß auf einem großen, thronartigen Sessel. Ihre langen Beine steckten in roten Lederstiefeln, und über ihrem Schoß lag ein Mann mit nacktem Hintern. Sie versohlte ihn mit einem Paddle, und Regina hätte schwören können, dass er sie »Mami« rief.

»Hier entlang.« Sebastian führte sie durch einen bogenförmigen Durchgang in den nächsten Raum. Regina sah eine Frau in einer hölzernen Umzäunung, die Augen verbunden und nackt von der Taille abwärts. Sebastian überlegte einen Moment, doch dann ging er weiter zu einer anderen, die bäuchlings auf einer Bank lag, nackt, an Armen und Beinen gefesselt. Neben ihr stand ein Mann und versohlte sie mit bloßer Hand. Die helle Haut der Frau war rot vor Handabdrücken.

Ein paar Schritte von der Bank entfernt stoppte Sebastian Regina. »Schau einfach zu«, raunte er und legte ihr einen Arm um die Schulter.

Der Mann ließ die Hand erneut hinabsausen und wartete dann etwas länger mit dem nächsten Schlag. Die Frau stöhnte – kein schmerzvolles Stöhnen, sondern ein lustvolles.

Als hätte er seine Zuschauer bemerkt, drehte sich der Mann nach ihnen um. Dann wandte er sich wieder der Gefesselten zu und ließ seine Hand mit einem Knallen herabfahren, das Regina noch im nächsten Raum gehört hätte.

Dann ging er.

»Wo geht er hin?«, flüsterte Regina.

»Er lässt uns auch mal«, erklärte Sebastian.

»Lässt uns was?«

»Mit ihr spielen.«

Regina machte große Augen und schüttelte den Kopf. »Kommt nicht infrage.«

»Aber dazu sind wir hier.«

»Ich dachte nur zum Zuschauen.«

»Ich weiß nicht, wie du auf diese Idee gekommen bist«, sagte er und reichte ihr die Reitgerte. »Warte einen Augenblick.«

Sebastian ging zu der Frau und beugte sich hinab, um ihr etwas zu sagen. Das Gesicht der Frau war in die andere Richtung gewandt, und Regina bekam nicht mit, was die beiden beredeten.

Dann winkte er Regina zu sich. Widerstrebend folgte sie. Aus der Nähe sahen die Flecken auf dem Hintern noch röter und ausgeprägter aus. Regina schlug die Augen nieder.

»Sie sagt, Reitgerte ist okay«, erklärte Sebastian. Regina sah ihn an, als hätte er den Verstand verloren.

»Ich werde diese Frau nicht schlagen.«

»Deswegen ist sie hier«, erwiderte Sebastian. »Aber vor allem sind *wir* deswegen hier.« Er streichelte ihren Kopf, und sein Ton veränderte sich. »Entweder du gibst es ihr jetzt, oder du bekommst es später«, sagte er. »Genauer gesagt, bekommst du es ohnehin. Die Frage ist nur, wie schlimm.«

Regina blickte in seine dunklen Augen und spürte das vertraute Flattern, das sich von ihrer Magengrube zum Becken hin ausbreitete. Und sie erkannte, dass sie kein schlechtes Gefühl dabei haben sollte, wenn sie diese Frau schlug. Vielleicht hatte sie keinen Sebastian und kam deshalb an diesen Ort, um zu bekommen, was Regina nur einer geben konnte.

Regina holte mit der Gerte aus und hob den Arm auf die Höhe, die Sebastian sie gelehrt hatte. Er deutete auf den Hintern der Frau und erinnerte Regina daran, gut zu zielen und nicht die Rückseite der Oberschenkel zu treffen, was zu schmerzhaft sein konnte.

Regina schielte zögernd zu Sebastian und sein ermunterndes Nicken gab ihr die nötige Entschlusskraft, die Sache durchzuziehen. Sie biss sich auf die Unterlippe und schlug mit der Gerte auf den geröteten Po der Frau.

»Das kannst du aber fester«, kommentierte Sebastian.

Regina fragte sich, ob es ihn wohl anmachte, ihr dabei zuzusehen. Und ganz im Geiste ihrer neuen Beziehung, die offener und kommunikativer war, fragte sie ihn einfach: »Findest du das heiß?«

Er schüttelte den Kopf. »Nein.« Er kam näher und flüsterte: »Ich muss mich mit aller Gewalt zurückhalten, dir nicht die Augen zu verbinden und dich an diese Bank da drüben zu binden. Du würdest dich wehren, aber ich würde dir das Höschen runterreißen und das Paddle nehmen, um diesen Amateuren hier zu zeigen, wie man es richtig macht. *Das* fände ich heiß.«

Reginas Herz setzte kurz aus.

»Also«, flüsterte er. »Ich will, dass du diese Frau viermal schlägst, und dann gehen wir. Sage ihr, dass sie mitzählen soll.«

Voll Beklemmung wandte sich Regina an die Fremde

und versuchte, entschlossen und stark zu klingen: »Mitzählen!« Ein Blick zu Sebastian, er nickte.

Regina ließ die Gerte herabsausen, nicht zu fest, aber doch mit Kraft.

»Eins«, rief die Frau in klarer Stimme aus. *Fester*, formte Sebastian mit den Lippen.

Regina führte einen schnelleren Schlag aus, und das Klatschen auf dem Hintern war fast zu viel für sie. »Zwei!«, rief die Frau. Regina holte erneut aus, obwohl ihr Arm zu zittern begann.

»Lass sie kommen«, befahl Sebastian. Wieder sah Regina ihn an, als hätte er den Verstand verloren. Sie schlug noch fester zu. Die Frau stöhnte leicht – nicht so laut wie bei ihrem Vorgänger, aber immerhin.

»Drei«, sagte sie und ihre Stimme klang etwas angespannter.

Regina schlug erneut zu, diesmal mit einer Gewalt, die sie selbst überraschte. Die Frau reagierte mit einem ekstatischen Quietschen und sagte mit belegter Stimme: »Vier.«

Sebastian nahm Regina die Gerte ab und führte sie zurück zur Treppe.

***

Draußen war es kühl geworden. Regina war glücklich, wieder angezogen zu sein, und fragte sich, ob der schwerste Teil der Nacht nun hinter ihr lag – oder ihr noch bevorstand.

Sie war froh, dass er sie in den Club gebracht hatte und sie aus erster Hand erfahren konnte, wie es sich anfühlte, wenn man selbst die Peitsche schwang. Überraschenderweise hatte sie die Machtposition überhaupt nicht erregt. Ihr wurde klar, dass die sexuelle Dynamik zwischen ihr und Sebastian nicht allein etwas war, dem sie sich ihm zuliebe fügte, sondern dass sie ihr tatsächlich entsprach. Natürlich hätte sie schon eher darauf kommen können, weil es ihr diesen intensiven Genuss verschaffte. Aber bevor sie nicht die andere Seite kennengelernt hatte, konnte sie das nicht mit Sicherheit sagen. Jetzt hatte sie gesehen, wer sie nicht war, und bekam dadurch ein besseres Gefühl für ihre sexuelle Identität. Und obwohl es der Logik widersprach, würde ihr die Gewissheit, keine Dom zu sein, die Fotosession erleichtern: Sie würde wenig von sich selbst auf diesen Fotos preisgeben, sondern in eine Rolle schlüpfen. Ihre eigene Sexualität wäre weiterhin ein süßes Geheimnis zwischen ihr und Sebastian.

Sie hoffte nur, dass sie die Dom überzeugend darstellen konnte. Sie empfand jetzt noch größeren Respekt für Bettie Page.

Sebastian zog sein Handy raus.

»Jess«, sagte er. »Ich möchte dich um einen Gefallen bitten. Kannst du in zwanzig Minuten bei mir sein? Ich habe Regina bei mir, und wir brauchen dein Talent.«

Regina sah ihn fragend an, aber er zwinkerte ihr nur zu.

38

»Bitte zu Boden blicken und dabei den Kopf nach vorne gerichtet halten.«

Jess, die rothaarige Britin von ihrem ersten Besuch im Four Seasons, leitete Regina geduldig durch ihre erste professionelle Maske.

Regina lehnte sich auf Sebastians Esszimmerstuhl zurück. Sie schwitzte unter den Deckenleuchten.

»Ist das nicht sehr viel Make-up?«, fragte sie und versuchte dabei, den Kopf stillzuhalten. Jess legte gerade die ungefähr dritte Schicht Lidschatten auf.

»Vertrauen Sie mir, das ist es nicht. Ich weiß, dass Sebastian viel in Schwarz-Weiß fotografiert, da braucht man viel mehr Kontrast. Es mag übertrieben aussehen, wenn Sie in den Spiegel schauen, aber auf dem Film ist es perfekt.«

Sebastian war dabei, das Wohnzimmer herzurichten und verrückte Möbel.

»Ich werde auch ein paar Außenaufnahmen machen«, sagte er zu Jess. Das war Regina neu.

»Welche Kamera nimmst du? Die Mark II?«

Sebastian murmelte etwas, das nach Zustimmung klang.

»Kopf stillhalten«, mahnte Jess. Mit gesenktem Kopf blickte Regina direkt auf Jess' Brüste, die sich durch das dünne graue Rolling-Stones-T-Shirt abzeichneten. Sie fragte sich, wie oft Sebastian wohl schon mit ihr zusammengearbeitet hatte – und wie eng. Sie hasste sich für ihre Eifersucht, für die Art, wie ihre Gedanken automatisch diesen Kurs einschlugen. Sie fragte sich, wann und ob sie sich jemals sicher fühlen würde.

Jess wandte sich wieder ihren Pinseln, Tiegeln, Puderdosen, Wimpernzangen, Mascarabürsten, Kajalstiften, Pinzetten und Lidschatten zu, die auf Sebastians Esstisch verteilt lagen. »Fast fertig«, meldete sie und nahm mehrere Lippenstifte in die Hand, doch keiner gefiel ihr.

Sebastian kam, um das Ergebnis zu begutachten. Regina kam sich so bemalt und bekleistert vor, dass sie sich vor seiner Reaktion fürchtete. Aber der Ausdruck in seinem Gesicht wischte all ihre Bedenken fort.

»Jess, auf dich und deine Zauberkunst ist einfach Verlass«, sagte er. »Und was dich betrifft« – er kam zu Regina und legte ihr die Hand auf den Kopf. Sie blickte auf, und sein begeisterter Blick ließ ihr Herz schneller schlagen – »du bist einfach bildschön.«

* * *

Regina stand in Pose auf dem Dach von Sebastians Haus. Über ihr blinkten die Sterne des Sommerhimmels, und hinter ihr floss der Hudson River dahin, silbern im Mondlicht.

Die Peitsche wurde langsam schwer in ihren Händen.

»Schau mich an, aber dreh dich dabei leicht zur Seite«, sagte Sebastian. »Versuch's doch mal mit der Peitsche hinterm Kopf. Nimm mit einer Hand den Griff und mit der anderen die Riemen.«

Regina nahm die Stellung ein, die er vorgeschlagen hatte. Am Ende der langen Fotosession wusste sie, wie sie am besten seinen Weisungen folgen und noch etwas hinzufügen konnte. Und natürlich hatte er seine wichtigste Weisung gleich zu Beginn gegeben: Er erinnerte sie daran, dass die besten Models jene waren, die Spaß bei ihrer Arbeit hatten – die es nicht nur für Geld oder für ihr Portfolio taten, sondern denen das Geben und Nehmen zwischen ihnen und der Kamera Freude machte. »Wenn du diese Freude für dich entdeckst«, hatte er gesagt, »dann haben wir den Jackpot geknackt.«

Regina stellte eine Hüfte aus und lächelte, als wäre sie gerade drauf und dran, etwas sehr Schlimmes zu tun. Und dieses Lächeln erreichte ihre Augen, dessen war sie sich gewiss.

Sie gab ihm ein paar Variationen dieses Motivs und warf dann die Peitsche zur Seite.

»Zeig mir deinen Arsch«, sagte er.

Noch vor zwei Stunden hätte sie dieser Befehl zum Stocken gebracht. Doch jetzt steckte sie voller Ideen, was sie mit ihrem Körper anstellen konnte. Anfangs hatte sie Korsage und Lederrock getragen, doch mittlerweile trug sie nur noch ein schwarzes Bustier, schwarze Spitzen-Hüft-Pants und die Plateauschuhe, die sie zusammen mit Carly erstanden hatte.

Sie drehte ihm den Rücken zu, schlang die Riemen der Peitsche zwischen ihren Beinen hindurch, und wandte ihm den Kopf zu, als hätte er sie gerade bei etwas unterbrochen.

In der ersten Stunde hatte sie an Bettie gedacht – und

sich von ihrem Vorbild leiten lassen –, um ihre Befangenheit zu überwinden. Doch in der Zwischenzeit hatte sie ihre ganz eigene Beziehung zur Kamera aufgebaut.

»Lass die Peitsche fallen und setz dich auf den Boden«, sagte er.

Er kletterte auf eine Trittleiter, um sie von oben zu fotografieren. Sie blickte zu ihm auf, und er hob die Kamera ans Auge. Dann ließ er sie wieder sinken.

»Wo ist die Kette? Ich will, dass du sie auf diesen Bildern trägst.«

»Wirklich? Sie ist drinnen. Ich habe sie beim Umziehen abgenommen.«

»Hol sie. Wenn ich die Frau auf diesen Bildern ansehe, will ich wissen, dass sie mir gehört.«

***

Die Stricke fühlten sich enger an, die Augenbinde dunkler, der Raum kälter.

Es war, als wären alle Maßnahmen verschärft worden, um Regina daran zu erinnern, wo ihr eigentlicher Platz war. Ihr war vielleicht erlaubt, im Club und auf den Fotos eine Dom zu spielen, aber jetzt wollte Sebastian sie wieder in die Wirklichkeit zurückholen – in *ihre* Wirklichkeit.

Mittlerweile musste es vier Uhr morgens sein, und Regina war auf die gleiche Art gefesselt wie die Frau in dem Club: Bäuchlings auf der Bank, mit ausgestreckten Armen und gespreizten Beinen. In ihrer vollkommenen Nacktheit litt sie unter ihrer Verletzbarkeit und der unerträglichen Spannung, die wie eine juckende Stelle war, die sie verrückt machen würde, wenn nicht gekratzt wurde.

Sie hörte, wie sich Sebastian im Raum bewegte, und dann, ohne Vorwarnung, spürte sie den kalten Druck von Metall, das in ihren After glitt. Sie schnappte nach Luft, und obwohl sie den Butt-Plug erkannte, raste ihr Herz.

»Wie viele Hiebe hast du der Frau erteilt?«, wollte Sebastian wissen.

»Vier«, antwortete Regina.

»Wir machen sechs.«

Sie wappnete sich innerlich und wartete, dass sie die Peitsche oder der Flogger traf. Stattdessen war die nächste Sinneswahrnehmung etwas Hartes, aber leicht Gummiartiges, das von hinten gegen ihre Schamlippen drückte. Ihr erster Impuls war Widerstand, doch sie unterdrückte jede Zuckung und erlaubte ihm, sie sanft mit diesem Objekt zu ficken. Es füllte sie aus wie ein Schwanz, und sie wusste, dass es irgendeine Form von Dildo sein musste. Es wurde zu viel zusammen mit dem Butt-Plug, und fast hätte sie gesagt, dass sie es nicht ertrug – aber als er auf einen Punkt stieß, bei dem sie ein wohliges Schaudern durchzog, versuchte sie sich zu entspannen. Dann stoppte er die Bewegung, und das Ding füllte sie weiterhin aus. Ihr Körper zog sich pulsierend darum zusammen und sehnte sich nach mehr von der Wohltat, die dieser letzte harte Stoß in Aussicht gestellt hatte. Diesen Gegenstand in sich zu haben, ohne dass er sie fickte, war pure Folter.

»Au!« Der Schlag sauste herab, als sie es am wenigsten erwartete, und der Schmerz war glühend. Die Fülle zwischen ihren Beinen und der Stöpsel im Po waren fast vergessen, als sie sich auf den nächsten Schlag vorbereitete.

Es war genauso fest.

»Zähle«, sagte er mit tiefer Stimme, »du bist bei drei.«

Wieder der Schmerz, heftiger diesmal. »Drei«, sagte sie. Ihr einziger Trost war die Aussicht, dass es nur bis sechs gehen würde.

»Wenn du dich verzählst oder nicht mitzählst, fangen wir von vorne an«, sagte er. Die Androhung hätte fast gereicht, sie vergessen zu lassen, wo sie gerade waren. Wieder ein Schlag. Sie wusste nicht, ob er weniger fest war, oder ob sie schon taub wurde, aber sie spürte ihn nicht so stark.

»Vier«, sagte sie und versuchte, mit kräftiger Stimme zu sprechen. Sie dachte an die Frau im Club und fragte sich, wie sie es ertrug, von Fremden geschlagen zu werden.

Dann hörte sie, wie die Peitsche zu Boden fiel, und als Nächstes klatschte seine nackte Hand kraftvoll auf ihren Po und brachten eine große Fläche zum Brennen. Vor lauter Überraschung hätte sie fast vergessen zu zählen. Glücklicherweise gelang ihr noch ein gehauchtes »Fünf.«

Und dann – nichts.

Sie spürte ihn dort stehen und machte sich mit jeder Muskelfaser auf den letzten Schlag gefasst. Aber er rührte sie nicht an. Ohne die schmerzhafte Ablenkung rückte der unbequeme Druck in ihrem Hintern und zwischen ihren Beinen wieder verstärkt in ihr Bewusstsein. Sie wagte nicht, sich zu rühren, obwohl sie sich zu gerne wild gewunden hätte, um etwas zu lösen. Und bald schon sehnte sie sich nach dieser letzten Zuteilung von Schmerz, denn sie wusste, dass er sie erst dann von der Tyrannei des Metalls und Gummis befreien würde. Und sie konnte an nichts anderes mehr denken, als beides loszuwerden.

»Schlag mich«, murmelte sie.

»Was?«, fragte Sebastian, obwohl sie wusste, dass er sie gehört hatte.

»Schlag mich noch einmal.«

»Du willst, dass ich dich noch einmal schlage?«

»Ja«, sagte sie.

»Du musst mich freundlich fragen.«

»Bitte, schlag mich noch einmal.«

Sie spannte sich an, und tatsächlich kam der letzte Schlag, fester als alle vorherigen, schockierend in seiner Gewalt, seinem Klatschen und dem Brennen, das sich von ihrem Hintern über die Beine auszubreiten schien. »Sechs«, hauchte sie.

Es war geschafft. Mit klopfendem Herzen wartete sie.

39

Sebastian rieb sanft über die brennende Haut ihres Pos, dann zog er zu ihrer Erleichterung den Butt-Plug raus.

Als Nächstes löste sich der Dildo aus ihrer Scheide. Und dann war da nichts. Die Abwesenheit der Gegenstände und seiner Schläge war wie ein körperlicher Schock. Sie fühlte zu viel Luft um sich herum und ein pulsierendes Verlangen, auf irgendeine Art berührt zu werden.

Sebastian band ihre Hände und Füße los. Jetzt konnte sie sich wieder frei bewegen, aber ihr Körper war auf merkwürdige Weise nicht gewillt dazu. So blieb sie reglos liegen und hoffte einfach, dass Sebastian ihr Verlangen in diesem Gefühlsvakuum ohne Druck und Schmerz stillen würde.

»Dreh dich auf den Rücken«, sagte er sanft.

Langsam wälzte sie sich herum. Der Anblick seines Gesichts war Balsam für ihren geschundenen Geist und Körper. Es war tröstlich, wie sein Blick über sie streifte, doch nur seine Berührung konnte sie heilen. Sicher war ihm das bewusst, und das war auch der Grund, warum sie sich ihm letztlich immer unterwerfen würde, egal, welches Kostüm sie trug oder was für Aufnahmen er von ihr machte.

»Schließe die Augen. Und nicht aufmachen, sonst muss ich sie dir verbinden.«

O nein, dachte sie. Sie wusste nicht, wie viel sie noch ertragen würde. Sie hatte geglaubt, sie wäre fertig.

Dennoch gehorchte sie und presste die Augen fest zu. Sie hörte, wie er sich ein paar Schritte von ihr entfernte und kämpfte mit aller Macht gegen den Drang an, einen Blick zu riskieren.

Schließlich spürte sie, wie er sich näherte, und dann strich etwas Federweiches über ihr Schlüsselbein. Es wanderte über ihre Brüste, kitzelte ihre Brustwarzen, dann bewegte es sich ohne Eile hinab zu ihrem Nabel, bis es ihren Oberschenkel streichelte.

»Spreiz die Beine«, sagte er.

Als sie für ihn offen war, umspielte diese weiche Berührung ihre Vagina und kitzelte ihre Klitoris, bis ihr Becken nach vorne drängte. Und dann strich seine warme Zunge über sie.

Sie stöhnte und tastete nach ihm, zerrte an ihm, um ihn auf sich zu ziehen, damit er sie fickte. Aber er schenkte dem verzweifelten Drängen ihrer Hände keine Beachtung und konzentrierte sich stattdessen darauf, dem Pfad seiner Zunge mit dem Finger zu folgen, bis er ihn in sie gleiten ließ und sie sich ihm entgegenstreckte. Sie spürte den Orgasmus in Reichweite und überraschte sich selbst damit, dass sie mit der eigenen Hand nach unten langte, um ihn durch die Berührung ihrer Klitoris herbeizuführen. Doch er schubste ihre Hand weg.

»Steh auf«, sagte er. »Halt dich an mir fest. Und schön die Augen zu lassen.«

Ihre Beine waren wacklig, und er stützte sie mit einem Arm um die Taille, als sie die nackten Füße auf den kalten

Boden setzte. Dann führte er sie durch den Raum, bis sie wusste, dass sie im Flur draußen waren.

»Du darfst wieder schauen«, sagte er.

Sie öffnete die Augen und sah an ihm herab. Sein Schwanz war hart und mehr als bereit für sie. Sebastian führte ihre Hand auf seine Erektion, während er ein Kondom auspackte. Langsam strich sie an ihm auf und ab und spürte ihn unter den Fingern pulsieren. Überrascht stellte sie fest, wie sehr sie ihn im Mund haben wollte. Sie ließ sich auf die Knie sinken, langte um ihn herum und zog ihn zu sich, sodass sie seine Spitze mit den Lippen umschließen konnte. Stöhnend drängte er nach vorn und füllte ihren Mund schneller aus, als sie erwartet hatte. Sie wich etwas zurück und ließ die Zunge an seinem Schaft entlanggleiten, dann beugte sie sich wieder vor, um ihn ganz aufzunehmen.

Er stöhnte, und bei dieser Lustbekundung zog sich ihr Magen aufgeregt zusammen. Seine Hände umstrichen ihren Kiefer, während er ekstatisch wieder und wieder in ihren Mund stieß.

Dann zog er sich zurück und stülpte das Kondom über. Er streckte die Hände nach ihr aus und zog sie an sich, umfasste ihre Brüste und küsste sie ungestüm auf den Mund. Sie spürte seinen Schwanz an ihrem Bauch und presste sich an ihn. Dann hob er sie auf und trug sie ins Schlafzimmer.

Als er sie aufs Bett legte, fühlte sich die Decke kühl unter ihrem Rücken an. Ihr blieb kaum Zeit, die Beine auszustrecken, da lag er schon auf ihr und füllte sie so plötzlich aus, dass ihr die Luft wegblieb.

Ihre Gedanken lösten sich auf, und sie war an dem Ort,

an den sie nur durch ihn gelangte, dort, wo alles Denken endete und sie ganz aus Empfindung und Lust bestand, während sie auf die Erlösung zutrieb. Er stieß in sie und zog sich zurück, wurde langsamer und veränderte seinen Winkel bei einem Stoß, sodass sein Schwanz ihre Klitoris streifte. Sie keuchte, vergrub die Fingernägel in seinen Pobacken und klammerte sich an ihn, als ihr Orgasmus in Wellen über ihr brach und sich ein Zittern über ihren ganzen Körper ausbreitete.

»Komm«, flüsterte sie und ließ die Hände nach oben wandern, um seinen Rücken zu streicheln. Und das tat er. Er vergrub das Gesicht in ihren Haaren, stieß schnell und immer fester, bis er an sie gepresst erzitterte und dann ruhig war.

40

Regina hatte sich an ihn geschmiegt und den Kopf auf seine Brust gelegt, als das erste Morgenlicht ins Schlafzimmer fiel.

Trotz ihrer Bemühungen zu schlafen, waren sie beide noch immer hellwach.

»Wie soll ich bloß den Arbeitstag heute überstehen?«, klagte sie.

»Nach dieser Nacht? Du musst dich ausruhen. Denk nicht einmal daran, in die Bibliothek zu gehen«, sagte er.

»Ich muss. Ich *will.* Schau, das zwischen uns ist mir wichtig, aber das Gleiche gilt auch für meinen Job. Ich will ihn nicht verlieren.«

»Du wirst ihn nicht verlieren«, beruhigte er sie. »Ruf einfach an und sag, dass es dir nicht gutgeht und du später kommst.«

Sie nickte. »Okay. Aber ich kann so nicht weitermachen. Ich –«

»Entspann dich«, sagte er und brachte sie mit einem Kuss zum Schweigen.

»Darf ich dich etwas fragen?«

Er stützte sich auf einen Ellbogen und sah sie an, streichelte ihre Wange. »Oje. Das klingt ernst. Und aufgrund der frisch verhandelten Bedingungen für unsere Beziehung schätze ich, dass ich dir antworten muss.«

»Das stimmt«, sagte sie.

»Ich bin so verdammt glücklich, dass ich dich fotografieren durfte. Ich hatte meine Zweifel, ob deine Idee funktionieren würde, aber du hast es geschafft.«

»Lenk nicht vom Thema ab«, mahnte sie, obwohl sie sich wahnsinnig über seine Worte freute. »Ich bin neugierig: Kannst du Sex haben ohne das ganze … Fesseln und Züchtigen vorher?«

»Klar«, sagte er. »Aber Sex ohne dieses Vorspiel ist für mich eher etwas für One-Night-Stands … nett, aber schnell wieder vergessen.«

»Und was war mit der Frau, mit der ich dich in der Bibliothek gesehen habe?«

Er lachte. »Ich habe mich schon gefragt, wann du mich darauf ansprechen würdest. Das ist das perfekte Beispiel – nur Sex, nichts Besonderes. Ex und hopp.«

»Ex und hopp«, wiederholte sie. »Ist es wahr, was du mir mal gesagt hast? Dass du noch nie verliebt warst?«

Sie spürte, wie er sich versteifte, und einen Moment lang fürchtete sie, er könnte ihr wieder ausweichen, wie in jener Nacht, als er sie gewarnt hatte, es nicht »kaputt zu machen«.

»Nein«, sagte er. »Das ist nicht ganz wahr.«

Jetzt war sie es, die sich verspannte.

»Okay«, meinte sie und hielt förmlich den Atem an, während sie darauf wartete, dass er fortfuhr.

»Ich habe dir erzählt, wie ich zur Fotografie gekommen bin … dass ich durch Astrid damit in Berührung kam.«

»Ja«, sagte sie.

»Sie war nur ein paar Jahre älter als ich. Ich glaube, die Ehe mit meinem Vater wurde ihr bald langweilig. Er hatte haufenweise Geld und sah gut aus, aber man konnte nicht mit ihm in Nightclubs gehen oder auf Konzerte im Roseland. Und deshalb hat sie manchmal, wenn er zu beschäftigt oder müde oder sonst etwas war, mich mitgeschleift.«

»Verstehe«, sagte Regina leise und rang mit der Vorstellung eines Teenager-Sebastians, der mit einem der weltbekanntesten Models durch New York tingelte.

»Ich glaube, sie wusste, dass auch ich gelangweilt und viel allein war. Ich hatte Freunde, aber ich war ein Einzelkind, und durch das Geld meiner Eltern war ich etwas isoliert. In gewisser Hinsicht hatten wir einiges gemeinsam. Und dann zeigte sie mir, wie man mit einer Kamera umging, und nahm mich auf ein paar ihrer Shootings mit.

»Okay, ja, das hast du erwähnt.«

»Und ich habe mich in sie verliebt.«

Regina spürte ein Ziehen in der Magengegend. »Wie … eine Schuljungenschwärmerei aus der Ferne?«

Er zögerte. »Nein, wir haben miteinander geschlafen.«

Regina setzte sich auf, um ihn ansehen zu können. »Im Ernst?« Sie wusste nicht, warum sie das fragte. Es war dumm – als ob er über so etwas scherzen würde. Aber es hörte sich einfach so unglaublich an für sie. Ein Teenager, der eine Affäre mit der Frau seines Vaters hatte …

»Ja, ich bin ihr total verfallen. Ich weiß zwar nicht, was es für sie war – körperliche Anziehung vielleicht. Ein Zeitvertreib. Keine Ahnung. Aber wir wurden unachtsam, und mein Vater hat uns erwischt, und dann warf er mich aus dem Haus und enterbte mich.«

Regina wusste nicht, was sie sagen sollte. Sie fragte sich, wie viel davon wohl an die Öffentlichkeit gekommen war, und sie kam zu dem Ergebnis, dass es nicht sehr viel gewesen sein konnte, denn sonst hätten Carly oder sogar Margaret es erwähnt. Sie legte den Kopf zurück an seine Brust.

»Das tut mir leid. Das war sicher … ich kann es mir gar nicht vorstellen. Kam es an die Öffentlichkeit?«

»Nein.« Ihr fiel auf, dass sein Arm nun fester um sie lag. »Mein Vater hat viele Freunde – und finanziellen Einfluss – in den Medien. Niemand hat gewagt, es sich mit ihm zu verscherzen. Aber meine Mutter hat es gewusst. Ich habe ihn angefleht, es ihr nicht zu sagen … die Frau, die ihre Ehe zerstört hatte, mit dem eigenen Sohn. Das war das Einzige, wofür ich mich schämte. Aber mein Vater hat nicht auf mich gehört. Er hat ihr gesagt, warum er mich rausschmiss und nicht mehr finanziell unterstützte.«

»Er hat dir keinen Unterhalt mehr gezahlt? Aber du warst minderjährig, oder?«

»Ja, aber meine Mutter hatte ihr eigenes Familienvermögen und außerdem Geld bei der Scheidung bekommen. Mich nicht mehr finanziell zu unterstützen, war also nicht sonderlich schlimm für mich. Ich glaube, deshalb ist er auch zu meiner Mutter gegangen und hat ihr alles erzählt, denn er wusste, dass er mich damit treffen würde.« Selbst jetzt noch, nach all den Jahren, klang die Scham aus seiner Stimme.

»Aber sie hätte doch sicher gefragt, warum dein Vater dich rausgeworfen hat. Du wärst also ohnehin nicht darum herumgekommen, es ihr zu erzählen.«

»Mein Vater und ich haben immer gestritten. Glaub mir, ich wäre darum herumgekommen.«

»Warum hast du dann bei ihm gelebt und nicht bei ihr?«

»Nach der Scheidung war sie bei ihren Eltern im Ausland, fast ein Jahr lang. Mir blieb kaum eine Wahl. Sie war erst seit ein paar Monaten zurück, als er ihr den zweiten Schlag versetzte. Und diesmal war es meine Schuld.«

»Oh, Sebastian – du warst ein Teenager. Und Astrid war vermutlich kaum mehr als eine Teenagerin.«

»Nachdem ich bei meinem Vater ausgezogen war, verdächtigte mich meine Mutter, dass ich mich heimlich zu ihr stahl – und sie hatte recht. Das Verhältnis zu meiner Mutter wurde immer schwieriger – ich log sie an, stritt mit ihr. Und dann hat sie sich umgebracht.«

Regina stockte der Atem. Sie hob den Kopf und sah ihn an. Erschrocken stellte sie fest, dass er den Tränen nah war.

»Sebastian, sag mir nicht, dass du dir die Schuld dafür gibst.«

»Nein, das tue ich nicht«, sagte er, doch sein Gesicht sagte etwas anderes.

Regina küsste ihn auf die Wange und schmeckte das Salz frischer Tränen. Sie schlang die Arme um ihn und drückte ihn an sich, und er vergrub das Gesicht in ihrem Haar, sammelte es in seinen Händen, wie einen Strick, an dem er sich verzweifelt festhielt.

»Es ist nicht deine Schuld«, sagte sie und streichelte seinen Kopf. Irgendwie bewirkten ihre Worte einen Dammbruch, und er schluchzte wie ein Kind in ihren Armen. Sie merkte, dass sie alles tun würde, um ihm diesen Schmerz zu nehmen.

»Meine Agentin hatte Angebote von Verlagen, die ein Buch mit meinen Aufnahmen von Astrid machen wollten. Aber ich kann es einfach nicht. Ich will sie nicht einmal mehr ansehen. Bei der Manning-Deere-Ausstellung habe ich nur zugestimmt, sie zu verwenden, weil es der Wunsch der Galerie war, und für mich die beste Gelegenheit, überhaupt auszustellen. Seitdem habe ich nie mehr Fotos auf diesem Niveau gemacht. Die Moderedakteure sehen diesen Unterschied nicht. Aber in der Kunstwelt erkennt man ihn.«

»Warum sagst du das? Ich habe deine Bilder in den Zeitschriften gesehen. Ich sehe die Fotos im Wohnzimmer.«

»Sie sind okay. Aber sie sind nichts Besonderes. Und sie sind definitiv nicht inspiriert. Ich dachte immer, das liege daran, dass Astrid einfach das beste Model war. Zumindest habe ich versucht, mir das einzureden. Aber ich kannte den wahren Grund, und das machte sich in meiner Arbeit bemerkbar. Deshalb wollte ich dich auch unbedingt fotografieren, Regina.«

»Warum?«, hauchte sie.

Er hob den Kopf und nahm ihr Gesicht in die Hände. Sie spürte, wie sich ihr Puls beschleunigte. Seine Wimpern waren feucht, und sie hatte den Drang, die Lippen daraufzupressen.

»Weil ich zum ersten Mal seit Astrid wieder verliebt bin.«

41

Am Fuß der Stufen zur Bibliothek blieb Regina noch einmal stehen, drehte sich um und winkte Sebastian. Er ließ das Seitenfenster herunter und rief: »Ich hole dich um sechs Uhr ab.«

»Okay«, sagte sie und sah zu, wie der schwarze Mercedes im Verkehr der Fifth Avenue verschwand.

Gefühlsmäßig befand sie sich auf einem Höhenflug, wie sie ihn noch nie erlebt hatte, doch körperlich sah die Sache etwas anders aus. Alles tat weh – der Rücken, die Füße, die Arme. Und so rückte sie vor dem steinernen Löwen Geduld – oder war es Standhaftigkeit – erst einmal die Riemchen ihrer hochhackigen Sandalen und die Tasche über ihrer Schulter zurecht, bevor sie sich an den langen Aufstieg zum Eingang machte.

Es war nach Mittag. Um sieben hatte sie die Weckfunktion ihres Handys aus dem Schlaf gerissen, und sie hatte in der Bibliothek angerufen und Sloan die Nachricht hinterlassen, dass sie sich nicht gut fühle und deshalb ein bisschen verspäten würde. Dann hatte sie weitergeschlafen bis um elf, war dann aufgesprungen und hatte einen Rekord im Schnellduschen aufgestellt. Sebastian führte sie zu seinem Schrank, wo sie eine Prada-Bluse und einen Rock fand, an denen noch die Preisschilder hingen. Eilig hatte sie sich angezogen, und er war wie ein Geistesgestörter gerast, um sie noch vor der Mittagspause zur Bibliothek zu bringen.

Im Foyer war es kühl und ruhig. Regina atmete tief durch und sagte sich, dass es schon in Ordnung sein würde. Jeder war mal krank. Man ging zum Arzt. Man kam zu spät.

Sie joggte die große Treppe hoch, und das Vorhängeschloss schlug schwer gegen ihre Brust.

Die Tür zu Sloans Büro stand offen, und sie bemerkte Regina sofort.

»Sieh mal an, wer sich da aus dem Bett gewälzt hat, um uns zu beehren«, sagte Sloan. Regina schluckte. Sie wusste, dass diese Worte keine legere Ausdrucksweise waren. Sie waren feindselig, und sollte es irgendwelche Zweifel daran geben, musste man nur die Verachtung in ihren blauen Augen sehen.

Sloan trommelte mit den Fingern auf ihre gebräunten Oberschenkel, und das Deckenlicht fing sich in dem übergroßen Diamant an ihrem Finger. Regina bemerkte, dass sie wie hypnotisiert daraufstarrte.

»Es tut mir wirklich, wirklich leid«, sagte Regina und zwang sich, Sloan in die Augen zu sehen. »Es wird nicht wieder vorkommen. Ich bin jetzt hier, und ich kann länger bleiben …«

Sloan blickte auf Reginas Hals, und ihr wurde bewusst, dass sie an ihrem Anhänger herumspielte. Sofort ließ sie die Hand seitlich herabfallen.

»Sie haben mich wirklich enttäuscht«, sagte Sloan kalt. »Sie waren eine der besseren Bewerberinnen auf diese Stelle, aber ganz bestimmt nicht meine einzige Wahl. Ich habe

Sie nicht nur wegen Ihrer Abschlussnoten und Empfehlungen eingestellt, sondern weil Sie ein Mädchen zu sein schienen, das diese Anstellung ernst nehmen würde, ernster als alles andere. Die sie zu würdigen wüsste …«

»Das tue ich, Sloan. Ich weiß sie sehr wohl zu würdigen. Ich habe fast mein ganzes Leben von diesem Job geträumt. Er stand mir vor Augen und hat mich angetrieben, während der vier Jahre meines Studiums. Und auch wenn ich einmal zu spät gekommen bin oder einen Tag gefehlt habe, heißt das nicht, dass ich meinen Job nicht ernst nehme. Ich habe die Arbeit am Rückgabeschalter *immer* erledigt – und zwar zur Zufriedenheit. Ich bin hundertprozentig in den Literaturpreis eingebunden. Ich –«

»Sie sind entlassen«, sagte Sloan.

Regina sah sie fassungslos an. Etwas in Sloans Gesicht verriet ihr, wie glücklich sie war, einen Grund für eine Kündigung zu haben, und Reginas Fassungslosigkeit verwandelte sich in Wut.

»Geht es hier wirklich um meine Arbeit?«, fragte Regina. Ihr Gesicht brannte, und ihr Herz begann zu rasen. »Oder geht es hier um Ihre Gefühle für Sebastian?«

»Sie können die Schuld von sich weisen, so viel Sie wollen. Aber Sie sind trotzdem entlassen. Und was Sebastian Barnes betrifft: Er ist kein bezahlter Mitarbeiter dieser Bibliothek – aber ich bin es. Und ich entscheide, wen ich einstelle oder entlasse. Wenn Sie meine Befugnisse in dieser Hinsicht auf die Probe stellen wollen, wird es Ihnen leidtun.«

***

Carly kam um vier nach Hause und stieß einen kleinen Schreckensschrei aus, als sie Regina auf dem Sofa sitzen sah.

»Wieso bist du zu Hause?«, fragte sie. Sie war mit unzähligen Einkaufstaschen beladen und konnte kaum die Tür schließen, ohne etwas fallen zu lassen.

Regina brachte es auch nach mehreren Stunden, in denen sie diese schreckliche Wendung verdauen konnte, kaum über sich, die Frage ihrer Mitbewohnerin zu beantworten. Sie war noch immer wie gelähmt. Nachdem Sloan sie gefeuert hatte, war sie so erschüttert gewesen, dass sie nicht einmal mehr ihre Bücher an ihrem Schalter eingesammelt oder sich von Alex oder Margaret verabschiedet hatte. Sie war einfach gegangen.

Beim Gedanken an Margaret schnürte sich ihr die Kehle zusammen. Sie rief sich ins Gedächtnis, das Margaret ohnehin bald aufhörte. Und dann bemerkte sie inmitten der Abwärtsspirale, die ihre Gedanken gerade vollführten, dass die Young-Lions-Gala in zwei Wochen bevorstand und dass sie sie verpassen würde.

All die Mühen an der Uni – studieren, anstatt zu feiern, das Errechnen des Notendurchschnitts, als wären diese Zahlen die Bausteine für ihre Zukunft, ihre Träume von dem Tag, an dem sie vielleicht eine Anstellung in einer echten Bibliothek fand. Die kühlen, verregneten Tage im März, als sie sich bei der New York Public Library vorgestellt hatte. Und dann dieser perfekte Tag im April, als sie den Anruf von der Personalabteilung bekam, der ihr Leben veränderte. All das – dahin.

»Ich wurde gefeuert«, sagte sie und brach in Tränen aus.

Carly wirkte gebührend schockiert.

»Du machst *Witze*«, antwortete sie auf ihre typische Art. Sie öffnete eine Tüte vom Bioladen und bot Regina einen Muffin an. Regina schüttelte den Kopf. »Nein, das ist kein Witz.«

»Aber warum? Was ist passiert?« Carly ließ sich aufs Sofa fallen.

Regina wusste nicht so recht, wie sie darauf antworten sollte. *Tja, äh, ich habe mit dem Ex meiner Chefin geschlafen. Ich bin wiederholt zu spät gekommen, noch völlig benommen vom Sex …*

»Es ist eine lange Geschichte«, meinte sie nur.

»Ich höre zu«, erklärte Carly. Ihr Handy klingelte, doch entgegen ihrer Gewohnheit ignorierte sie es.

Regina holte tief Luft. »Ich bin ein paar Mal zu spät gekommen.«

Carly zuckte die Schultern. »Na und? Das kommt vor.«

»Und wie es aussieht, haben meine Chefin und Sebastian früher …« Sie ließ den Satz bedeutungsschwer in der Luft hängen.

»*Nein*«, flüsterte Carly und beugte sich mit großen Augen nach vorne.

»Doch.«

»Ich glaub's einfach nicht! Weißt du, Regina, als du damals bei mir auf der Matte gestanden bist, wirktest du still, schüchtern und unschuldig. Und jetzt sieh dich an. Du trägst die schärfsten Klamotten, du schläfst mit einem der heißesten Kerle von New York, und du schlitterst von einer Tragödie in die nächste, wie niemand sonst in meinem Bekanntenkreis …«

»Aber verstehst du denn nicht, was ich sage? *Ich wurde*

gefeuert. Ich bin arbeitslos. Ich versuche, nicht in Panik auszubrechen, aber ich bin allein wegen diesem Job nach New York gezogen und hangle mich von Gehaltszahlung zu Gehaltszahlung. Ich weiß nicht, was ich tun soll.«

»Zunächst mal: Entspann dich. Du findest einen neuen Job. Soll ich ein paar Leute anrufen?«

»Nein … ich weiß nicht. Ich will den Job, den ich hatte. Solange ich denken kann, wollte ich Bibliothekarin werden. Ich weiß, für deine Begriffe ist das nichts Besonderes, aber mir bedeutet es etwas.«

Carlys Gesicht wurde weich. »Okay, na gut – sag mir, wenn du meinst, dass ich etwas für dich tun kann. Aber solltest du dir Sorgen wegen der Miete machen – spar sie dir. Du weißt, dass ich das Geld nicht brauche. Ich brauche eine Mitbewohnerin, damit sich meine Eltern vormachen können, ich würde nicht in Scherereien geraten.«

Regina sah sie überrascht an. »Danke, Carly. Jetzt habe ich ein schlechtes Gewissen, weil ich meinen Teil der Abmachung nicht erfüllt habe – dich vor Scherereien zu bewahren.«

Carly lachte. »Also *das* wäre ein Fulltimejob.«

»Ich meine es ernst – danke. Aber ich kann es nicht annehmen. Ich werde einen Job finden.«

»Was hat Sebastian gesagt?«

»Er weiß es noch gar nicht.«

»Warum nicht? Er könnte vermutlich etwas für dich arrangieren.«

Sie hatte es Sebastian nicht gesagt, weil sie nicht den Anschein erwecken wollte, dass sie gleich zu ihm rannte, wenn sie mal ein Problem hatte. Im Schlafzimmer störte es sie nicht, hilflos zu sein. Im wirklichen Leben war das etwas anderes.

Als könnte sie Gedanken lesen, sagte Carly: »Schau, ich verstehe, dass du nicht willst, dass er dich in einem Moment der Schwäche sieht. Und das ist auch nicht dumm. Aber du bedeutest diesem Kerl wirklich etwas. Das habe ich in der Nacht gesehen, als er nach eurem Streit hier aufgetaucht ist.«

Regina nickte. »Ja, ich weiß, dass ich ihm etwas bedeute. Eine Zeit lang war mir das nicht klar. Aber jetzt weiß ich es. Natürlich muss ich es ihm sagen, und das werde ich auch. Ich musste es nur erst einmal selber verdauen.« Sie blickte auf die Uhr. »Außerdem holt er mich in einer Stunde vor der Bibliothek ab. Ich kann es also nicht länger aufschieben.« Sie griff nach dem iPhone und wählte seine Nummer. Und wurde direkt mit seiner Mailbox verbunden.

»Er geht nicht dran. Dann muss ich ihn wohl dort abfangen. Ich warte einfach draußen bei den Löwen.«

»Den Löwen?«

»Ja, du weißt schon. Oder kennst du die großen Steinlöwen an der Treppe nicht?«

Carly schüttelte den Kopf. »Ich hab's nicht mit Bibliotheken, Regina. Also, ich meine, wirklich gar nicht.«

***

Trotz ihrem Vorsatz, sich bei den Löwen zu verstecken, bis sie Sebastians Auto sah, brachte sie die Subway um Viertel vor sechs zurück zur Bibliothek, und sie konnte nicht nur untätig herumstehen. Also beschloss sie, mit Margaret zu reden. Regina war aufgefallen, dass sie nicht einmal ihre

Telefonnummer hatte. Und sie bezweifelte, dass Margaret eine E-Mail-Adresse besaß. Sie wusste nicht einmal, wann ihr letzter Arbeitstag war, und plötzlich fürchtete sie, sie könnte Margaret vielleicht nie wiedersehen. Sie wusste, dass es abwegig war, dennoch trieb sie dieser Gedanke die Treppe hoch – mit dem Risiko, Sloan zu begegnen – und in die Bibliothek.

Regina kämpfte gegen die Paranoia an, dass die Sicherheitsleute sie aufhalten und des Gebäudes verweisen würden. Sie rief sich ins Gedächtnis, dass dies eine öffentliche Einrichtung war und man sie nicht verhaftet hatte – nur entlassen. Und der Sicherheitsmann, der ihr jeden Morgen zunickte, wusste es vermutlich nicht einmal.

Und tatsächlich winkte er ihr nur zu, als sie durch das Foyer huschte und über die seitliche Treppe hoch in den dritten Stock lief.

Als sie an der Barnes Collection vorbeikam, wandte sie den Blick ab. Hätte Sloan entdeckt, welche Ausschweifung in diesem Raum stattgefunden hatte, wäre Regina schon vor Wochen geflogen.

Die Tür zum Archiv stand offen. Regina klopfte an den Rahmen, um Margaret nicht zu erschrecken. Als keine Antwort kam, ging sie hinein.

»Margaret?«, rief sie.

»Hier hinten.«

Regina entdeckte Margaret auf einer hohen Leiter, wo sie ein schweres Buch aus einem der oberen Fächer holte oder gerade zurückstellte.

»Seien Sie vorsichtig! Lassen Sie mich helfen«, sagte Regina und eilte zu ihr.

Margaret sah herunter. »Was machen Sie denn hier? Wie ich höre, hat man Sie praktisch hinauseskortiert«, sagte sie mit einem Lächeln.

Regina sah sie verdutzt an.

»Ich übertreibe natürlich«, meinte Margaret. »Aber Sie wissen ja, wie das mit Gerüchten so ist.« Langsam kletterte sie die Leiter herunter. »Ich hätte nie gedacht, dass mir das Erreichen meiner liebsten Regale einmal kaum mehr der Mühe wert erscheinen würde, weil es einfach zu anstrengend ist.« Schwer atmend klopfte sie sich die Hände am Kleid ab. »Also, was ist passiert, meine Liebe?«

»Es ist eine Katastrophe«, sagte Regina und versuchte, die Tränen zurückzuhalten, die in den letzten fünf Stunden immer wieder geflossen waren. »Ich war einen Tag nicht hier, und dann bin ich zu spät gekommen und ... ich glaube, der wahre Grund ist, dass Sloan wegen Sebastian eifersüchtig ist.«

Margaret nickte. »Ich habe versucht, Sie zu warnen.«

»Ich weiß. Als Sie mir von der Kette erzählt haben.«

»Ich muss gestehen, ich hätte nicht gedacht, dass es so weit kommen würde.«

»Ich weiß nicht, was ich tun soll.«

»Wenn Sie ein Empfehlungsschreiben brauchen, gebe ich Ihnen gerne eines. Sloan mag Ihre Vorgesetzte sein, aber ich bin lang genug hier, um auch ein paar Türen öffnen zu können. Vielleicht für eine unbezahlte Tätigkeit in einem Alphabetisierungskurs?«

»Ach Margaret. Sie waren so wundervoll.« Margaret legte einen Arm um sie, und Regina atmete ein paar Mal tief durch, um sich zu beruhigen. »Wann ist Ihr letzter Tag?«, fragte sie. »Ich hatte Angst, ich könnte Sie vielleicht nicht mehr erreichen.«

»Mein letzter Tag ist der Freitag, an dem die Young-Lions-Gala stattfindet. Aber wie kommen Sie darauf, dass Sie mich nicht mehr erreichen könnten? Sie finden mich doch jederzeit über Twitter.«

»Über Twitter?«

»Ja. Oder auf meinem neuen Buchbesprechungs-Blog.«

»Sie haben einen Buchbesprechungs-Blog initiiert?«

Margaret nickte und machte sich auf die Suche nach Stift und Zettel. Dann schrieb sie ihre Nummer auf und reichte sie Regina. »Wir sehen uns bald. Warten Sie, bis sich der Staub gelegt hat, bevor Sie entscheiden, was als Nächstes zu tun ist. Manchmal ist es am besten, einfach ein neues Kapitel aufzuschlagen.«

»Aber Sie haben fünfzig Jahre lang den gleichen Job gemacht.«

»Ja, und wenn sogar ich eine Veränderung verkrafte, dann schaffen Sie das auch.« Margarets blauen Augen strahlten. Sie drückte Reginas Hand.

»Mit Veränderungen komme ich zurecht, aber nicht mit Versagen.«

»Aber haben Sie denn versagt? Das wird sich erst noch zeigen. Wer weiß, wie Sie die Sache beurteilen, wenn Sie in ein, zwei oder fünf Jahren zurückblicken. Vielleicht ist es ja der Wendepunkt in Ihrem Leben.«

42

Sie sah den Mercedes, sobald sie aus der Bibliothek kam. Sebastian saß am Steuer.

Selbst aus der Entfernung spürte sie, wie seine Blicke auf ihr hafteten, während sie die breite Treppe hinunterlief. Als sie auf ihn zukam, stieg er aus und hielt ihr die Tür auf. Allein sein Anblick war tröstlich, und zum ersten Mal seit ihrem Rausschmiss ließ das unterschwellige Zittern nach.

Er umarmte sie kurz, bevor sie einstieg. Als er wieder hinter dem Steuer saß, sprudelte sie los: »Ich wollte dich vorher anrufen, aber ich wurde direkt mit der Mailbox verbunden.«

Er nickte und schwenkte den Wagen auf eine belebte Mittelspur ein. »Es tut mir leid – ich war den ganzen Tag mit den Bildern beschäftigt, die wir gestern Nacht gemacht haben. Ich wollte keine Ablenkung. Er löste kurz den Blick vom Verkehrstreiben und strahlte sie mit einem breiten Grinsen an.

»Wie sind sie geworden?«, fragte sie nervös.

»Ich fahre dich zu mir, dann kannst du sie dir selbst ansehen.«

Er war ganz aufgeregt, und das übertrug sich auf Regina. Verstohlen lächelte sie zurück.

»Okay.«

Er drückte ihre Hand. »Also, was ist los?«, fragte er.

Bemerkte er, dass etwas nicht stimmte? Sah man ihr an, dass sie gerade entlassen worden war? »Na ja, Sloan hat mich entlassen.«

Er lachte. »Das kann sie nicht tun.«

»Natürlich kann sie das«, entgegnete Regina frustriert. »Sie ist meine Vorgesetzte. Du hast nie in einem Angestelltenverhältnis gearbeitet, du verstehst das nicht.«

»Ich rede mit ihr«, sagte er voll Zuversicht, als könnte das alles lösen.

»Nein!« Regina graute vor der Vorstellung. »Bitte nicht. Selbst wenn du sie zwingen könntest, mich wieder einzustellen – und ich bezweifle es –, wäre es schrecklich für mich. Ich muss mich einfach … damit abfinden.«

Der Berufsverkehr verstopfte die Fifth Avenue. Sebastian bog in westliche Richtung ab.

»Da stimme ich dir nicht zu«, widersprach er. »Willst du diesen Job jetzt zurück oder nicht?«

»Du verstehst das nicht, Sebastian – ich hab's verbockt. Ich wollte diesen Job mehr als alles andere.«

»Du hast nichts getan, das eine Kündigung rechtfertigt.«

»Offensichtlich schon. Ich habe sie eifersüchtig gemacht, und dann habe ich ihr eine Möglichkeit gegeben, mich zu feuern. Es war dumm.« Erneut schnürte sich ihr die Kehle zu.

»Ungünstige Bedingungen am Arbeitsplatz«, gab er zu. »Bereust du, etwas mit mir angefangen zu haben?«

Sie schüttelte den Kopf. »Nein. Nicht eine Sekunde lang.«

»Nun, selbst wenn, ich glaube, wenn du diese Fotos siehst, würdest du deine Meinung ändern.«

***

Regina saß an Sebastians Esstisch über die Fotos gebeugt und staunte. Fast hätte sie dieses hübsche, selbstbewusste, supersexy Wesen gar nicht erkannt, das ihr da in Schwarz-Weiß entgegenblickte. Irgendwie konnte man tatsächlich einen gewissen Einfluss von Bettie Page auf den Fotos erkennen, aber sie war eine dunklere und gefährlichere Version von ihr.

Jedes Bild schien eine weitere Facette von ihr zu offenbaren, und in der Reihenfolge, in der Sebastian sie angeordnet hatte, bildeten sie eine fesselnde Spannungskurve von Dominanz und Verlangen.

Die Fotografien waren verstörend und heiß zugleich.

»Ich kann es nicht glauben«, sagte sie leise.

»Ich schon.« Sebastian lief hinter ihr auf und ab und blickte ihr gelegentlich über die Schulter. »Mit meinem Wunsch, dich zu fotografieren, wollte ich dich weder ärgern noch in irgendeiner Form kontrollieren. Ich hatte einfach nur das Gefühl, dass etwas ganz Besonderes dabei herauskommen würde.« Er zog sich einen Stuhl heran und setzte sich neben sie. Dann nahm er ihre Hand. »Und ich hatte recht.«

»Es sind so viele Bilder.«

»Ich verschieße immer viele Bilder, das ist an und für sich nichts Besonderes. Bemerkenswert ist jedoch, dass sie alle gut sind. Fast jedes Einzelne. Manchmal bleiben von einem Shooting nur eine Handvoll brauchbarer Bilder, sodass ich weniger flexibel bin, was ich präsentieren kann. Aber das hier … das ist der Jackpot.« Und dann wurde er sehr ernst. »Ich will nicht, dass du dir über irgendetwas Sorgen machst. Nicht über deine Arbeit, nicht über mich – und nicht über uns.«

Er umfasste ihr Gesicht und sah ihr tief in die Augen. In seinem Blick lag das stets gegenwärtige Verlangen, das das gewohnte Kribbeln in ihrem Magen auslöste, aber da war noch etwas anderes. Etwas hatte sich geändert, und ihr wurde bewusst, dass zum ersten Mal Bewunderung in seinem Blick lag.

Sebastian neigte den Kopf und küsste sie auf den Nacken, sodass sie ein Schauer überzog. Zitternd ließ sie sich gegen ihn sinken, als er die Arme um sie legte. Sie sog seinen Duft ein und spürte ihr Verlangen wachsen, obwohl sie noch Muskelkater von der vergangenen Nacht hatte.

Er küsste sie gierig, als hätten sie sich seit Wochen nicht gesehen. Dann öffnete er ihren BH, fuhr mit der Hand unter ihre Bluse und ertastete ihre aufgerichteten Brustwarzen. Immer wieder strich er darüber, bis ihr ein kleiner Seufzer entfuhr, erst dann riss er an den Knöpfen ihrer Bluse, sodass ein paar davon abrissen und mit leisem *Ping* zu Boden fielen.

Mit Lippen und Zunge fiel er über ihre Brüste her, neckte ihre Brustwarzen und saugte sie dann so fest in den Mund, dass es wehtat. Regina schnappte nach Luft und vergrub die Hände in seinem Haar. Offensichtlich war sich ihr Körper selbst der schlimmste Feind. Er schrie nach Sebastian, obwohl er noch schmerzte von seiner letzten Behandlung, die weniger als vierundzwanzig Stunden zurücklag. Dennoch spürte sie, wie sie zwischen den Beinen feucht wurde und wand sich vor Verlangen.

Sebastian stand auf, und die Luft brannte an ihren nassen, geschundenen Brustwarzen. Mit einem Wisch fegte er die Fotos zur Seite und hob Regina auf den Tisch. Dann zog er ihr den Rock aus und ließ ihn zusammen mit ihrem Unterhöschen zu Boden fallen.

»Rück an die Kante.« Seine Stimme war belegt vor Begierde. Sie rutschte nach vorn, sodass ihre Beine seitlich herabbaumelten. Er setzte sich auf den Stuhl und spreizte ihre Beine, dann beugte er sich vor und leckte ihre Vagina mit einem langen Zungenstreich. Seufzend bog sie den Rücken durch, und er ließ einen Finger in sie hineingleiten.

»Großer Gott«, hauchte sie. Seine Zunge schlug gegen ihre Klitoris, und sein Finger schob sich wieder und wieder in ihre Scheide. Regina zog an seinem Haar, während ihr Becken heftig und rhythmisch zuckte. Als er auf den Tisch kletterte und sein Schwanz an ihrer Vagina vorbeistrich, war sie nur noch zitterndes Begehren, das allein gestillt werden konnte, indem er sie ausfüllte. Sie spreizte die Beine noch weiter und umklammerte fast verzweifelt seine Pobacken. Erst dachte sie, er wollte sie necken, obwohl sie es unmöglich ertrug, noch länger zu warten. Doch zum Glück stieß er gleich zu, und das so heftig und schnell, dass sich ihre Scheide fast augenblicklich um ihn zusammenzog. Kurz befiel sie Panik, weil sie durch die Heftigkeit ihres Orgasmus jegliche Kontrolle verlor. Sie schrie sinnlose Worte, während er Unverständliches an ihrer Wange raunte, bis sich auch sein Gemurmel zu einem lauten Schreien steigerte. Dann erzitterte er und wurde gleich darauf so gewaltsam geschüttelt, dass sie fast erschrak. Danach drehte er sich so, dass er mit dem Rücken auf dem harten Tisch lag und sie sich an ihn schmiegen konnte.

»Ich werde nicht mehr laufen können«, sagte sie halb im Scherz.

»Dann trage ich dich«, sagte er und zog sie an sich. Und das, wusste sie, war nicht als Scherz gemeint.

43

Regina war schon unzählige Male am *Front Page Books* an der Ecke West Fourth Street vorbeigelaufen und wusste, dass es einer der wenigen unabhängigen Buchläden war, die es in Manhattan noch gab. Als sie an diesem Morgen nach vier Nächten bei Sebastian auf dem Weg zu ihrer Wohnung war, bemerkte sie, dass im Schaufenster die Nominierungen für den Literaturpreis der Young Lions ausgestellt waren, inklusive einem Titel, den sie selbst für die engere Auswahl vorgeschlagen hatte. Sie fasste das als Zeichen auf und schob die Glastür auf. Eine Glocke klingelte, und eine große orange Tigerkatze hüpfte auf sie zu und strich um ihre Füße.

Regina bückte sich und streichelte den weichen Kopf. Der Kater schmiegte sich an ihre Beine und hielt den Schwanz gehoben.

»Merlin, komm zu mir«, rief eine Frau hinter der Ladentheke. Sie trug T-Shirt und Jeans und eine Menge Türkisschmuck. Sie wirkte jung, nicht älter als dreißig, obwohl ihr Haar fast vollkommen grau war. »Tut mir leid«, entschuldigte sie sich bei Regina. »Ich weiß nicht, was in letzter Zeit in ihn gefahren ist. Nach zehn Jahren begrüßt er auf einmal jeden Kunden persönlich, und nicht jeder schätzt das.«

Die Frau kam um den Tresen und hob den laut schnurrenden Kater auf. »Kann ich Ihnen behilflich sein?«, fragte sie.

Regina war sich nicht ganz klar gewesen, warum sie in den Laden gekommen war. Doch als die Frau sie fragte, ob sie etwas für sie tun könnte, war die Antwort klar.

»Ich wollte fragen, ob Sie vielleicht eine Mitarbeiterin suchen.«

»Möglicherweise«, überlegte die Frau. »Haben Sie denn Erfahrung?«

»Ich bin Bibliothekarin«, sagte Regina, und es fühlte sich gut an.

»Ach, unsere armen, überlasteten Bibliotheken«, seufzte die Frau. »Was soll nur werden bei all diesen Zuschusskürzungen? Keine Bibliotheken, keine Buchläden. Das wird noch als Verfall unserer Zivilisation in die Geschichte eingehen. Man sagt, eine Zivilisation beurteilt man nach ihrer Kunst, nicht nach ihrer Politik, wissen Sie. Oder irgendwie so in der Art.«

»Ich habe die Nominierungen für den Young-Lions-Literaturpreis in Ihrem Schaufenster gesehen.«

Regina erwähnte nicht, dass sie Mitglied des Auswahlkomitees gewesen war.

»Wie heißen Sie?«, erkundigte sich die Frau.

»Regina Finch.«

»Lassen Sie mir Ihre Telefonnummer da, Regina«, meinte sie. »Ich rufe Sie an, wenn ich mit meiner Partnerin gesprochen habe. Oder noch besser …« Sie setzte Kater Merlin auf den Boden, ging zurück hinter die Ladentheke und bedeutete Regina, ihr zu folgen. Aus einer Schublade kramte sie eine Visitenkarte und reichte sie Regina.

»Ich bin Lucy«, sagte sie. »Mailen Sie mir doch Ihren Lebenslauf.«

»Super«, sagte Regina und versuchte, ihre Aufregung zu verbergen. »Das werde ich. Danke!«

Wieder draußen lief sie schnellen Schrittes zurück zu ihrer Wohnung. Sie war in den vergangenen zwei Wochen kaum zu Hause gewesen, aber den heutigen Tag hatte sie auserkoren, um sich ernsthaft auf Jobsuche zu machen, und *Front Page Books* schien ein vielversprechender Anfang gewesen zu sein. Sie würde Lucy ihren Lebenslauf mailen, selbst auf die Gefahr hin, dass es einen Tick übereifrig erschien, fünf Minuten nach einem Treffen gleich die Unterlagen zu senden. Die Bücher fehlten ihr, und sie wollte eine Stelle, wo sie wieder mit ihnen zu tun hatte. Sie hatte versucht, es Sebastian zu erklären: Sie brauchte es nicht nur, es war ihr ein tiefes Bedürfnis.

Sie stieg die Treppen hoch und hoffte, dass Carly zu Hause war, denn sie hatte sie seit Tagen nicht gesprochen.

»Hallo, Fremde«, grüßte Carly, als sie durch die Tür kam, und Reginas Gewissen meldete sich leise. Carly hatte ihr in der vergangenen Nacht eine SMS geschickt: *Ruf sofort an.* Doch sie war mit Sebastian im Kino gewesen, und später hatte sie vergessen zu antworten.

»Hallo«, sagte Regina. »Tut mir leid, dass ich gestern nicht mehr geantwortet habe. Ich war im Kino und dann –«

»Sprich nicht weiter!« Carly winkte ab. »Ich kann mir schon vorstellen, was danach in Sebastians Liebesnest passiert ist. Übrigens, deine Mutter hat angerufen, so um die neunzehn Mal.«

Regina seufzte. Seit ihrer Entlassung hatte sie vermieden, mit ihrer Mutter zu reden. Wenn sie erfuhr, dass sie arbeitslos war, würde sie eine schmerzhafte und unerbittliche Kampagne starten, um Regina wieder nach Hause zu holen.

»Das tut mir leid«, sagte Regina.

»Jetzt mal im Ernst, gib dieser Frau deine Handynummer, oder sie bekommt sie von *mir*!«, warnte Carly und wackelte in gespieltem Tadel mit dem Zeigefinger.

Und da bemerkte Regina den großen Diamanten im Smaragdschliff, der an Carlys linkem Ringfinger glitzerte.

»Großer Gott!«, rief sie, durchquerte mit ein paar schnellen Schritten den Raum und nahm Carlys Hand. »Ist es das, wonach es aussieht?«

Carly nickte und strahlte. »Er hat mir gestern Abend einen Antrag gemacht. Deshalb auch die SMS.«

Regina umarmte Carly. »Gratuliere!« Sie freute sich so für ihre Mitbewohnerin, dass sich ihre Augen mit Tränen füllten. Und dann kam ihr ein Gedanke, der sie in seiner Selbstsucht beschämte: Jetzt war sie nicht nur arbeitslos – sondern stand wahrscheinlich auch bald ohne Wohnung da.

Ihr Handy klingelte, und sie löste sich von Carly, um es aus ihrer Tasche zu fischen.

»Entschuldigung«, meinte sie. »Eine Sekunde. Hallo?«

»Wo bist du?«, fragte Sebastian, der etwas außer Atem klang.

»In meiner Wohnung. Warum?«

»Setz dich ins Taxi und komm zu mir an die Ecke Sechsundsechzigste-Madison.«

»Jetzt? Ich bin gerade erst heimgekommen«, protestierte

Regina, ging in ihr Zimmer und schloss die Tür. Sie zog ihren Laptop heraus. »Und ich muss meinen Lebenslauf an –«

»Es dauert nicht lang. Und wenn du willst, fahre ich dich danach wieder heim.«

»Was ist denn an der Sechsundsechzigsten Ecke Madison?«

»Die Gaultier-Boutique.«

Regina schüttelte den Kopf. »Und *warum* treffe ich dich in der Gaultier-Boutique?«

»Weil ich das perfekte Kleid für dich gefunden habe.« Sebastian sagte das, als wäre es die natürlichste Sache der Welt.

»Sebastian, ich brauche kein Kleid von Gaultier.« Selbst Regina, die bezüglich Mode nicht sonderlich bewandert war, kannte Jean Paul Gaultier und seine provokativen Designs. Allein schon, weil er in den 1990ern Kostümschneider für die legendäre *Blond-Ambition*-Tour von Madonna war.

»Natürlich brauchst du eines«, widersprach Sebastian. »Was willst du denn zur Young-Lions-Gala anziehen?«

Regina hielt das Handy von sich weg und bedachte es mit dem genervten Blick, der Sebastian getroffen hätte, wäre er vor ihr gestanden. Dann presste sie es sich wieder ans Ohr. »Ich wurde gefeuert, schon vergessen?«

»Na und? Aber du gehst als meine Begleitung, oder etwa nicht? Also schwing deinen Hintern ins Taxi. Ich schätze, heißer als nackt kannst du nur in diesem Kleid aussehen.«

Regina lächelte. »Na gut. Warte auf mich. Ich komme so

schnell ich kann.« Sie legte auf. Und dann klappte sie ihren Laptop auf und schickte ihren Lebenslauf raus.

***

Es war eigentlich weniger ein Kleid als eine Kreation, ein Fantasiegebilde aus hauchzarter schwarzer Spitze vom Hals bis zum Boden. Mit dem Faltenausschnitt und dem kurzen Armansatz zitierte es konservative Formen. Aber es klebte an ihrem Oberkörper wie eine zweite Haut und umklammerte ihre Beine, bis es sich in einem ausgestellten Saum in einen See aus zarter Spitze zu ihren Füßen ergoss.

»Ultrascharf, nicht wahr?«, fragte der Verkäufer, ein hagerer Schwarzer namens Marcel. Sein kurz rasiertes Haar war fast weiß gebleicht, und die Augen hatte er mit Kajal umrandet. Regina, die seit dem Fotoshooting ihr Interesse an Make-up entdeckt hatte, unterdrückte den Impuls, ihn nach der Marke seines Eyeliners zu fragen.

»Sehr scharf«, stimmte Sebastian zu.

Regina betrachtete sich im Spiegel und musste ihnen zustimmen. Das Kleid sah umwerfend aus und fühlte sich an wie für sie gemacht. Es gab nur ein Problem.

»Es ist sehr, äh, durchsichtig«, sprach sie das Offensichtliche aus.

»Man *könnte* es füttern«, sagte Marcel zögerlich, obwohl er mit einem kurzen Schürzen der Lippen signalisierte, dass er das als Sakrileg betrachten würde. »Doch als Mr. Gaultier es auf dem Laufsteg präsentierte, ging es ihm natürlich darum, die Zartheit der Spitze zu betonen.« Er zog einen großen, durch drei Ringe gebundenen Hefter hervor und schlug eine gekennzeichnete Seite auf, um ihnen ein Foto von dem Kleid in der Herbstmodenschau von Gaultier zu zeigen. Das Model trug das Kleid mit rotem BH und Stringtanga darunter.

»Äh, also das geht nicht«, meinte Regina. »Es ist eine Veranstaltung in der *Bibliothek*«, sagte sie betont zu Sebastian, als hätte er das vergessen.

Marcel nickte leicht versöhnt, als ihm klar wurde, dass Reginas Zurückhaltung dem Anlass geschuldet war und nicht ihrer modischen Inkompetenz. »Wenn Sie den Look erhalten wollen, ohne zu viel zu riskieren, können Sie einen Halbschalen-BH und Hüft-Slip tragen. Rot böte sich an, oder Schwarz, wenn Sie auf Nummer sicher gehen wollen.«

Da sich Regina Sebastians Beharrlichkeit fügte und ständig Dessous trug – die er mit unermüdlichem Engagement für sie stellte –, besaß sie mittlerweile eine beträchtliche Sammlung, aus der sie wählen konnte. Sie hätte nahezu jede Farbe parat gehabt, um sie unter diesem Kleid zu tragen.

»Rot«, meinte Sebastian lächelnd.

»Schwarz«, sagte Regina und verschränkte die Arme.

Sebastian wandte sich an Marcel. »Gekauft.«

***

Hand in Hand gingen sie die Madison Avenue hinunter, vorbei an Barneys, Calvin Klein und Tod's. Regina rückte die Gaultier-Tasche an ihrer Schulter zurecht.

»Du hättest das Kleid auch kaufen können, ohne mich hierher zu beordern«, stellte sie fest.

Er sah sie an, als hätte sie eine Ungeheuerlichkeit behauptet. »Ohne, dass du es anprobierst?«

»Das hat dich doch sonst auch nie abgehalten.«

»Okay, du hast mich ertappt. Ich habe nur einen Vorwand gesucht, um dich zu sehen.«

»Ich habe doch erst heute Morgen deine Wohnung verlassen!«

»Ganz genau«, meinte er. »Das ist viel zu lang her.«

Sie lächelte und schüttelte den Kopf. Die Frauen, die ihnen begegneten, musterten Sebastian, dann sie. Regina wusste nie, ob man Sebastian aus Zeitschriften oder Klatschspalten kannte, oder ob er einfach durch sein gutes Aussehen auffiel. Aber vielleicht reichte ja auch schon der Anblick zweier Menschen, die total ineinander verschossen waren, um Aufmerksamkeit zu erregen.

»Hältst du es wirklich für eine gute Idee, mich zur Gala mitzunehmen?«, fragte sie. »Sloan wird ausrasten.«

»Es ist mir so etwas von egal, was Sloan denkt, und du solltest es genauso halten. Ich habe ihr nur deshalb noch nicht gesagt, was ich von deiner Kündigung halte, weil du mich darum gebeten hast.«

»Ich werde mich dort unwohl fühlen«, erklärte sie.

Sebastian blieb stehen und sah sie an. »Lass es nicht zu. Du gehörst dorthin genauso wie jeder andere. Du hast an dieser Veranstaltung mitgearbeitet und solltest auch dabei sein.«

Regina wusste, dass er recht hatte – es sollte ihr egal sein, was Sloan dachte. Sie war nicht mehr ihre Vorgesetzte. Und auf diese Gala zu gehen war vielleicht der beste Weg, um mit dem Thema Sloan abzuschließen.

»Außerdem«, sagte er, umfasste ihr Gesicht und küsste sie auf den Mund, »ich muss hin – ich stelle nämlich den ersten Kandidaten vor. Und wenn ich gehe, kommst du mit. Ich will dich an meiner Seite haben. Immer.«

Sein Kuss wurde fordernder, und Regina presste sich an ihn. Und plötzlich wusste sie genau, warum die Leute so guckten.

44

Die erhabene Schönheit der Bibliothek hatte sich in dieser Nacht in etwas völlig anderes verwandelt.

Astor Hall, sanft beleuchtet durch die römisch anmutenden Kandelaber, bot ein majestätisches Ambiente mit dem weißen Marmor und den dramatischen Schattenwürfen. Bestückt mit runden, gedeckten Tischen für zweihundertfünfzig Gäste erkannte Regina die Halle kaum wieder, die sie bis vor Kurzem täglich auf dem Weg zu ihrem Schalter durchquert hatte.

Und sie versuchte, die Erinnerung daran zu verdrängen.

Sie hatte sich bei Sebastian eingehakt und redete sich ein, dass sie kein ungutes Gefühl haben sollte auf der Young-Lions-Gala. Sie war nicht mehr die Frau, die an ihrem ersten Arbeitstag mit großen Augen die Stufen emporgestiegen war. Und in gewisser Weise war sie auch nicht mehr die Frau, die Sloan vor zwei Wochen entlassen hatte. Mit jedem Tag veränderte sie sich ein Stückchen mehr, mithilfe von Sebastians Liebe – und dass es Liebe war, war ihr eine tiefe Gewissheit geworden. Sie verwandelte sich in eine Version ihrer selbst, die sie nicht im Traum für möglich gehalten hätte.

»Diese Veranstaltungen sind um einiges erträglicher, wenn man die Cocktail Hour überspringt«, zwinkerte

Sebastian ihr zu. Er war eine Wucht in seinem schwarzen Smoking – der Inbegriff männlicher Schönheit. Regina lächelte ihn an. Durch die Louboutins war sie nur ein paar Zentimeter kleiner als er. Dennoch war er problemlos in der Lage, sie auf den Kopf zu küssen, was er gerade tat, als ein Fotograf vom *New York Magazine* sie fotografierte. Regina erschrak über das Interesse, versuchte aber, sich nichts anmerken zu lassen.

»Daran gewöhnst du dich besser«, raunte ihr Sebastian zu, aber sie hatte keine Ahnung, was er damit meinte. Sicher gab es doch interessantere Motive für die Fotografen. Allein im vorderen Teil des Saals entdeckte sie eine ganze Schar von jungen Prominenten aus Manhattan. Die Schauspieler Ethan Hawke und Julianne Moore und Adam Levine, den Sänger von Maroon 5. In dem Smoking-Jackett, das seine Tätowierungen verdeckte, sah er aus wie ein durchschnittlicher Typ aus New York. Das Einzige, das ihn als Star auszeichnete, war die spindeldürre Blondine an seinem Arm, die Regina von einer großflächigen Werbung für Calvin-Klein-Unterwäsche am Times Square kannte. Regina war froh, dass Sebastian sie zu dem ausgefallenen Gaultier-Kleid überredet hatte. In einem weniger auffälligen Kleid wäre sie sich wie das hässliche Entlein vorgekommen. Aus Gewohnheit fuhr sie mit den Fingern an der Kette unter ihrem Spitzenausschnitt entlang.

Sie blickte sich unauffällig im Saal um und fragte sich, wann sie wohl Sloan sehen würde – eine Begegnung, auf die sie sich nicht freute. Doch statt ihrer Erzfeindin erblickte sie zu ihrem Entzücken Margaret, die mit einem der nominierten Autoren plauderte. Sie sah äußerst elegant aus in einem bodenlangen perlenbesetzten schwarzen Kleid und einer imposanten Perlenkette. Beinahe gleichzeitig erblickte sie Regina. Sie entschuldigte sich bei ihrem Gesprächspartner und kam zu ihr.

»Welch angenehme Überraschung, Sie hier zu sehen«, sagte Margaret.

»Ich dachte, Sie würden nicht kommen.« Regina legte Margaret die Hand auf die Schulter.

»Ach ja, ursprünglich hatte ich es auch nicht vor. Aber im Zuge meiner Pensionierung verleihen sie mir irgendeine Auszeichnung. Da hätte es von schlechtem Stil gezeugt, nicht zu erscheinen.« Sie wandte sich an Sebastian und schenkte ihm ein warmherziges Lächeln. »Wie geht es Ihnen, Sebastian? Sie sehen so elegant aus … und werden Ihrer Mutter mit jedem Jahr ähnlicher. Ich weiß, wie stolz sie auf Ihre Arbeit hier gewesen wäre.«

Regina drückte seine Hand, besorgt, wie er den Kommentar aufnehmen würde. Aber ein Blick in sein Gesicht verriet, dass er alles andere als traurig war, sondern vor Glück über diese Bemerkung errötete.

»Wenn Sie mich jetzt entschuldigen«, sagte Margaret. »Ich muss endlich einen Kellner finden, der mir ein Glas Weißwein gibt statt dieses idiotischen Cocktails.«

Da erklang eine vertraute Stimme: »Finch!« Regina drehte sich um und sah, wie Alex auf sie zukam, zusammen mit seiner Begleitung, einer zierlichen jungen Frau mit rasierten Haaren und Tattoos von den Schultern bis zu den Händen.

Es war die Frau vom Kurier.

»Du rufst nicht an, du schreibst nicht … ich kann nicht

fassen, dass du einfach so verschwunden bist«, zog er sie mit einem Grinsen auf.

»Ja, es kam alles etwas plötzlich. Alex, das ist Sebastian, Sebastian, das sind Alex und ...«

»Marnie«, sagte die junge Frau und streckte ihnen die Hand entgegen.

Regina zupfte Sebastian am Ärmel. »Sie ist vom Kurierdienst und hat all deine kleinen Botschaften zugestellt«, erklärte sie ihm und bemerkte, wie sich Marnies Augen weiteten.

»*Sie* sind dieser Typ?«, staunte sie. »Mann, danke für das Trinkgeld. Sie haben mir das hier finanziert.« Sie streckte den Arm aus, um ihnen ein frisches Tattoo zu zeigen, einen Text in gewundener Schrift auf der Innenseite ihres Unterarms: *The mind is its own place, and in itself can make a heaven of hell, a hell of heaven* »Das ist ein Zitat aus Paradise Lost von Milton«, erklärte sie stolz.

»Weißt du, ich glaube, ich habe dich völlig falsch eingeschätzt«, sagte Alex zu Regina. »Du musst es wirklich faustdick hinter den Ohren haben, um schon nach drei Monaten wieder zu fliegen.«

Regina wusste nicht, was sie darauf erwidern sollte, obwohl Marnie eifrig nickend ihre Zustimmung bekundete.

»Wir sollten uns ein wenig unters Volk mengen«, erklärte Sebastian und drückte ihre Hand. Sie sah auf, und er zwinkerte ihr zu.

Ein kleiner, distinguiert wirkender Herr mit Silberhaar kam quer durch den Saal auf sie zu, um mit Sebastian zu reden. Regina sah ihn zuerst, und als Sebastian ihn bemerkte, hellte sich seine Miene auf.

»Schön, Sie zu sehen, Gordon«, begrüßte er ihn. »Ich möchte Ihnen meine Freundin vorstellen, Regina Finch.«

Regina lächelte, als sie so bezeichnet wurde. Der Herr schüttelte ihr die Hand. »Regina, das ist Gordon Mortimer.«

Regina kannte den vielleicht größten Verleger von Fotografie-, Kunst- und Designbildbänden. Sebastian besaß eine beeindruckende Sammlung davon in seiner Wohnung: Dalí, Helmut Newton, David LaChapelle, Roy Lichtenstein.

»Sebastian, ich habe Ihre Ausstellung in der Manning-Deere-Galerie gesehen. Fantastische Arbeit. Ich habe mit Ihrem Agenten gesprochen, aber er wollte sich nicht festlegen. Ich würde so gern ein Buch machen. Hat er es Ihnen schon gesagt?«

Sebastian nickte. »Das hat er ... und ich bin geschmeichelt. Ich würde sehr gerne ein Projekt mit Ihnen machen. Ich weiß nur nicht so genau, ob die Astrid-Lindall-Bilder das geeignete Material für mein erstes Buch sind.«

»Haben Sie etwas anderes im Kopf?«

»Vielleicht.«

»Wir sollten uns nächste Woche zum Mittagessen treffen.« Gordon lächelte Regina an und schüttelte Sebastian die Hand. »Ich freue mich darauf, unser Gespräch bald fortzusetzen.«

Als er außer Hörweite war, wandte Regina sich an Sebastian.

»Das ist so aufregend«, sagte sie und drückte seine Hand. »Was meinst du?«

»Ich möchte später mit dir darüber reden.«

Sie begannen ihren Weg durch das Gemenge, und da

sah – oder eigentlich fühlte – sie Sloans tödlichen Blick aus zwei Meter Entfernung. Wie ein Tier in der Wildnis musste Regina diesen Blick gewittert haben, denn sie drehte sich gerade so weit, dass sie Sloan sah. Sie stand mit einem verschüchtert wirkenden Mann zusammen, der den Am um sie gelegt hatte und allem Anschein nach ihr Verlobter Harrison war.

Versehentlich blickte Regina ihr in die Augen. Hastig wandte sie sich ab, aber es war zu spät. Sie hatte den abfälligen Blick verstanden, und er bedeutete: »Verpiss dich von meiner Party, Schlampe.«

»O Gott«, hauchte sie.

»Was ist?«, erkundigte sich Sebastian.

»Sloan.«

»Ignoriere sie einfach«, riet er. »Lass dich nicht von ihr verunsichern. Du wirst ihr nicht den ganzen Abend aus dem Weg gehen können. Sie sitzt an unserem Tisch.«

***

Es war der Tisch gleich neben dem Podium, der ganz eindeutig der Crème-de-la-Crème des Abends vorbehalten war. Regina saß zwischen Sebastian und dem Präsidenten der Bibliothek. Ihr gegenüber saß Ethan Hawke und unterhielt die Runde mit Anekdoten von der ersten Young-Lions-Gala im Jahre 1999. Regina konnte ihn kaum sehen über den Aufbau aus Zantedeschien in der Mitte des Tisches, folgte aber gebannt seinen Erzählungen. Und neben ihm brütete Sloan finster vor sich hin und hegte ihren Zorn, der offensichtlich nur für Regina sichtbar war.

Ethans Erzählung über die in letzter Sekunde abgewendeten Katastrophen der ersten Gala löste herzhaftes Gelächter aus und regte Harrison dazu an, ebenfalls von einer knapp verhinderten Katastrophe zu berichten, die sich bei Sloans erstem Englandbesuch abgespielt hatte, als er sie dem Rest seiner Familie vorstellte und sie gezwungen war, an der alljährlichen Fuchsjagd teilzunehmen. Seine Anekdote amüsierte alle außer Sloan.

»Letztlich sage ich Sloan immer, sie soll nicht so viel Aufwand betreiben, aber natürlich betreibt sie ihn jedes Mal, dabei läuft alles bestens«, schloss Harrison.

»Vielleicht läuft ja deswegen alles ›bestens‹, weil ich diesen Aufwand betreibe. Oder hart arbeite, wie ich es formulieren würde«, keifte Sloan.

Niemand sonst am Tisch schien den gereizten Ton zu bemerken, zumindest zeigte es keiner. Ethan beantwortete Fragen zu seinem neuesten Projekt, einer Fortsetzung zu *Before Sunset*. Es war das erste Mal, dass Regina davon hörte, und sie musste sich zurückhalten, um nicht das Wort an sich zu reißen und ihm zu erzählen, wie sehr ihr der Film gefallen hatte. Sie erkannte jetzt, dass sie damals vielleicht zu jung gewesen war, um die tiefere Bedeutung von Nostalgie, verpassten Gelegenheiten und den folgenreichsten Kompromissen des Lebens ganz zu verstehen, dennoch hatte sie ihn geliebt. Bis heute war er der Grund dafür, dass sie irgendwann einmal nach Paris wollte. Sie nahm sich vor, Sebastian davon zu erzählen. Vielleicht konnten sie eines Tages zusammen dorthin reisen.

Sebastian hielt zwar unter dem Tisch ihre Hand, unterhielt sich jedoch mit der Begleitung von Adam Levine, die er offensichtlich erst vor ein paar Monaten für das *W* fotografiert hatte. Noch vor Kurzem hätte das bei Regina Eifersucht und Verunsicherung ausgelöst, doch jetzt war sie zuversichtlich, dass ihr der Platz vor seiner Kameralinse – und in seinem Herzen – nicht strittig gemacht werden konnte. Und als sie Gesprächsfetzen seiner Unterhaltung mit dem Model aufschnappte, lächelte sie, als sie ihn über sich reden hörte.

Der Präsident der Bibliothek entschuldigte sich. »Zeit, die Show ins Rollen zu bringen«, sagte er und ging die wenigen Schritte zum Podium.

Das Stimmengewirr im Saal verstummte schlagartig, als der Präsident zum Mikrofon griff und alle Anwesenden zur vierzehnten Young-Lions-Gala willkommen hieß. »Bevor wir mit der Vorstellung unseres ersten Kandidaten beginnen, möchte ich mich bei den Mitgliedern des Komitees bedanken, die alle über sich hinausgewachsen sind, um die heutige Veranstaltung zu ermöglichen, sechs Monate früher, als wir sie üblicherweise eingeplant haben.«

Der Saal brach in begeisterten Applaus aus. »Und jetzt habe ich das Vergnügen, unseren Präsidenten des Komitees vorzustellen, Sebastian Barnes.«

»Ich bin gleich zurück«, flüsterte Sebastian ihr zu, dann ging er zum Präsidenten auf das Podium. Sie wechselten ein paar Worte, dann sagte Sebastian einige einleitende Sätze, und schließlich nahm einer der Literaturpreisanwärter das Mikrofon, um aus seinem Debutwerk vorzulesen.

Regina beobachtete Sebastians Charme und Gelassenheit vor dem Publikum und spürte, wie die Augen der Frauen im Saal an ihm klebten – insbesondere die einer Blondine, die an einem Tisch ihr gegenübersaß. Als er zu seinem

Platz zurückkehrte, platzte ihr fast die Brust vor Liebe und Stolz.

Sebastian setzte sich nicht, sondern berührte sie sanft am Rücken.

»Lass uns kurz an die frische Luft gehen«, schlug er vor.

Das musste er nicht zweimal sagen. Nachdem sie ihm zugesehen hatte, freute sie sich darauf, ihn einen Moment lang für sich zu haben. Sie spekulierte auf einen kurzen – aber leidenschaftlichen – Kuss im Foyer.

Sebastian nahm sie bei der Hand und ging schnell. Er sagte nichts, bis sie draußen im Portikus waren.

Die Nacht war kälter, als Regina es gewohnt war, und sie fröstelte. Sebastian zog sein Jackett aus und legte es ihr um die Schultern.

»Du hast so gebieterisch ausgesehen da oben«, sagte sie.

»Du weißt doch am besten, wie ich aussehe, wenn ich ›gebiete‹.«

Sie lächelte und schüttelte den Kopf. »Du weißt, was ich meine.«

Er wandte sich ihr zu und rieb ihre Schultern.

»Wird dir langsam wieder wärmer?«

»Ja«, sagte sie und strahlte. Die Scheinwerfer der Autos beleuchteten die Fifth Avenue. Regina atmete ein und schnupperte in den Wind, der aus Osten wehte.

»Regina, du erinnerst dich doch daran, was dieser Verleger vorhin gesagt hat, oder?«

»Aber natürlich. Das ist wirklich aufregend. Wusstest du davon? Du hast nie etwas erwähnt.«

Er nickte. »Mein Agent hat es mir vor ein paar Wochen erzählt. Aber ich hatte kein Material für ein Buch. Ich hatte das Gefühl, es wäre verfrüht, um etwas mit diesem Verlag zu machen.«

»Okay«, sagte sie. »Ich bin sicher, das Angebot bleibt bestehen, bis du so weit bist.«

»Eben darüber wollte ich mit dir reden. Ich wollte auf den richtigen Moment warten, aber jetzt, wo wir Gordon getroffen haben – vielleicht war es ein Zeichen.«

Sie sah ihn skeptisch an. »Was meinst du? Du machst mich nervös.«

»Ich möchte ihm die Fotos mit dir zeigen. Für ein mögliches Buch.«

Regina verschlug es den Atem. Sie presste sich die Hand auf die Brust und ermahnte sich, ruhig zu bleiben.

»Sebastian, du hast gesagt, diese Bilder wären nur für dich. Für uns«, die Worte purzelten nur so aus ihr heraus, sodass sie nicht sicher war, ob er sie verstand.

»Ich weiß. Und wenn du willst, bleiben sie das auch. Ich sage dir nur, dass sie meine absoluten Lieblingsbilder sind, von allen, die ich je gemacht habe. Die besten, da bin ich mir ganz sicher. Die Leidenschaft und Liebe, die ich für dich empfinde, drückt sich in ihnen aus. Das war es, was meinen Bildern immer gefehlt hat. Ich liebe dich, Regina.«

»Ich liebe dich auch«, sagte sie, und er zog sie an sich. Sie drückte die Wange an seine Schulter, sorgsam darauf bedacht, sein weißes Hemd nicht mit ihrem roten Lippenstift zu beschmutzen. Was sie in diesem Moment für ihn empfand war so überwältigend, dass ihre Antwort feststand.

Sie war stolz auf das, was sie zusammen geschaffen hatten. Die Bilder waren der sichtbare Beweis dafür, dass sie sich in der Mitte getroffen hatten, dass sie eine Möglichkeit gefunden hatten, wie sie einander lieben konnten, ohne sich selbst untreu zu werden. Es war nichts Unrechtes an diesen Fotos. Sie musste nicht darauf beharren, dass sie ausschließlich unter ihnen blieben. Und vielleicht hielt sie noch immer einen Teil von sich zurück, solange sie ihm die Bilder nicht ganz überließ.

Doch sie wollte ihm ganz gehören.

»Ich möchte, dass du die Fotos verwendest«, erklärte sie.

Er löste sich von ihr und hielt sie sanft auf Armeslänge von sich entfernt. »Du musst das nicht sagen. Ich liebe dich auch so«, erklärte er. Obwohl er versuchte, gelassen zu klingen, war ihm die Aufregung anzumerken.

»Ich weiß, dass ich es nicht *muss*. Aber ich will es wirklich.«

Er sah zu Boden, dann wieder in ihr Gesicht, und zu ihrem Schrecken standen Tränen in seinen Augen. »Du hast mir ein großes Geschenk gemacht, Regina. Und damit meine ich nicht nur die Fotos.«

Sie schmiegte sich an ihn und schlang die Arme um ihn. Sie war so glücklich, dass sie das Gefühl hatte, ihr Herz könnte zerspringen.

Er löste sich von ihr, und dann bemerkte sie, dass ihr Sebastian eine kleine türkisblaue Schachtel hinhielt. Eine Schachtel von Tiffany.

»Was ist das?«, fragte sie und erlebte ein Déjà-vu. Es war wie in der Nacht, als er ihr das Vorhängeschloss gegeben hatte. Er lächelte, und seine Augen blitzten. Eilig löste sie die weiße Schleife und öffnete den Deckel. In der Schachtel lag ein Platinschlüssel, drei Zentimeter lang, mit Diamanten besetzt. Sie hob ihn heraus und sah, dass er an einer Kette hing.

Sebastian nestelte an ihrem Hals herum und löste die Kette mit dem Vorhängeschloss. Sie glitt von ihrem Hals, dann drückte er sie Regina in die Hand.

»Ich würde dich gern mit der neuen Kette sehen«, sagte er und legte sie ihr um den Hals. »Und da ist noch etwas in der Schachtel drin.«

Der Samtuntersatz, auf dem die Schlüsselkette gelegen hatte, war leer. Regina sah ihn fragend an, da griff er in die Schachtel und entfernte das Futter. Dort, am Boden der Schachtel, lag ein einfacher abgenutzter, bronzefarbener Hausschlüssel.

»Was ist das?«, fragte sie verwirrt.

»Der Schlüssel zu meiner Wohnung«, sagte er. »Ich dachte, jetzt, wo deine Mitbewohnerin vor den Altar tritt, brauchst du vielleicht eine neue Bleibe.«

Regina hielt die Hand vor den Mund, als sich ein Grinsen auf ihren Lippen ausbreitete, das in ein unkontrollierbares Kichern auszubrechen drohte.

»Ist das ein Ja?«

Sie nickte mit großen Augen.

Er küsste sie sanft auf die Lippen, dann löste er sich und sagte: »Natürlich gibt es bei mir ein paar Hausregeln zu beachten. Aber ich weiß ja, dass du folgsam bist.«

»Ach, bin ich das?«

»Ja«, sagte er und zog sie an sich, bis sein Mund ihren Hals berührte. »Zumindest im Schlafzimmer.«

Er nahm ihre Hand und ging auf die Treppe zu, dann stieg er die Stufen hinunter.

»Wir können doch jetzt noch nicht gehen«, protestierte Regina.

»Natürlich können wir das.«

»Aber ich möchte sehen, wie Margaret ihre Auszeichnung bekommt.«

»Du verlangst von mir, dass ich mich da reinsetze und die ganze Veranstaltung über mich ergehen lasse?«

Sie lächelte und nickte langsam.

»Okay, dann setze ich mich da eben rein«, meinte er. »Aber wenn wir zu Hause sind, sorge ich dafür, dass du eine Woche lang nicht sitzen kannst.«

»Was für wundervolle Aussichten«, seufzte sie und ließ sich an ihn sinken.

Und Hand in Hand gingen sie in die Bibliothek zurück.

Danksagung

Dank gilt meiner außergewöhnlichen Lektorin Lauren McKenna, die mich zu jeder Szene in diesem Buch angespornt hat. Lauren, du hast nicht nur meine Sicht auf diese Geschichte verändert, sondern ganz generell auf das Verfassen von Romanen: Vielen Dank. Alexandra Lewis, danke für all die Hilfe und den tatkräftigen Einsatz, um die Sache am Laufen zu halten!

Entscheidend für das Gelingen dieses Projekts war Clare Naumann bei CMC Worldwide Inc. Danke für das passionierte Lesen. Danken möchte ich auch der Bettie Page LLC, die diesen Roman unterstützt hat und das Andenken an Bettie in den Herzen und Köpfen der Leute überall auf dieser Welt am Leben hält.

Bibliothekarin und Bloggerin Wendy Crutcher (alias Wendy the SuperLibrarian) und Autorin Jessica Rozler haben geduldig all meine Fragen zum Berufsalltag in Bibliotheken beantwortet. Fotografin Ellen Stagg ließ mich großzügig teilhaben an ihren Erfahrungen auf dem Gebiet der erotischen Fotografie. Danke an Verlagsguru Matt Schwartz – unsere Gespräche sind jedes Mal eine Inspiration für mich, und eines hat nun zu diesem Buch geführt.

Und zu guter Letzt Dank, wem Dank gebührt: Adam

Chromy, meinem Agent und Partner. Deine Idee war es, eine Bibliothek schamlos zu entweihen. Und nochmals Danke für den genialen Einfall.

Anmerkung der Autorin

Die New York Public Library in der Fifth Avenue ist zwar ein real existierendes (und höchst beeindruckendes) Gebäude, doch in dieser fiktiven Erzählung habe ich mir Freiheiten bei der Beschreibung des Grundrisses und der Bezeichnungen und Nummerierung der Räume erlaubt. Wer sich für faktische Details interessiert, dem sei das Werk *The New York Public Library: The Architecture and Decoration of the Stephen A. Schwarzman Building* von Henry Hope Reed und Francis Morrone ans Herz gelegt.